B. J. Hoff

Um Liebe und Ehre

Das Haus Dalton – Band 1

Strebe nach den köstlichen und seltenen Gaben,
wie sie nur der Himmel kann schenken –
Liebe und Ehre – Gott verleiht diese zeitlosen
Perlen des Herzens …

B. J. Hoff

FRANCKE
Verlag der Francke-Buchhandlung GmbH

Die Deutsche Bibliothek – CIP-Einheitsaufnahme

Hoff, B. J.:
Das Haus Dalton / B. J. Hoff. – Marburg an der Lahn : Francke
(Francke-Lesereise)
Bd. 1. Um Liebe und Ehre. – 1995
ISBN 3-86122-178-0

Originaltitel: To love and to honor

Published by Cook Communications Ministries, Elgin, USA

Deutsch von Agentur Lardon/Roselinde Päßler
Umschlaggestaltung: Reproservice Jung, Wetzlar
Umschlagillustration: Turnbaugh & Associates
Satz: Druckerei Schröder, 35083 Wetter/Hessen
Druck: St.-Johannis-Druckerei, Lahr 30132/1995

Francke-Lesereise

1

Vergebens zupfte Kerry O'Neill an dem langen Rock ihres verblichenen karierten Baumwollkleides und hüllte sich fester in ihren schwarzen Umhang, weil ihr erneut ein kalter Schauer über den Rücken lief. Der scharfe Oktoberwind, der vom Wasser herüberwehte, stach ihr ins Gesicht. Sie sehnte sich nach dem Ende dieser Reise, die sie nur widerstrebend angetreten hatte, und fragte sich, wann der Dampfer West Point wohl erreichen würde.

Sie versuchte, nicht darauf zu achten, wie sich ihr Magen umdrehte, und biß nervös auf ihre Unterlippe, während sie noch einmal den Brief las, der sie nur wenige Tage nach dem Tod ihres Vaters in Buffalo erreicht hatte.

... und so lege ich einen Betrag bei, der gewiß ausreichen wird, um Dich sicher nach West Point zu bringen, Kerry. Meine Haushälterin, Molly Larkin, und ich freuen uns außerordentlich, Dich bald bei uns zu haben ...

So würde also nicht Andrew Dalton die Vormundschaft für sie übernehmen, sondern sein Sohn Jess Dalton. Oder sollte sie ihn, weil er der Kaplan der Militärakademie der Vereinigten Staaten war, lieber „Herr Pfarrer" nennen?

Seufzend lenkte sie ihre Aufmerksamkeit der atemberaubenden unberührten Schönheit des Hudson Highland zu, das sie umgab. Der heftige Wind und die tiefhängenden Wolken ließen die gewaltigen Felswände auf beiden Seiten des Flusses noch bedrohlicher erscheinen. Dieser seltsame Fluß hatte nichts von der friedvollen Ruhe, wie sie Lough Lane in ihrer Grafschaft Kerry ausstrahlte. Nein, dieser Hudson war ein ungezähmter Fluß, der sich nach eigenem Gutdünken seinen Weg durch ein wildes, furchteinflößendes Land bahnte. Wieder fröstelte sie, und schuld daran war diesmal bestimmt die Kälte des Nachmittags.

Sie zog die Kapuze ihres Umhangs fester ins Gesicht, um soviel Wind wie möglich abzuhalten. Gleichzeitig wandte sie sich wieder dem Brief zu. Die Worte des Kaplans klangen tatsächlich freundlich, nicht so furchtbar streng und militärisch, wie sie befürchtet hatte.

... Ich weiß, daß es Dir sehr seltsam erscheinen muß, Dich in die Obhut eines Mannes zu begeben, dem Du noch nie begegnet bist; meinen und Deinen Vater verband jedoch eine so tiefe Freundschaft, daß beide ernst-

lich darum besorgt waren, Dir mehr als nur eine formale Sicherheit zu bieten ...

Ja, es war in der Tat eine besondere, wenngleich auch etwas ungewöhnliche Freundschaft, dachte Kerry, und schob eine kupferfarbene Locke, die unter der Kapuze hervorlugte, an ihren Platz zurück. Conor O'Neill, ihr Vater, hatte dem wohlhabenden Rechtsanwalt das Leben gerettet, als dieser während einer seiner zahlreichen Aktionen zur Unterstützung der Hafenarbeiter am Ufer in eine Schlägerei verwickelt worden war. Von jenem Tag an waren er und Conor gute Freunde und Kameraden in der jungen Arbeiterbewegung, die in allen Teilen des Landes entstand. Andrew Dalton war in New York zu Hause, besuchte sie jedoch in Buffalo, wenn er geschäftlich dort zu tun hatte; er und Conor schrieben sich häufig.

Während diese Freundschaft für beide Männer eine Quelle der Freude und Bereicherung dargestellt hatte, würde sie für Kerry bis zur Vollendung ihres einundzwanzigsten Lebensjahres ein Pfahl im Fleisch sein.

... Deshalb wurde in der Vormundschaftserklärung festgelegt, daß im Fall seines Ablebens der nächste Verwandte meines Vaters bis zu Deiner Volljährigkeit die Vormundschaft für Dich übernimmt. Ich bin sein einziger Sohn, und er hat mich einige Monate vor seinem Tod von dieser Erklärung unterrichtet. Ich möchte Dir versichern, daß ich sehr gern bereit bin, Dir das Zuhause und die Geborgenheit zu schenken, wie es auch mein Vater getan hätte, wenn er noch am Leben wäre. Du bist sehr herzlich willkommen bei uns, Kerry; wir freuen uns auf Dein Kommen ...

Ein Vormund, tatsächlich! Und dabei war sie bereits eine erwachsene junge Frau von achtzehn Jahren. Oh, dieser Jess Dalton hatte gewiß sehr nett geschrieben. In seinem Brief hatte er auch erwähnt, daß jene Molly Larkin, seine Haushälterin, aus Irland stammte; das war sicher ein Trost. Trotzdem war es ein Dilemma, von einem fremden Mann abhängig zu sein, der zweifellos genug eigene Probleme zu bewältigen hatte.

Ihr Vater hatte bestimmt in bester Absicht mit Andrew Dalton die Vereinbarung getroffen, daß er die Vormundschaft für sie übernehmen sollte für den Fall, daß Conor etwas zustieß, bevor sie erwachsen war. Doch jetzt, da diese Möglichkeit Realität geworden war, wünschte Kerry sich sehnlichst, dieser Vormundschaft zu entfliehen. Andrew Dalton zur Last liegen zu müssen, wäre schon schlimm genug für sie gewesen – ihn hatte sie jedoch wenigstens gekannt und wußte, daß sie sich in seiner Gegenwart wohl fühlen würde. Doch jetzt, da Andrew

Dalton verstorben war, war es echt erniedrigend, an seinen Sohn weitergereicht zu werden, einen Mann, den sie noch nie gesehen hatte – und der obendrein ein Geistlicher war.

Sie faltete den Brief zu einem kleinen Viereck zusammen und steckte ihn in den langen, enganliegenden Ärmel ihres Kleides, während sie wiederum mißtrauisch umherblickte. Als das Dampfschiff schließlich die Wildnis verließ und die Stelle umfuhr, der die Militärakademie ihren Namen verdankte, wandte sich Kerry noch einmal wehmütig um, als wollte sie von ihrem bisherigen Leben Abschied nehmen.

Nie wieder würde sie hören, wie ihr Vater Lieder von der nebelverhangenen grünen Landschaft Irlands sang, wenn sie beide Heimweh verspürten. Nie wieder würde sie hören, wie er auf seiner Flöte spielte und jener sanfte, süße Ton erklang, der gleich dem Abendwind über die leicht ansteigenden Hügel wehte, die ihre Farm umgaben. Nein, das war jetzt vorbei, und sie würde – sie mußte – es zurücklassen und weiterziehen.

Entschlossen hob sie das Kinn und richtete ihre Augen auf die Hochebene am westlichen Ufer des Flusses, wobei sie erstaunt den Atem anhielt, als sie die spartanischen Steingebäude der Militärakademie der Vereinigten Staaten von Amerika sah. Wären sie nicht von einer atemberaubenden Schönheit umgeben gewesen – gewaltigen, steil abfallenden Felswänden, riesigen, hochaufragenden Bäumen, deren leuchtend rote, goldene und braune Blätter wie die Fahnen vieler Länder herüberwinkten und einem strahlend blauen Himmel, vor dessen Hintergrund sich deutlich Wolken abzeichneten –, hätten sie einen erdrückend kargen Eindruck hinterlassen.

Langsam ließ Kerry den angehaltenen Atem entweichen und straffte die Schultern. *Vater hat es für mich so gewollt,* sagte sie widerstrebend zu sich selbst. *So werde ich um seinetwillen das Beste daraus machen. Doch wäre es, glaube ich, ein klein wenig leichter, wenn dieser Ort nicht so düster aussähe ...*

Die Gangway wurde beinahe in demselben Moment eingezogen, da sie und die anderen beiden Reisenden das Ufer betraten. Ängstlich schaute Kerry sich um. Sie nahm an, daß Herr Pfarrer Dalton – als Geistlicher gewiß eine würdevolle Erscheinung – leicht zu erkennen wäre.

Ihre Augen suchten die Gegend ab, doch konnte sie niemanden entdecken, auf den diese Beschreibung zutraf. Weit und breit war niemand zu sehen außer einem Riesen mit zerzaustem Haar, der an einem etwas verlotterten Wagen lehnte, ein Lied vor sich hinpfeifend, die Hände in den Taschen vergraben. Kerry musterte den Koloß voller Abscheu. Ein Hafenarbeiter, schlußfolgerte sie. Er machte nicht gerade einen sehr freundlichen Eindruck mit seiner schwarzen, vom Wind zerzausten lockigen Mähne, dem dichten, dunklen Bart und den gewaltigen Schultern, die er gegen den Wind nach vorn gebeugt hielt. Gewiß war das kein Gentleman, der hier so in Hemdsärmeln und Arbeitshose müßig herumstand, als wäre es Hochsommer.

Als der große Mann sich plötzlich aufrichtete und auf sie zukam, hielt sie ängstlich Ausschau nach dem Offizier und dem jungen Mann, die mit ihr das Schiff verlassen hatten. Doch sie waren beide schon den Weg hinaufgegangen, und auch sonst war niemand in der Nähe. Was sollte sie nur tun, wenn dieser Berg von einem Mann zu jenen Schurken zählte, die einsamen jungen Mädchen auflauerten? *Wo blieb Pfarrer Dalton denn eigentlich?*

Als der Mann herankam, begegnete sie für einen Moment seinem Blick und war verblüfft über die erstaunliche Gefühlsliebe, die ihr in diesen Augen begegnete. Verstört blickte sie schnell weg, völlig entnervt von der seltsamen Mischung aus Freundlichkeit und Kraft, Traurigkeit und Frieden, die ihr entgegenblickte.

Er wird mich bestimmt nicht ansprechen, dachte sie. Das wird er gewiß nicht wagen. Doch nun stand er nur noch wenige Zentimeter von ihr entfernt und musterte sie aufmerksam. Kerry starrte entschlossen auf ihre Füße und versuchte ihn zu ignorieren, während sie verzweifelt jemanden – irgend jemanden – herbeisehnte, der sie retten würde.

„Kerry? Kerry O'Neill?" Seine Stimme klang voll und so weich und gefühlvoll, daß sie in krassem Gegensatz zu seiner gewaltigen Erscheinung stand.

Woher kannte er ihren Namen? Wer war dieser schäbig aussehende Mann mit der seltsam sanften Stimme? Sie zwang sich, aufzublicken und betrachtete ihn argwöhnisch. „Ich bin Kerry O'Neill." Entschlossen ließ sie ihr Kinn nach oben schnellen. „Und wen könnte das interessieren?"

Ein unerwartetes Lächeln erhellte das Gesicht des Riesen. Überrascht stellte Kerry fest, daß seine Augen – unglaublich strahlend blaue Augen – widerzuspiegeln schienen.

„Ich bin Jess Dalton, dein Vormund, Kerry. Willkommen in West Point."

Er streckte ihr seine riesige Hand entgegen, die mindestens doppelt so groß wie die Kerrys war, doch sie war zu verwirrt, um einzuschlagen. *Das kann nicht sein, protestierte ihr schwirrender Kopf. Dieser rie-*

senhafte, schlicht gekleidete Arbeiter konnte kein Kaplan sein – und ganz gewiß nicht der Kaplan der Militärakademie der Vereinigten Staaten von Amerika – und der vornehme Herr, der nun ihr Vormund war!

Die breite Stirn unter dem ungezähmten schwarzen Haar legte sich besorgt in Falten. „Ist alles in Ordnung, Kleines? Du siehst ja kreidebleich aus!"

Kleines! Als ob sie sechs Jahre alt wäre! Sie rang darum, ihre Fassung zurückzugewinnen. „Es – es ist alles in Ordnung, Sir. Ja, es geht mir gut. Nur daß – daß ich nicht jemanden erwartet habe, der aussieht wie Sie ..." Wumm! Nun war sie ungehörig geworden, und er würde sie gewiß für eine Landpomeranze halten!

Sein breiter, streng gezeichneter Mund zog sich zu einem amüsierten Lächeln nach oben. „Was für einen Menschen hast du denn erwartet, Kerry?"

Da! Sie hatte recht. Er machte sich über sie lustig. Nun, es würde sich schon zeigen, wer sich über sie lustig machen durfte!

Ihre Augen funkelten, und sie nahm ihre ganze Würde zusammen. „Einen vornehmen Geistlichen, wie man mir einzureden versucht hat, Sir." Herausfordernd schaute sie auf sein gelbbraunes, leicht verknittertes Arbeitshemd, das sich über den breiten Schultern spannte.

Er lächelte reumütig. „Hm ... ich sehe nicht gerade wie ein richtiger Kaplan aus, nicht wahr? Ich möchte mich für mein Äußeres entschuldigen; ich hatte noch einige Dinge im Haus zu erledigen, so daß mir keine Zeit blieb, mich umzuziehen. Ich weiß, ich hätte es tun sollen." Dann fügte er, als könne er ihre Gedanken lesen, hinzu: „Aber ich bin Jess Dalton, Kerry. Du kannst mir vertrauen, das versichere ich dir."

Der Blick, den sie ihm zuwarf, war abschätzig und voller Zweifel, doch sie hielt ihren Mund. Er hatte sie bei ihrem Namen genannt und die Vormundschaft erwähnt, also mußte er der Kaplan sein. Er entsprach in der Tat ihren Erwartungen nicht im geringsten, dennoch blieb die Tatsache bestehen, daß sie sich für einige Zeit unter der Obhut dieses Mannes befinden würde, und so war es besser, nicht mehr Ärger als unbedingt notwendig zu verursachen.

„Wo ist dein übriges Gepäck? Ich werde es in den Wagen stellen, und einer der Kadetten wird es später hoch zu unserem Haus bringen."

„Das hier ist mein Gepäck, Sir; das ist alles", erwiderte sie und wies auf die abgenutzte Reisetasche, die sie vom Dampfer mitgebracht hatte. „Es gibt noch eine Kiste mit Vaters Sachen, die ich allerdings im Augenblick noch nicht mitbringen konnte. Meine Nachbarin in Buffalo, Mrs. Glendon, bewahrt sie einstweilen bei sich auf."

„Gut, so nehmen wir das gleich mit", antwortete er, während er sich die Reisetasche unter einen Arm klemmte. „Es ist kein schlechter Weg von hier nach oben, das heißt, wenn man von dem Staub absieht."

Er lächelte freundlich, nahm ihren Arm und führte sie den Weg zur Akademie hinauf. „Meine Haushälterin Molly kann es kaum erwarten, dich zu sehen. Seitdem du uns geschrieben hast, spricht sie von nichts anderem als von deinem Kommen."

Während sie nebeneinanderher gingen, sprach er mit seiner sanften, vollen Stimme weiter mit ihr. „Kerry, es tat mir so leid, vom Tod deines Vaters hören zu müssen."

„Danke, Sir. Ich war auch traurig, als mich die Nachricht von Andrew Dalton erreichte. Er war so ein feiner Mann. Soviel ich weiß, war er einige Monate krank."

Jess nickte. „Ja, das stimmt. Er kämpfte ziemlich lange, bevor sein Körper endlich aufgab." Er schüttelte kurz den Kopf, bevor er fortfuhr: „Es war schwer, zusehen zu müssen, wie er dahinsiechte. Er war stets ein so tatkräftiger Mann, manchmal vielleicht zu tatkräftig. Ich glaube, daß das Untätigseinmüssen ihm noch größere Qualen bereitet hat als der körperliche Schmerz."

Er blickte sie an und lächelte. „Sie waren sehr gute Freunde, mein Vater und deiner, nicht wahr? Mir schien es oft, als würde ich euch beide kennen. Er hat sehr viel von dir und deinem Vater gesprochen. Du mußt wissen, er hat Conor O'Neill sehr bewundert."

„Andrew Dalton war auch ein wunderbarer Mann, Sir. Wenn er in Buffalo war, hat er uns besucht, und es war immer großartig, ihn als Gast bei uns zu haben. Und stets brachte er ein paar fesselnde Geschichten und viel Humor mit ins Haus."

Bei diesen Worten lächelte Jess wehmütig. „Ja, Gott hatte ihn mit sehr viel Sinn für Humor gesegnet."

Schweigend gingen sie weiter, und er pfiff leise vor sich hin. Während sie sich beeilte, mit seinen forschen, weitausladenden Schritten mitzuhalten, versuchte sie, ihn vorsichtig zu mustern. Wie groß er war – gewiß war er nahezu 1,90 m groß. Seine unkonventionelle Erscheinung hatte sie neugierig gemacht. Das widerspenstige dunkle Haar mit vereinzelten silbernen Strähnen an den Schläfen sah aus, als sei es schwer zu bändigen. Sie hatte sich ihn glattrasiert und ehrwürdiger vorgestellt. Immerhin konnte sie unter dem sauber beschnittenen Bart eine entschlossene Kinnpartie erkennen. Die stolz nach oben stehende Nase ließ ihn eher ein wenig streng erscheinen. Seine Augen waren jedoch faszinierend. Alles in allem fand sie, daß er ein beeindruckender, interessanter Mann war, wenngleich auch etwas gewaltig.

„Kerry, ich möchte dir sagen, daß du uns herzlich willkommen bist. Molly freut sich ganz besonders, daß du bei uns wohnen wirst; sie beginnt, sich einsam zu fühlen, verstehst du. In Westpoint herrscht nämlich Frauenmangel."

Schuldbewußt errötete sie und hoffte, er hatte nicht bemerkt, wie sie ihn gemustert hatte. „Oh, vielen Dank, Sir, ich schätze sehr, was Sie für mich tun. Es tut mir nur leid, daß mein Vater Ihnen die Last dieser Verpflichtung auferlegen mußte."

Von ganzem Herzen wünschte sie sich, unabhängig zu sein und niemandem zur Last fallen zu müssen. Doch war im Leben nicht immer alles so, wie sie es sich wünschte, und so mußte sie zumindest im Augenblick versuchen, freundlich zu sein und bereit, sich zu fügen. Später würde sie nach einer Arbeit Ausschau halten. An einem Ort wie diesem würde ein kräftiges irisches Mädchen gewiß etwas finden, wovon es seinen Lebensunterhalt bestreiten konnte.

Als hätte er ihre Gedanken gelesen, entgegnete der Kaplan: „Ich möchte nicht, daß du dies jemals als Last oder Verpflichtung betrachtest, Kerry." Er hielt in seinem forschen Schritt inne und wandte sich ihr zu. „Hier ist jetzt dein Zuhause, und ich möchte, daß du glücklich bei uns bist. Außerdem bin ich sicher, daß es sowohl für Molly als auch für mich schön sein wird, dich bei uns zu haben."

„Sie sind sehr freundlich, und ich danke Ihnen für Ihren Großmut." Seine Worte sprachen ihr Trost zu, doch konnte sie sich nicht dazu überwinden, in diese ausdrucksvollen Augen zu schauen. Statt dessen starrte sie so lange auf die Spitzen ihrer abgetragenen schwarzen Schuhe, bis er ihren Arm berührte und sie zum Weitergehen aufforderte.

„Und noch etwas anderes: Bitte nenn mich nicht Sir. Das klingt so, als wäre ich dein Vorgesetzter. Ich höre diese Anrede oft genug von den Kadetten. Sie müssen mich so nennen, aber du nicht. Schließlich sind wir jetzt praktisch wie eine Familie. Ich heiße Jess, und so sollst du mich auch nennen."

„Ja, Sir – Jess. Danke."

„Genau vor uns liegt das, was wir ‚den Platz' nennen." Er wies auf ein großes, staubiges Feld. „Das ist unser Hauptexerzierplatz."

Es gab kaum etwas, das diesen Platz als etwas Besonderes auszeichnete. Er war nichts anderes als ein flaches Stück Land, ohne Bäume, flankiert von unscheinbaren Kasernengebäuden. Doch schien hier ein recht reges Treiben zu herrschen. Von einem Ende hallten kurze Trommelschläge, in exaktem Rhythmus geschlagen, wider, während uniformierte Kadetten graugekleideten jungen Männern Befehle zuriefen. Am anderen Ende des Platzes exerzierten kleinere Gruppen junger Männer.

Erschrocken fuhr Kerry zusammen, als in ihrer Nähe eine Kanone abgefeuert wurde. Jess lachte und ergriff behutsam ihren Arm. „Du wirst dich bereits in wenigen Tagen an diesen Lärm gewöhnt haben, Kerry. Außerdem ist dies alles nur ‚friedlicher' Tumult."

Plötzlich verdunkelte sich der Himmel über ihnen und nahm die gleiche graue Farbe wie die der Uniformen der jungen Männer an, so daß der Platz samt seiner Umgebung wie in einen trüben, düsteren Schleier gehüllt erschien. Ein unerwarteter Schauder ergriff Kerry, als ihr bewußt wurde, daß dieser trostlose fremde Ort, dessen Härte durch nichts gemildert wurde, nun ihre Heimat war.

Nein. Sie lehnte sich gegen diesen Gedanken auf. Sie konnte sich nicht dazu überwinden, ein Wort wie Heimat, das soviel Wärme und Geborgenheit beinhaltete, für diesen kalten Felsen zu gebrauchen.

Das Unbehagen verschwand jedoch, als sie ihre Aufmerksamkeit erneut den Kadetten zuwandte, die auf dem Platz exerzierten. Sie war beeindruckt von der Eleganz ihrer Formationen, ihrer kerzengeraden Haltung und der Gleichförmigkeit ihrer Bewegungen.

Jess lächelte, als er ihre Begeisterung sah. „Wenn du möchtest, können wir heute abend hierher gehen, um die Abendparade mitzuerleben. Ich glaube, das würde dir Spaß machen."

„Oh ja, das würde mir ganz bestimmt Spaß machen! Wie viele es sind! Und schau, wie gut sie marschieren, so exakt und gleichmäßig. Sogar ihre Nasen bilden eine Linie!"

* * *

Ihre Begeisterung bezauberte ihn. Sie war so herzerfrischend jung und offen, obgleich weit davon enfernt, ein Kind zu sein, wie er es erwartet hatte. Sein Vater hatte oft von ihr als einem „reizenden Kind" gesprochen, und das hatte seine Vorstellung von ihr geprägt. Doch an ihr war nichts Kindliches mehr. Sie war zwar klein und zart und zierlich, aber dennoch einfach reizend, eine Beobachtung, die einen Anflug von Besorgnis in ihm wachrief.

Das dicke, rötlichbraune Haar, das unter der Kapuze ihres Umhangs hervorquoll, und die lebhaften grünen Augen würden vielen jungen Männern den Kopf verdrehen, fürchtete er. Außerdem hatte sie eine unglaublich schöne Haut.

Plötzlich fühlte er sich unbehaglich neben ihr und war gleichzeitig ungehalten über sich selbst. *Ich war zu lange allein,* dachte er, und lachte dann beinahe laut über seine eigene Torheit. Fast allein – mit einem Kadettenkorps und der wunderbaren, mütterlichen Molly. Dennoch war das Mädchen für ihn wie eine willkommene Frühlingsbrise, so erfrischend, so reizend.

Er warf der kleinen bezaubernden Gestalt, die neben ihm hereilte, noch einen verstohlenen Blick zu. Dann richtete er seine Augen entschlossen nach vorn, bewußt den beinahe überwältigenden Beschützerinstinkt ignorierend, den diese schmalen Schultern und die kleinen, zarten Hände in ihm hervorriefen. Er konnte es plötzlich kaum erwarten, sie Mollys verantwortungsbewußter Fürsorge zu übergeben, lächerlich darauf versessen, ihr neues Leben als Familie zu beginnen. Von einer seltsamen Mischung aus Vorfreude und Zufriedenheit erfaßt, lief er noch schneller.

2

Sie schritten durch ein Eisentor und gelangten zu einer offenen Veranda, die sich auf der Längsseite eines großen beigefarbenen Hauses befand, dessen hohe Fenster mit braunen Fensterläden ausgestattet waren. Im selben Augenblick kam eine große, kräftige Frau, das silberne Haar in dicken Zöpfen aufgesteckt, durch die Eingangstür geeilt, um sie zu begrüßen, wobei ihr bequemer grauer Rock hinter ihr herrauschte.

In ihrer durchdringenden Stimme lag ein unverkennbarer irischer Akzent, als sie ihnen zurief: „Nun, da kommt ihr ja endlich! Ich hatte euch bereits abgeschrieben." Ihr Ton war streng, doch zu ihrer großen Erleichterung bemerkte Kerry ein schelmisches Funkeln in den dunklen Augen der Haushälterin.

„Still, Molly, du verjagst uns das Mädchen, noch ehe es einen Schritt ins Haus getan hat", wies Jess sie grinsend zurecht. „Kerry, das ist Molly Larkin, die dich unter den zuverlässigen Schutz ihrer starken Flügel nehmen wird."

Molly schloß Kerry herzlich in ihre ausgebreiteten Arme, dann nahm sie ihr den Umhang ab und plapperte munter weiter, ohne den Herrn des Hauses auch nur im geringsten zu beachten. „Ach Kind, dich kann ja der geringste Windstoß umpusten, so dünn bist du", gluckte sie besorgt. „Komm herein, und dann bekommst du gleich etwas zu essen und zu trinken. Nach der langen Reise auf dem Fluß bist du gewiß todmüde." Sie zog Kerry durch die Tür in den Korridor, und Jess folgte ihnen.

Sie betraten eine große, freundliche Küche, in der ein gewaltiger Tisch aus Kiefernholz für das Mittagessen eingedeckt war. Molly nahm Jess die Reisetasche ab und stellte sie in die Ecke.

„Zeig dem Mädchen die Pumpe und macht euch beide etwas frisch, bevor wir essen", befahl sie schroff und schob Kerry zu dem Kaplan. Dann eilte sie zum Herd, um nach einem Kochtopf zu sehen. „Ja, und unser Schweinebraten ist inzwischen mehr als gar."

Jess winkte Kerry und führte sie in einen kleinen, mit Backsteinen gemauerten Abstellraum neben der Küche. Dabei flüsterte er ihr ins Ohr: „Sie kann wie ein Ungeheuer wirken, aber sie ist wie ein Lamm, wenn sie Gefallen an dir findet. Da sie längst vor deinem Kommen beschlossen hat, dich anzunehmen, hast du nichts zu befürchten, außer daß sie dich über alle Maßen bemuttern wird!"

Kerry lächelte und ließ ein wenig Wasser über ihre Hände plätschern. „Sie wird mir gewiß ein Trost sein. Es ist schon lange her, daß mich jemand bemuttert hat."

„Was war mit deiner Mutter, Kerry?" fragte er freundlich, während er ihr ein Handtuch reichte. „Ich kann mich nicht entsinnen, daß mein Vater jemals von ihr gesprochen hätte."

„Ich kann mich nicht mehr an meine Mutter erinnern, fürchte ich. Sie starb, als ich noch ein Baby war. Ich weiß nicht einmal, wie sie aussah, aber mein Vater sagte immer, daß sie so schöne, zarte Haut hatte, daß man ihr die englische Herkunft sofort ansah."

„Deine Mutter war Engländerin? Das kommt nicht sehr häufig vor – eine Ehe zwischen Iren und Briten – nicht wahr?"

Der leicht rauhe Unterton in ihrer Stimme, den er so reizend fand, wurde noch verstärkt, als sie ihm antwortete:

„Man sagte, es war die wahre, große Liebe. Conor O'Neill stahl die jüngste Tochter seines Großgrundbesitzers – zumindest stahl er ihr Herz. Sie flohen in die Grafschaft Kerry, um dort zu heiraten. Natürlich wurde meine Mutter von ihrer Familie enteignet, doch liebten sie sich so sehr, daß sie sich nicht darum kümmerten."

„Und dort wurdest du geboren?" Der direkte Blick seiner blauen Augen spiegelte echtes Interesse an ihrer Geschichte wider.

„Ja – ich wurde auf dem Bauernhof geboren, wo wir gelebt haben, bis wir unser Land verlassen haben, um hierherzukommen. Ich wurde nach den dortigen Bergen benannt, mußt du wissen." Bevor sie fortfuhr, warf sie einen Blick durch das kleine, schmale Fenster der Abstellkammer.

„Ich kann es kaum glauben, daß erst drei Jahre vergangen sind, seitdem wir die Heimat verlassen haben. Im Sommer 1839 habe ich zum erstenmal amerikanischen Boden betreten. Seitdem ist so viel geschehen."

„Hast du keine Geschwister?"

Ihre strahlenden grünen Augen wurden einen Augenblick lang von einer dunklen Wolke überschattet. „Mein älterer Bruder Liam ging mit Vater und mir auf die Reise, doch war er immer schon schwach, so daß die Reise für ihn zuviel war."

Er berührte leicht ihre Schulter. „Ich habe von den Zuständen auf den Schiffen, die von Irland kommen, gehört. War es sehr schlimm für dich, Kerry?"

Als sie zu ihm aufschaute, stachen die Bitterkeit in ihrer Stimme und der nackte Schmerz, der aus ihren Augen sprach, wie Messer in seine Brust.

„Schlimm? Oh ja, sicher war es schlimm! Es war das einzige Mal in meinem Leben, daß ich unwürdiger als ein Tier behandelt wurde, das kann ich dir versichern."

„Wie meinst du das? Was hat man mit euch gemacht?"

„Wir wurden auf dem Schiff zusammengepfercht wie eine Herde Rinder – nein, nein, mit Tieren wären sie gewiß rücksichtsvoller umgegangen. Wir hatten keine frische Luft, nie genug sauberes Wasser, und meistens war das Essen, das man uns gab, verdorben. Und es gab soviel Elend, soviel Krankheit ..."

Ihre vor Zorn bebende Stimme drohte zu versagen, und sie wandte sich ein Stück von ihm ab. „Und das alles, weil wir so arm waren, verstehst du. Wir konnten uns keine ordentlichen Kabinenplätze für die Überfahrt leisten."

Sanft drehte er sie zu sich herum. „Und dein Bruder? Starb er auf hoher See?"

Sie stand steif da, den Blick auf ihre Hände gerichtet, die noch immer das Handtuch umklammerten. „Ja, er starb während der Überfahrt. Die Schwachen – wie Liam – hatten keine Chance." Als sie wieder zu ihm aufschaute, blitzte Zorn in ihren Augen. „Keinerlei Chance! Sie haben uns betteln lassen – betteln um verfaultes Essen – um überleben zu können. Und einige von ihnen haben gelacht, wenn sie sahen, wie wir um unsere Toten trauerten."

* * *

Sie vermutete, daß er jetzt, nachdem er das volle Ausmaß der Armut ihrer Familie kannte, auf sie herabschauen würde, wie so viele andere in der Stadt es getan hatten. *Sollte er doch!* Nach drei Jahren war sie dem heimlichen Tuscheln und vielsagenden Gelächter gegenüber, wenn sie ihre nähere Umgebung in Buffalo verlassen mußte, beinahe gleichgültig geworden.

Ihr Vater hatte sie oft genug ermahnt, wenn sie sich bei ihm über die Umstände ihres Lebens beklagte. „Es ist keine Sünde, arm zu sein, Liebling. Sünde ist, sich seiner Armut zu schämen. Eins darfst du niemals vergessen, Kerry Shannon – ganz gleich wie arm wir auch sein mögen, wir sind ordentlich und ehrlich, und wir fürchten Gott. Mehr brauchen wir nicht, um unseren Kopf gemeinsam mit den anderen anständigen Menschen in diesem neuen Land hochzuhalten. Laß deinen Kopf von niemandem beugen, Mädchen – von keinem."

Obgleich ihr Vater sie immer wieder beruhigte, konnte sie doch nicht begreifen, daß Leute – nette Leute aus guten Verhältnissen – sie sofort ablehnten, nur weil sie aus einem anderen Land stammte. Sie wollte so gern ein guter Staatsbürger, eine richtige Amerikanerin sein. Das würde sie einige Anstrengung kosten; doch hatte ihr Vater nicht gesagt, daß ein kluges Mädchen wie sie alles lernen könne, was sie sich vornahm? Alles, was sie dazu brauchte, war etwas Zeit.

Sie schluckte hart, als ihr in den Sinn kam, daß ihr neuer Vormund zu den Leuten gehören könnte, die Einwanderer verabscheuten. Hatte Vater ihr nicht oft genug von dem Reichtum und dem Ansehen der Daltons erzählt? Doch würde ein Kaplan, ein Mann Gottes, so denken? Trotzig schaute sie zu ihm auf und fragte sich einen Augenblick lang, welche Gefühle sich in der Tiefe seiner geheimnisvollen Augen verbargen.

* * *

In seine eigenen Gedanken versunken, hatte er sich von ihr abgewandt. Ihm waren bereits eine ganze Reihe von Geschichten zu Ohren gekommen, die von der Überfahrt der Einwanderer, den widerwärtigen Bedingungen und ihrer unmenschlichen Behandlung an Bord berichteten. Viele Male war er in New York City selbst Zeuge der unverhohlenen Voreingenommenheit gegenüber den „Fremden" geworden, die in immer größerer Zahl nach Amerika kamen. Er wußte, daß die Iren die Zielscheibe bittersten Zorns waren, den man je an einem Volk ausgelassen hatte. Sie wurden für alles, was man sich nur vorstellen kann, verantwortlich gemacht, nur weil sie „anders" – und gewöhnlich arm – waren.

Sein stets mitfühlendes, sensibles Gemüt wurde jedoch von einer neuen Tiefe des Zorns und der Empörung erfaßt, als ihm das Gehörte aus erster Hand bestätigt und somit die ganze Scheußlichkeit dieser Vorurteile vor die eigene Haustür gebracht wurde. Dieses zarte, arglose Mädchen mit dem offenen Blick hatte Besseres verdient. Er würde von nun an dafür sorgen, daß sie vor solchen Grausamkeiten bewahrt blieb.

* * *

Kerry runzelte hinter seinem Rücken die Stirn und fürchtete, sie könnte recht haben mit ihrer Vermutung, daß er ihre Gegenwart jetzt, da er alles über ihre mehr als ärmlichen Verhältnisse wußte, verabscheute. Als er sich zu ihr umwandte, vermochte sie den Ausdruck, der in seinen Augen lag, nicht zu ergründen und wünschte sich sehnlichst, er würde etwas sagen, das ihre Befürchtungen zerstreute. Statt dessen nahm er ihren Arm, um sie in die Küche zu führen, und ihr wurde noch erbärmlicher zumute.

Ihre Enttäuschung war jedoch bald vergessen, als ihr Blick auf den mit gepökeltem Schweinefleisch und Kohlgemüse, Salzkartoffeln und warmem Apfelmus eingedeckten Tisch fiel. Auf einem großen weißen Küchenschrank standen zwei frisch gebackene Obstkuchen zum Auskühlen, deren lieblicher Duft, gemeinsam mit dem Geruch der anderen Speisen, Kerry auf nicht gerade damenhafte Weise das Wasser im Mund zusammenlaufen ließen.

„So, Mädchen, jetzt werdet ihr erst einmal essen! Später ist noch genug Zeit zum Erzählen. Greift zu, solange die Speisen noch dampfen", befahl Molly. Sie drückte Kerry auf einen Stuhl, während sie Jess energisch bedeutete, sich auf seinen gewohnten Platz an der Stirnseite des Tisches zu setzen.

Nachdem Kerry sich von dem ersten Schock erholt hatte, als sie sah, daß Molly wie ein Familienmitglied am Tisch Platz nahm und sogar ein „Amen" auf Jess' Tischgebet erwiderte, verschwendete sie keine Zeit mehr, ihren Teller zu füllen. Sie aß, als wäre sie am Verhungern, und das war sie tatsächlich auch. Seit Wochen schon mußte sie jeden Cent zweimal umdrehen, bevor sie ihn ausgab. Das Taschengeld ihres Vaters war fast gänzlich aufgebraucht.

Molly beobachtete das Mädchen fürsorglich, nickte ein- oder zweimal zustimmend, bevor sie Kerry nötigte, sich noch einmal zu bedienen. Kerry war so von dem köstlichen Geschmack der irischen Mahlzeit beschlagnahmt, daß sie ihre Enttäuschung über Jess beinahe völlig vergaß, und sie bemerkte auch nicht, daß er kaum etwas aß.

Molly entging jedoch weder seine ungewöhnliche Gleichgültigkeit gegenüber ihrer Küche, noch die Intensität, mit der er die junge Frau ihm gegenüber musterte. Als sie ein Leuchten in Jess' Augen entdeckte – ein Leuchten, das sie seit Jahren nicht mehr gesehen hatte, kniff die Haushälterin interessiert ihre scharfen Augen zusammen.

„Und was ist mit deinem Appetit, mein Jess? Hast du plötzlich Fieber bekommen?" fragte sie spitz.

Überrascht blickte Jess, verlegen lächelnd, auf. „Wie sollte ich auch kräftig zulangen, wenn du darauf bestehst, mich mit diesem gaelischen Futter zu überhäufen?"

* * *

Kerry schaute ihn erstaunt an, und die Worte quollen aus ihrem Mund, bevor sie nachdenken konnte: „So sind Sie kein Ire, Sir – Jess, wollte ich sagen?"

„Ich? Ein Ire?" Er lächelte sie zaghaft an. „Wie kommst du darauf?"

Kerry errötete. Etwas an diesem Mann, merkte sie, verleugnete das, was sie über die beeindruckende Stellung seiner Familie, seine hohe Bildung und seinen Einfluß wußte. Ungeachtet seiner feinen Manieren hatte der Mann, der ihr gegenüber am Tisch saß, eine unerwartet schlichte und urwüchsige Art. Es war mehr als nur seine Größe, seine mehr als offenkundige Männlichkeit oder die Aura körperlicher Stärke, die ihn umgab.

„Ich weiß nicht", murmelte sie hastig, während sie vorgab, völlig damit beansprucht zu sein, sich ein zweites Mal mit Kartoffeln zu bedienen.

„Hm, hm!" schnaubte Molly. „Hör jetzt nicht auf ihn, Mädchen. Er mag vielleicht hier auf diesem Kontinent geboren sein, doch sein Blut stammt aus Irland, wie weit man es immer zurückverfolgen kann, dessen bin ich ganz gewiß. Und gewöhnlich bedient er sich zweimal, wenn ich ein gutes irisches Essen auf den Tisch bringe. Er scheint heute nur aus irgendeinem unerklärlichen Grund abgelenkt zu sein."

Ein kräftiges Klopfen an der Küchentür ließ Jess keine Zeit, Molly zurechtzuweisen. Molly stand vom Tisch auf und ging, die Tür zu öffnen. Interessiert betrachtete Kerry mit großen Augen den gutaussehenden jungen Kadetten, der die Küche betrat und vor Jess stramm stand. Mit unverhohlener Neugier musterte sie seine schwarze Mütze und die graue Uniform, die mit schwarzem Fischgrätmuster abgesetzt war, sowie die goldenen Knöpfe. Er hat ein hübsches Gesicht, dachte sie, trotz seiner steifen Haltung und dem seltsamen Doppelkinn.

„Mr. Dalton, Sir –" Seine Stimme klang steif und dienstlich, doch waren seine dunkelbraunen Augen voller Begeisterung auf Kerry gerichtet, die für einen Augenblick auf ihren Teller starrte, bevor sie seinen Blick erwiderte.

„Sir, der Rektor lädt Sie und Ihren Gast ein, gemeinsam mit ihm der

Abendparade beizuwohnen. Es wäre ihm eine Freude, mit Ihrem Mündel bekanntgemacht zu werden, Sir."

Molly unterbrach ihn: „Ihr Name ist Kerry O'Neill, Mr. Teague. Für Sie natürlich *Miss* O'Neill. Nun, möchten Sie nicht Ihr Kinn ein wenig locker machen und ein Stück Apfeltorte mit uns essen, bevor Sie wieder zu Ihrem Dienst zurückgehen?"

Hoffnungsvoll blickte der Kadett Jess an, der lächelte und zum Zeichen seiner Zustimmung mit dem Kopf nickte. „Setzen Sie sich zu uns, Mr. Teague, und lassen Sie sich die Apfeltorte schmecken."

Fasziniert beobachtete Kerry, wie sich der militärisch steife Gesichtsausdruck des jungen Mannes blitzschnell in ein gutmütiges, jungenhaftes Grinsen verwandelte.

„Vielen Dank, Sir. Ich muß mich jedoch beeilen. Sie wissen, daß ich nur in der Kantine essen darf."

„Puh, in der Kantine, ja und mit welchem abscheulichen Zeug sie euch arme Jungs dort füttern", schnaubte Molly empört, während sie ein großes Stück von der Apfeltorte abschnitt und es dem jungen Mann hinschob.

Der Kadett räusperte sich, bevor er den ersten Bissen zu sich nahm. Unverhohlen schaute er erst zu Kerry und dann zu Jess, der sich sehr langsam den Mund abwischte, um sein Lächeln hinter seiner Serviette zu verbergen.

Dann ging er in amüsiertem Ton zur Vorstellung über.

„Kerry, gestatte mir, daß ich dir den Kadetten Teague – Edmund Teague aus Philadelphia vorstelle. Mr. Teague gehört zu der ruhmreichen Klasse im letzten Ausbildungsjahr."

Einen Augenblick schaute Kerry in die freundlichen dunklen Augen des jungen Mannes, dann senkte sie ihren Blick wieder. Mrs. Glendon, die ältere Dame, mit der sie in Buffalo Tür an Tür gewohnt hatte, hatte es sich zur Aufgabe gemacht, Kerry etwas Nachhilfeunterricht in bezug auf damenhaftes Verhalten zu erteilen. Eine der Lehren, die sie Kerry mit auf den Weg gab, war, einem Mann niemals lange in die Augen zu schauen, obgleich sie nicht erklärt hatte, warum.

Kerry studierte das glattrasierte Gesicht des Kadetten und fand, daß er gut aussah. Am meisten gefiel ihr jedoch sein schelmisches Lächeln und das Funkeln seiner Augen. Es schien, als hütete er ein kostbares Geheimnis, das nur darauf wartete, enthüllt zu werden. Etwas an ihm sagte ihr, daß dieser Bursche sie nicht für geringer hielt, als sie in Wirklichkeit war.

„Es freut mich sehr, Sie kennenzulernen, Miss O'Neill. Ich hoffe, es wird Ihnen hier in der Akademie gefallen“, bemerkte er zwischen hastigen Bissen. „Molly, der Kuchen ist einfach wunderbar. Ohne deine Gaben würde ich hier verhungern, das schwöre ich. Es ist eine absolute Sünde, was man uns zu essen gibt. Oh, entschuldigen Sie bitte, Mr. Dalton, Sir.“

Schnell wandte er sich wieder Kerry zu und erklärte voller Enthusiasmus: „Miss O'Neill, es wäre mir eine große Ehre, Ihnen in meiner freien Zeit einmal West Point zeigen zu können, falls Sie möchten.“

Jess' Lächeln verschwand. „Vielen Dank, Mr. Teague, aber ich werde selbst dafür sorgen, daß Kerry – Miss O'Neill – das Gelände kennenlernt“, sagte er bestimmt.

Er scheint echt sauer zu sein, dachte Kerry überrascht und verärgert. Ihren Blick direkt auf den Kadetten gewandt, erklärte sie eindringlich: „Ich danke Ihnen trotzdem, Mr. Teague. Vielleicht sehe ich Sie gelegentlich hier.“

Als sie ihre Augen auf Jess richtete, sah sie, wie er leicht empört die Augenbrauen hochzog. *Du meine Güte, ich glaube, ich bin zu vorlaut gewesen. Trotzdem war er dem netten jungen Mann gegenüber ein wenig zu schroff.*

Nachdem der Kadett gegangen war, räusperte sich Jess unbehaglich. „Kerry, du mußt wissen, daß es dir nicht erlaubt sein wird, Umgang mit den Kadetten zu haben, außer zu besonderen Anlässen. Die Regeln, die hier gelten, sind sehr streng – eigentlich starr – und sie lassen keinerlei Spielraum für die Kadetten zu.“ Er rieb seine großen Hände aneinander und schaute auf seinen Teller, als er fortfuhr:

„Du wirst bei den Männern ... natürlich großes Interesse wecken. Sie bekommen hier kaum hübsche Mädchen zu Gesicht. Du wirst auf der Hut sein müssen, fürchte ich.“

Hielt er sie für hübsch? Dieser Gedanke war faszinierend. Vater hatte ihr nie wirklich gesagt, ob sie hübsch war oder nicht. Einmal, als sie etwa vierzehn Jahre alt war, hatte sie ihn nach seiner Meinung über ihr Aussehen gefragt. Als er nach einer halben Ewigkeit schließlich etwas erwidert hatte, fiel seine Antwort nicht so aus, wie sie es sich erhofft hatte. „Nun, Kerry, du bist schon schön, doch wird es dir guttun, stets zu bedenken, daß ein schönes Äußeres nur kurze Zeit dienlich ist, ein reines Herz aber für ewig.“

„Unsinn, Jess!“ Mollys schrille Stimme riß Kerry jäh aus ihrem Nachdenken. „So verdorben, wie du es darstellst, sind die Jungs nun wirklich nicht.“ Sie eilte geschäftig um den Tisch herum und räumte flink das Geschirr ab.

„Achte nicht auf ihn, Mädchen. Es gehört zu seinem Dienst, dafür zu sorgen, daß die Jungen sich anständig benehmen. Meist macht er das auch recht gut, doch er kann genauso empfindsam sein wie die Meute Jungs. Mir scheint, als nähme er seine Aufgabe heute, aus welchem Grund auch immer, ein wenig ernster als sonst." Sie ignorierte Jess, der sie einen Moment anstarrte und sich dann von seinem Stuhl erhob.

„Kerry, wenn du willst, zeige ich dir dein Zimmer. Ich nehme an, du möchtest dich vor dem Abend noch ein wenig ausruhen." Sein Blick war unerforschlich, als er ihren Stuhl hielt und wartete, daß sie sich erhob und ihm folgte.

Er führte sie eine weit ausholende Treppe hinauf, deren massives, kunstvoll geschnitztes Geländer seidig glänzte. Er ging voran in ein kleines Zimmer am Ende des Flurs.

„Oh, das ist großartig", rief sie entzückt aus. „Es ist so schön! Ich werde bestimmt keinen Fuß mehr vor mein Zimmer setzen wollen."

Ihre Augen weiteten sich vor Bewunderung, als sie jedes Detail in sich aufsog: die Rosentapete mit Blattgold, die Kamineinfassung aus weißem Marmor mit einer elegant geschwungenen Öffnung über der Feuerstelle und die Brücken in leuchtenden Farben, die überall ausgelegt waren. Im Kamin brannte ein Feuer, so daß der Raum insgesamt eine Atmosphäre fröhlicher Behaglichkeit und weiblicher Eleganz ausstrahlte.

Ihre kleinen Hände unter dem Kinn gefaltet, eilte sie im Zimmer umher, einzelne Möbelstücke sanft, ja beinahe ehrfürchtig berührend. Als sie sich Jess zuwandte, spiegelten ihre strahlenden Augen unverkennbar ihre Freude wider.

Über ihre Begeisterung erfreut, lächelte er herzlich. „Molly hat seit Tagen fleißig hier gearbeitet. Sie hat die Gabe, aus allem das Beste zu machen, sei es im Haus oder bei Menschen." Sein Tonfall ließ keinen Zweifel offen, wie sehr er seine Haushälterin bewunderte.

„Du ruhst dich jetzt aus, Kerry – solange du möchtest. Wenn du dich gut fühlst, werden wir später noch ein wenig spazierengehen." Als er an ihr vorüberging, berührte er mit seiner großen Hand leicht ihre Schulter, und sie spürte überrascht, wie ihr Herz einen Sprung tat, als sie die Zärtlichkeit in seinen Augen sah.

„Kerry – ich freue mich wirklich, daß du hier bist", begann er etwas zögernd. „Ich hatte stets gehofft, Geschwister zu bekommen, aber es sollte mir nicht vergönnt sein. Es wäre mir eine Ehre, wenn du mich als deinen Bruder betrachtest. Ich verspreche dir, daß ich alles tun werde, was in meiner Macht liegt, um dich glücklich zu machen."

Nachdem Jess gegangen war, ließ sich Kerry auf der einen Seite des Betts nieder und schüttelte bedächtig den Kopf, während sie ihren Blick durch ihr neues Schlafzimmer streifen ließ. Noch nie in ihrem ganzem Leben hatte sie ein eigenes Zimmer besessen! Auf ihrem Bauernhof hatte ihr eine Ecke in der Küche gehört, die ihr Vater für sie mit einer Decke abgetrennt hatte, und in ihrer Wohnung in Buffalo hatte sie auf dem Sofa geschlafen und das einzige Bett ihrem Vater überlassen, der als großer Mann den Platz brauchte, um bequem schlafen zu können.

In ihrem Kopf drehte sich alles, wenn sie an ihre neue seltsame Lage dachte und an die ungewohnten Gefühle, die ihren Körper durchströmten. Es schien mehr als wahr zu sein, daß Gott sie in die Obhut freundlicher und großzügiger Menschen übergeben hatte. Es wollte ihr scheinen, als kenne sie Molly schon ihr ganzes Leben lang. Und Jess – nun, er konnte kaum noch netter sein, wenn er ihr auch etwas seltsam vorkam. Auf jeden Fall schien er sie zu mögen, und doch spürte sie, wie er eine Distanz zwischen ihnen wahrte. Vielleicht fühlte sie sich deswegen ... unbehaglich.

Schnell überwand jedoch Müdigkeit die Sorgen über ihre neue Situation sowie die Aufregung dieses Tages. Sie zog ihre Schuhe aus und sank dankbar in das große, mollige Bett.

Ich mag es nicht gerade, anderen gegenüber verpflichtet zu sein, Herr, oder von jemandem außer meinem Vater oder mir selbst abhängig zu sein ... aber wenn es jetzt eine Zeitlang so sein muß, dann danke ich dir, daß die beiden so freundlich sind ...

Bald schlief sie ein und träumte von dem freundlichen Lächeln ihres Vaters, einem Dampfschiff und sanften, traurigen blauen Augen, die ihr ins Herz zu blicken schienen.

* * *

Eingerahmt von Jess und dem Rektor, einem rundlichen, kleinen Mann mit einer ziemlich großen Nase und nervösem Gehabe, leuchteten Kerrys Augen, während sie das eigenartige Schauspiel der Sonnenuntergangsparade beobachtete.

Gefesselt von der Pracht aus Geschichte und Tradition, die vor ihr aufmarschierte, vergaß sie einige Augenblicke, daß sie Heimweh hatte und ihren Vater vermißte. Ihr kleiner Fuß wippte im Takt zu dem exakten Rhythmus der Kadettenkapelle, und sie erschauderte bei dem Anblick so vieler junger Männer, die stolz ihre Uniform trugen; die Federbüsche an ihren Mützen fingen den Schein der langsam untergehenden Abendsonne ein, deren Glanz auf dem gesamten Platz von den vielen Bajonetten und Musketen reflektiert wurde.

Oh, das sieht ja aus wie eine Parade wunderschöner Spielzeugsoldaten, dachte sie und mußte über ihre eigene Phantasie lächeln. *Sehen sie nicht herrlich aus, alles so blitzsauber und poliert, wie bei perfekt geschnitzten kleinen Männchen?* Die Schultern gestrafft, marschierten sie in völligem Gleichklang in jeder einzelnen Bewegung. *Welch ein Anblick,* dachte sie, fasziniert von der tiefen Männerstimme, die das Kommando ertönen ließ, während die Trommelwirbel auf dem gesamten Platz widerhallten und einer der phantastischsten Sonnenuntergänge, die sie je erlebt hatte, die gesamte Szene in eine herrliche Farbenpracht tauchte.

Wunderschön, flüsterte ihr Herz ehrfurchtsvoll. Einfach wunderschön, und überhaupt nicht mehr so grausig und öde wie heute nachmittag.

Jess stand neben ihr und beobachtete die Parade, wie er es schon so oft getan hatte. Doch heute sah man, wie er im Nachdenken gefangen war, die Augen von einem dunklen Schleier umhüllt, den abzuschütteln er versuchte.

Der goldene Schein der untergehenden Sonne über dem Paradeplatz mit den aufmarschierenden Männern schien vor ihm aufzuhören, als würde die gesamte Szene an einen anderen Ort, in eine andere Zeit verlegt... Der rosige Schimmer verwandelte sich plötzlich in ein grausames, brutales Blutrot. Die herrliche Parade wurde vor seinen Augen zu einem beklemmenden Alptraum, zu einem Schlachtfeld, auf dem es ein Blutbad gab. Dieselben Kadetten, die soeben noch in exakter Aufstellung stolz paradierten, lagen jetzt verletzt und sterbend auf dem Schlachtfeld eines furchtbaren, sündigen Krieges... Väter mordeten ihre Söhne, und ganze Familien erhoben die Hand wider ihre Nachbarn. Ein Mann weinte über der Leiche seines Bruders, den er mit eigener Hand umgebracht hatte.

Er hörte die gequälten Schreie sterbender Soldaten und spürte die eisige Kälte von Händen, aus denen das Leben gewichen war. Er schritt zwischen den stummen Körpern junger Männer umher – eigentlich waren sie noch Jungen –, die einst gemeinsam marschiert waren, zusammen mitreißende Lieder gesungen und vor einer Flagge salutiert hatten, die jetzt zerrissen war, einer Flagge, die zu zwei Flaggen geworden war, als ein erbärmlicher Haufen Überlebender schwerfälligen Schrittes zu einem traurigen Rhythmus marschierte, der schicksalhaft widerhallte.

„Jess? Ist alles in Ordnung?"

Vielleicht hätte sein Herz aufgehört zu schlagen, dachte er, hätte nicht die kleine, warme Hand seinen Ellbogen berührt. Kerrys sanfte, besorgte Stimme vertrieb die teuflische Vision aus seinem Sinn.

Er zwang sich, ihre Hand zu ergreifen und lächelte schwach. „Ja, natürlich, Kleines. Ich fürchte, ich neige zuweilen zu – Tagträumerei." *Was habe ich gesehen, Herr? Was habe ich gesehen, wenn nicht eine Vision meiner furchtbarsten Ängste für dieses Land?*

Eine eisige Hand umklammerte sein Herz. *Herr Gott, was für ein Krieg ... was für ein Krieg muß es sein, wenn der Freund den Freund mordet, ein Bruder den anderen tötet auf den Feldern, auf denen sie einst gemeinsam gespielt und gearbeitet haben?*

Der Anblick ihres frischen, strahlenden Gesichtes war seine Rettung. Sein Blut schien langsam aufzutauen und wieder normal durch seinen Körper zu strömen, als er sich gestattete, das unschuldige Leuchten ihrer Augen in sich aufzusaugen. Ihr kleiner, spitzer Mund und ihr zarter Knochenbau schienen auf Zerbrechlichkeit hinzuweisen. Er vermutete jedoch, daß in jeder Faser ihres Seins Kraft verwoben war.

Schließlich, nach einer, wie er glaubte, unverschämt langen Zeit lächelte er und merkte, wie das verlöschende Licht der Abendsonne, das auf ihr Haar fiel, ihre kupferfarbene Lockenpracht mit einem feurigen Schein umgab.

In diesem Moment wurde Jess zu seiner großen Überraschung plötzlich bewußt, daß er einsam gewesen war – vielleicht seit langer Zeit. Er erkannte es, weil ihm auffiel, daß er, seit Kerry O'Neill hier war, nichts mehr von der Einsamkeit spürte, die sich vor vielen Jahren geschickt in sein Herz eingeschlichen hatte.

3

Kerry konnte sich nur schwer vorstellen, daß sie Molly Larkin erst seit zwei Wochen kannte. Als sie ihr nach dem Mittagessen am Sonntag, einem wahren Festmahl, beim Aufräumen der Küche half, plauderte sie zwanglos mit ihr und stellte ihr Fragen, als hätte sie Molly schon immer gekannt.

Ihre Fragen drehten sich hauptsächlich um Jess. Nachdem sie gemeinsam mit Molly den Morgengottesdienst in der Kapelle besucht hatte, bewegten sie so viele Fragen in bezug auf ihren Vormund, daß ihr Kopf beinahe zu zerspringen drohte.

Es hatte sie in gewisser Weise beunruhigt, als sie den Mann auf der Kanzel beobachtete und seiner feurigen, leidenschaftlichen Predigt lauschte. Er schien kaum etwas mit dem fröhlichen, gutmütigen Menschen, den sie von zu Hause kannte, gemeinsam zu haben. Zu Hause war er ungezwungen, sprach mit sanfter Stimme und bevorzugte einfache Arbeitskleidung und natürliche Umgangsformen. Er hatte sich angewöhnt, ihr neckend und liebevoll durch das Haar zu fahren oder sie an die Hand zu nehmen, wenn er bei ihren Spaziergängen im Gelände von West Point etwas entdeckte, von dem er meinte, daß es sie interessierte.

Er hatte tatsächlich in ihrem Leben die Rolle eines älteren Bruders angenommen; er war rücksichtsvoll ihren Gefühlen gegenüber und ständig auf ihr Wohlergehen bedacht.

Obgleich es sie immer noch verwirrte, daß ihr Herz bei der kleinsten Aufmerksamkeit seinerseits seltsam zu schlagen begann, war sie dennoch im Laufe der Zeit immer unbefangener ihm gegenüber geworden. Die Stunden, die sie mit Jess verbrachte, waren tatsächlich ihre liebsten.

Heute morgen auf der Kanzel war er ihr jedoch so groß und gebieterisch erschienen, als er seine Hand erhob, um eine Stelle zu erläutern, oder als er die Bibel hochhielt, als wolle er jeden einzelnen der jungen Männer in der Kapelle davor warnen, ihre Wahrheit zu ignorieren. Während sie zu ihm aufsah, übermannte Kerry das gleiche seltsam bedrückende Gefühl, das sie auch erfaßt hatte, als sie die eindrucksvolle Kapelle zum erstenmal sah.

Die Größe und Würde des imposanten grauen Bauwerks mit seinen gewaltigen Säulen hatten ihr irgendwie Angst eingeflößt, und sie war sich sehr klein vorgekommen. Als sie das Innere der Kapelle betreten hatte, wurde sie noch mehr überwältigt, als sie hörte, wie sich die Männerstimmen des Kadettenchores in vollkommener Harmonie emporschwangen, während die Strophen von „O Gott, du unsere Hilf' von alters her" von den majestätischen griechischen Säulen widerhallten. Ihr ganzes Sein wurde von einem Gefühl der Bewunderung und Ehrfurcht erfaßt. Verzückt schaute sie sich in dem beeindruckenden Kapelleninneren um und sog alles in sich auf, angefangen von dem feingeschnitzten Geländer, das den Altar umgab, bis hin zu den schwarzen Marmortafeln mit den Namen der Absolventen der Militärakademie, die ihrem Land in Kriegszeiten ruhmvoll gedient hatten. Verstohlen flüsternd fragte sie Molly nach dem einen Namen, den man offenbar entfernt hatte.

„Dort stand einmal der Name eines Verräters", antwortete Molly so leise, wie es ihre Stimme ermöglichte. „Er hieß Benedikt Arnold; er hat sein Land – unser Land – verraten. Deshalb hat er seinen Ehrenplatz hier in der Kapelle verloren – und das nur zu Recht."

Als Jess jedoch schließlich zu predigen begann, war Kerry noch verwunderter. Während sie mit leicht geöffnetem Mund zu ihm aufblickte, glaubte sie, ihr Herz müsse stehenbleiben, als sie die Glut seiner Worte in seinen Augen sprühen sah. Noch größer war ihre Verwunderung jedoch, als ihr bewußt wurde, daß er in seiner Predigt Dinge erwähnte, die in direktem Zusammenhang mit ihren Erfahrungen während der Überfahrt standen.

Während sie gespannt zuhörte, jedes einzelne Wort in sich aufsaugend, wurde ihr immer deutlicher bewußt, daß das, was sie vor einigen Tagen in der Küche als Ablehnung gedeutet hatte, mehr ein Ausdruck seines Zornes war. Auf dem harten hölzernen Sitz nach vorn gelehnt, die einzige Stellung, in der ihre Füße den Boden berührten, wagte sie kaum, sich zu bewegen, außer daß sie gelegentlich über die weiche grüne Wolle ihres einzigen guten Rockes strich oder vor Aufregung die Hände rang.

„... Wenn Sie sich nichts anderes aus dem Wort Gottes zu eigen machen" – und er hielt seine schwarze, in Leder gebundene Bibel hoch, um seinen Worten Nachdruck zu verleihen – „außer dieser einen grundlegenden Wahrheit, dann wird schon sie allein Sie adeln und vielleicht auch dazu befähigen, ein anständiges, lohnendes Leben zu führen. Und diese Wahrheit lautet: In den Augen unseres Schöpfers sind wir alle gleich." Dieses eine Wort hallte wie Musik in ihren Ohren wider. *Was für ein wunderbares Wort,* dachte Kerry. *„Wir ... sind ... gleich."*

Jess' Augen begegneten den Blicken der einzelnen Gottesdienstbesucher, während seine Worte immer feuriger wurden. „Ich bin zutiefst davon überzeugt, daß Unwissenheit Vorurteile gebiert ... und Vorurteile gebären Unmenschlichkeit ... und Unmenschlichkeit gebiert schließlich Krieg. In diesen Tagen greift in unseren Städten, Dörfern und auch an der Landesgrenze eine abscheuliche und zerstörerische Krankheit um sich. Diese Krankheit ist die Voreingenommenheit – und sie wird am Ende den Lebensnerv der Freiheit Amerikas zerstören, wenn es uns nicht irgendwie gelingt, ihrer Ausbreitung Einhalt zu gebieten.

Wir richten uns gegen diejenigen, die bei uns Zuflucht suchen. Wir verachten und verschmähen die Einwanderer, die zu uns kommen, um sich aus ihrer Armut zu befreien. Wir haben absolut *nichts* unternommen, um die unwürdigen und schändlichen Bedingungen zu ändern, die diese mutigen Leute auf dem Weg zu uns ertragen. Und wenn sie das Glück hatten, die Reise zu überleben, versetzen wir ihnen mit unserem entwürdigenden Fanatismus den nächsten Schlag!"

Seine Worte hämmerten weiter wie Schläge auf die Zuhörer. „Wissen Sie – haben Sie einmal davon gehört, was diese tüchtigen Leute erdulden, nur um zu überleben? Und schauen wir uns nur an, ... Gott möge uns vergeben ... was wir denjenigen antun, deren Hautfarbe anders ist als unsere!" Traurig schüttelte er sein Haupt mit der gewaltigen Haarpracht. „Sie bitten um Befreiung aus ihrem Elend, um Menschenwürde für ihre Familien, doch statt dessen versklavt Amerika – ein Land, das durch die Idee der von Gott geschenkten Freiheit geboren und in der Wiege dieser Freiheit großgeworden ist – von neuem Geschöpfe, die von dem einen geschaffen wurden, den wir Vater nennen."

Er beugte sich nach vorn, weit über die Kanzelbrüstung. Einen Augenblick lang wurden seine markanten, edlen Gesichtszüge von quälender Traurigkeit überschattet. „Wir sind Narren, wenn wir meinen, den Folgen unserer Unmenschlichkeit, Gleichgültigkeit und Grausamkeit entgehen zu können."

Kerry war von dieser Botschaft und der Begeisterung darüber, mit welcher Macht er dieses Thema entfaltete, das ihr selbst sehr am Herzen lag, so gefangengenommen, daß sie beinahe das Wichtigste an der Predigt – zumindest für sie – versäumt hätte. Als es plötzlich wie eine unerwartete Brandung über sie hereinbrach, hätte sie vor lauter Freude und Erleichterung von ihrem Sitz aufspringen können.

Als sie am Tag ihrer Ankunft Jess von ihrer Überfahrt berichtete, war der seltsame Zorn, den sie verspürt hatte, in keiner Weise gegen sie und die Verhältnisse gerichtet, aus denen sie stammte. Nein – Jess war einfach bewegt und verärgert gewesen, nicht, weil er ihre Armut verwerflich fand, sondern aufgrund dessen, was er vor wenigen Augenblicken bekannt hatte.

Oh, hatte sie ihn nicht völlig falsch eingeschätzt? Welch große Erleichterung war es – diesmal –, sich derart geirrt zu haben. Und war er nicht ein feiner, ehrbarer Mann – ein wunderbarer Mann ... daß er soviel Anteil nahm?

* * *

Als sie mit Molly über die Erlebnisse des Vormittags sprach, konnte Kerry eine Redewendung, die die ältere Frau gebrauchte, nicht verstehen. „Was heißt das, er gehört zu dem neuen Schlag?"

„Nun, ja", erwiderte Molly, geschickt und sicher mehrere Teller auf ihrem Arm balancierend, „man hat mir gesagt, daß die meisten von Jess' Vorgängern nur anständig und ehrbar waren – einige von ihnen sogar ein wenig langweilig. Du hast ja heute morgen selbst erlebt, daß unser Jess wie eine Brandfackel auf der Kanzel ist! Sein Glaube durchdringt sein ganzes Wesen, und er kann einfach nicht so verweichlicht darüber predigen. Außerdem", erklärte sie mit unverkennbarem Stolz, „ist er den anderen, was seine Beziehung zu Gott betrifft, weit voraus. Es gibt Männer, die reden nur von dem, was sie glauben, aber unser Jess lebt ganz gewiß auch das, was er glaubt. Deshalb verwendet er auch soviel Zeit dafür, Artikel und Bücher zu schreiben –"

„Er schreibt Bücher?" wollte Kerry wissen, und man sah ihr an, wie beeindruckt sie von dieser neuen Entdeckung war.

„Ja, das tut er, Mädchen." Molly hob das Kinn, und ihre dunklen Augen spiegelten ihre Bewunderung für den Mann wider, dessen Haushälterin sie war. „Du mußt wissen, daß unser Jess ein berühmter Mann und dafür bekannt ist, daß er sich gegen die Sklaverei und den Mißbrauch von Kindern und Frauen in den Fabriken einsetzt – auch wenn es ihm zuweilen Ärger einbringt."

Kerry hörte auf, den Topf zu schrubben, den sie gerade in der Hand hatte. „Was für Ärger?"

Molly schüttelte den Kopf und fuhr leiser fort: „Es gibt auch solche, die Gottes Gebote nicht hören wollen und sich nur diejenigen aussuchen, mit denen es sich leicht und bequem leben läßt. Unser Jess ist hier im Osten und darüber hinaus für seine Schriften und Predigten bekannt. Das bedeutet aber nicht immer, daß er sich dadurch beliebt macht, wenn du verstehst, was ich meine."

„Du meinst, daß manche ihn nicht mögen, weil er den Menschen helfen möchte, die ungerecht behandelt werden?" fragte Kerry ungläubig.

Molly hielt einen Augenblick inne, als wolle sie eine Fussel von ihrem dunkelbraunen Kleid entfernen, und schaute Kerry an: „Es ist eine Schande, so etwas über ein Land wie das unsere sagen zu müssen, Mädchen, aber es ist wahr, daß ein ehrbarer Mann wie Jess Dalton in bestimmten Kreisen nicht als Held gefeiert wird. Er läßt sich natürlich davon nicht beeindrucken – er würde bis zum Tod kämpfen für das was er glaubt. Trotzdem bereitet es mir Sorge. Manchmal fürchte ich, daß er nie Frieden findet, besonders weil er so einsam ist und immer noch um die arme Miss Emily trauert ..." Traurig schüttelte sie den Kopf, während sie die restlichen Teller in den Schrank stellte.

Kerry fühlte sich plötzlich seltsam befangen. „Wer war Miss Emily?"

„Sie wäre seine Braut geworden, wenn nicht dieser furchtbare Unfall passiert wäre. Und sie wäre in der Tat so eine vollkommene Gefährtin für ihn gewesen."

„Was ist ihr zugestoßen?" fragte Kerry langsam, während sie ihre Hände abtrocknete und anschließend ihre weiße Musselinbluse fester in ihren Rockbund steckte.

Molly schnalzte mit der Zunge, dann entgegnete sie: „Hüte dich, in seiner Gegenwart jemals darüber zu sprechen. Seine Trauer ist noch wie ein scharfkantiges Schwert, obwohl bereits fünf Jahre oder noch mehr vergangen sind, seitdem er sie verloren hat." Sie band ihre Schürze ab und ging damit vor die Tür, um alle Krumen abzuschütteln. In die Küche zurückgekehrt, setzte sie ihre Geschichte fort.

„Es war ein Reitunfall, als sie eine schöne junge Stute ritt, die ihr Vater ihr geschenkt hatte. Unser Jess und sie ritten oft gemeinsam aus, sie liebten die Pferde sehr, weißt du. Man kann sich keinen traurigeren Anblick vorstellen als den des armen Burschen, als er erfuhr, was dem Mädchen zugestoßen war. Als das Unglück geschah, war ich erst wenige Jahre bei Jess und Andrew Dalton angestellt, doch kannte ich ihn schon gut genug, um zu sehen, daß es ihn fast umbrachte."

„Er hat sie sehr geliebt, nicht wahr?"

„Oh gewiß! Sie sind zusammen aufgewachsen, und die beiden Familien waren eng miteinander befreundet. Soviel ich weiß, hat ihn außer Emily – Gott sei ihrer Seele gnädig – nie ein anderes Mädchen interessiert. Manchmal scheint es beinahe unmöglich, solche Wege zu begreifen."

* * *

Kerry ging zum Fenster und schaute in den hellen trockenen Herbstnachmittag hinaus. Warum schien es ihr ins Herz zu schneiden, als sie hörte, daß Jess einst jemanden so sehr geliebt hat? Vielleicht, weil sie begann, ihn ehrlich zu lieben – als einen Bruder natürlich.

„War sie – hübsch?" fragte Kerry leise, Molly den Rücken zugewandt.

„Hübsch, ja mehr – schön war sie." Molly hantierte weiter in der Küche herum und ersetzte das vom Mittagessen befleckte Tischtuch durch ein sauberes, bevor sie die Stühle ordentlich um den Tisch stellte. „Und sie war eine Dame. Oh, sie spielte mehrere Instrumente und las die gleichen wichtigen Bücher wie unser Jess. Ihre Familie war genauso wohlhabend wie die Daltons, und so hatte sie eine standesgemäße Erziehung genossen."

Wie roh und ungehobelt ich ihm vorkommen muß!

Kerry schluckte hart und war ratlos darüber, warum es ihr so wehtat zu glauben, daß Jess geringschätzig von ihr dachte. *Wie sehr muß er sie vermissen, wenn er sie so sehr geliebt hat, wie Molly erzählt,* dachte sie mitfühlend. *Bestimmt hat er deshalb so furchtbar traurige Augen ...*

Sie hörte sein leises, unzusammenhängendes Pfeifen, als Jess durch die Küchentür trat und seine Füße auf dem Abstreicher abklopfte, bevor Molly ihn belehren konnte, den „Dreck von draußen nicht mit in die Stube zu bringen".

„Nun, nachdem ihr alles aufgeräumt habt, könnte ich eigentlich ein Stück von dieser Sahnetorte vertragen." Seine Stimme hatte einen leicht neckenden Unterton, der Mollys Widerspruch geradezu herausforderte, worin er auch nicht enttäuscht wurde.

„Ja, ich habe schon beinahe darauf gewartet. Immer dann, wenn ich gerade fertig bin und mich endlich auch einmal hinsetzen will, kommt er hereingeschneit und möchte dieses oder jenes."

Jess, in seinen Augen ein fröhliches Blitzen, lächelte Kerry zu, während er den Kragen seines weißen Hemdes aufknöpfte und sein schwarzes Jackett auf einen Stuhl warf. „Ach Molly, ich möchte doch nur ein kleines Stückchen Torte. Doch wenn es zuviel Umstände bereitet, warte ich bis später –" Er zuckte mit den Achseln und stieß einen übertriebenen Seufzer aus, während er, zu Kerry gewandt, die Augenbrauen hochzog, um anzudeuten, daß sie beide wußten, was jetzt kommen würde.

„Du wirst nicht warten müssen!" erklärte Molly streng. „Ich könnte es mir gewiß mindestens eine halbe Woche lang anhören, wenn ich dich um dein Sonntagsdessert bringen würde. Nun setz dich schon, ich werde dir deinen Teller – *noch einmal* – richten."

Jess zog sich einen Stuhl heraus und gab Kerry einen leichten Klaps auf die Schulter, bevor er sich setzte. „Und was hast du gerade vor, Kleines?"

„Ni-nichts", murmelte sie, irritiert über das furchtbare Stottern, das seine liebevolle Berührung ausgelöst hatte.

Trotzdem freute sie sich, als er auf den Stuhl neben sich wies. „Komm, setz dich. Ich werde meine Torte mit dir teilen – du hast es viel nötiger als ich."

Er spießte ein Stück von seiner Torte auf die Kuchengabel, führte es an ihren Mund und lächelte, als sie gehorsam das „Schnäbelchen" öffnete und den leckeren Bissen schluckte.

Als sie dasaß und ihn beim Essen beobachtete, gefiel es ihr, wie er jeden einzelnen Bissen genoß. „Noch mehr?" fragte er.

Als sie den Kopf schüttelte, lächelte er und aß seine Torte auf. „Du achtest wohl auf deine schlanke Linie, was?"

„Wie meinst du das?"

Er wischte mit seiner Serviette ein Krümchen von ihrem Mund. „Nichts, Kleines. Ich wollte dich nur necken."

Wie immer, wenn sie Jess nicht gleich verstand, fühlte sich Kerry frustiert und abgelehnt. Wenn sie doch bloß so klug und gebildet wäre, wie Miss Emily Mollys Bericht zufolge gewesen sein muß. Sie preßte ihre Hände fest in ihrem Schoß zusammen und starrte auf den Tisch.

„Nun, ich werde mir jetzt die Torte wieder ablaufen. Willst du mitkommen, Kerry?" Ihre Antwort nicht erst abwartend, nahm er sie, während er aufstand, an die Hand und zog sie hoch.

„Hol deinen Umhang, Kleines, der Sonnenschein trügt. Es ist heute nachmittag ziemlich windig."

* * *

Als sie den Pfad hinabgingen, der sich hinter ihrem Haus schlängelte, bemerkte Jess, daß sie leicht fröstelte, und legte schützend in brüderlicher Weise seinen Arm um ihre Schultern. „Schön ist es hier, nicht wahr?" fragte er, während er sich zufrieden umschaute.

Wie von einer sanften Brise fühlte sich Kerry von seiner überraschend liebevollen Berührung gewärmt. „Ja, es ist schön, und dir gefällt es hier, Jess, nicht wahr?" Ihre Augen strahlten voller Zärtlichkeit, als sie zu ihm aufblickte.

„O ja, ich bin gern hier", stimmte er ihr lächelnd zu. „Ich war auch einmal Kadett, Kerry. Wußtest du das schon?"

„Du? Ein Kadett?" rief sie verwundert aus. „Aber du – du bist doch Kaplan!"

Er nickte, und sein Lächeln wurde noch breiter. „Doch war ich nicht schon immer Kaplan, Kerry. Mein Vater wollte, daß ich die Erziehung genoß, die die Militärakademie bietet – ganz zu schweigen von der Disziplin." Über sich selbst amüsiert, zog er seine dunklen Augenbrauen hoch. „Ich fürchte, ich war in jüngeren Jahren ein kleiner Rebell, verstehst du."

Er lachte, als er ihren entsetzten, ungläubigen Blick sah. „Doch, das ist wahr."

„Doch wenn du als Soldat ausgebildet wurdest, wieso bist du dann Kaplan geworden?"

Langsam ließ er seinen Blick von ihr zu den zerklüfteten Felswänden über ihnen wandern.

„Irgendwie war mir klar, daß ich dazu bestimmt war, auf andere Art und Weise als ein Soldat zu kämpfen. Schon während ich Militärstrategie studierte und mit den anderen Kadetten stundenlang exerzierte, spürte ich, wie der Herr mir einen anderen Plan für mein Leben zeigen wollte."

Wieder zu Kerry gewandt, lächelte er, als er ihren ernsten Gesichtsausdruck sah. „Und wie steht es mit dir, Kleines? Gefällt es dir inzwischen hier?"

Innerhalb von zwei Wochen hatte sich viel verändert. Die Zärtlichkeit, die sie einst verwirrt hatte, bereitete ihr nun ungerechtfertigte Freude. „Oh ja, natürlich", erwiderte sie hastig. „Du und Molly, ihr seid wunderbar zu mir."

Er forschte in ihren Augen. „Aber du bist nicht allzu glücklich bei uns, nicht wahr?"

„Es ist nicht so, daß", sagte sie, plötzlich sehr verwirrt. „Ich bin nicht ... unglücklich, Jess." Das stimmte. Sie hatte ihn und Molly sehr liebgewonnen. Die gemeinsamen Anstrengungen, ihr das Gefühl zu geben, willkommen zu sein und sich wohl fühlen zu dürfen, hatten ihr Herz schnell erwärmt und für ein gewisses Wohlbefinden gesorgt. Wie sollte sie ihm jedoch begreiflich machen – wenn sie nicht einmal sicher war, ob sie es selbst begriff – daß sie sich trotzdem gedemütigt fühlte, in dieser Abhängigheit leben zu müssen.

„Kerry?“ forschte er behutsam, wobei er sie mit einem verständnisvollen Lächeln zu ermutigen versuchte.

Ihr stockte der Atem, als er seine große, ans Arbeiten gewöhnte Hand erhob, und überraschend zärtlich ihre Wange berührte.

„Mir – mir gefällt es hier, Jess. Das stimmt wirklich. Es ist nur ...“

Er schloß ihre beiden Hände in seine viel größeren ein. „Es ist nur, daß du deinen Vater vermißt, nicht wahr, Kleines?“

„Ja, ich vermisse ihn“, gab sie leicht seufzend zu. „Er war so lange alles, was ich im Leben hatte ...“

Sanft drückte er ihre Hände, um ihr zu zeigen, daß er sie verstand. „Niemand erwartet von dir, daß du ihn vergißt oder nicht mehr vermißt, Kerry. Doch ich wünsche mir sehr, daß du deinen Groll gegen meine Vormundschaft überwindest.“

Über diese Feststellung verblüfft, wich sie von ihm zurück, während ihre Augen zornig funkelten. „Das verstehst du nicht, Jess – das kannst du nicht verstehen.“ Die Worte kamen über ihre Lippen, ehe sie sie zurückzuhalten vermochte. „Du warst wahrscheinlich niemals in irgendeiner Weise von jemandem abhängig. Ich hätte auch nie geglaubt, daß ich es einmal sein würde. Von Kindesbeinen brachte mein Vater mir bei, meinen Kopf stets hochzuhalten und für mich zu sorgen. Oh, er hat immer sehr viel von Selbstwertgefühl und Unabhängigkeit geredet. Doch sieh nur, wie weit er sich davon entfernt und was er mir angetan hat. Sag mir, wie ich für mich sorgen kann, wenn ich in jeder Kleinigkeit von dir und Molly abhängig bin!“

* * *

Er sehnte sich danach, sie an sich zu ziehen, sie in ihrer Enttäuschung zu trösten und den Schmerz aus ihren Augen zu vertreiben. Statt dessen sagte er sanft, aber bestimmt: „Kerry – du mußt annehmen, was dein Vater für dich zu tun versucht hat, die Fürsorge, die er für dich getroffen hat. Er hat es in bester Absicht getan, verstehst du das nicht?

Er hat nichts anderes versucht, als dich zu beschützen und dir eine Zukunft zu geben."

„Das weiß ich", räumte sie widerwillig ein. „Trotzdem hat er mich beschämt."

Unfähig, ihm in die Augen zu schauen, starrte sie zu Boden, um dann zu spüren, wie sein Zeigefinger sanft ihr Kinn hochhob, so daß sie ihn anschauen mußte. Seine Stimme, die gewöhnlich so voll und selbstbewußt klang, war seltsam heiser und unsicher. „Kerry, das darfst du nicht sagen. Merkst du nicht, wieviel du ... Molly und mir bedeutest? Ja, dein Vater hat uns ein Geschenk gemacht –"

Einen flüchtigen Augenblick lang schien die Kraft seines Blickes sie an sein Herz zu ziehen. Doch wurde die Zärtlichkeit dieses Augenblicks jäh zerstört. Ein großer, gutaussehender Kadett kam forschen Schrittes auf Jess zu, nahm Haltung an und grüßte Jess, während er gleichzeitig Kerry einen Blick zuwarf, aus dem sowohl Überheblichkeit als auch Interesse sprach.

4

„Mr. Dalton, Sir –"

„Was gibt es, Martin?" fragte Jess gereizt.

„Entschuldigen Sie ... die ... Störung, Sir, aber es gab eine Auseinandersetzung zwischen einem der Jüngeren und Kadett Sergeant Burns. Sergeant Burns ist schwer verletzt und läßt nach Ihnen fragen." Sofort nachdem er seine Nachricht überbracht hatte, wandte der Kadett kühn seine unruhigen, haselnußbraunen Augen von Jess ab und musterte Kerry.

Kerrys Blick war auf sein scharfkantiges, schmales Gesicht gerichtet. *Er ist ein schneidiger junger Mann*, dachte sie. *Doch etwas an ihm läßt mich vor Kälte erschaudern – wie ein frostiger Wintertag in den Bergen?* Sie entschied, daß es seine Augen sein mußten. Seine Augen waren unglaublich kalt.

„Kerry –" Jess' Stimme unterbrach sie in ihrer Einschätzung des Kadetten. „Ich muß sofort in die Akademie. Du gehst jetzt am besten nach Hause zurück."

„Wenn Sie möchten, Sir, begleite ich die junge Dame gern nach Hause", erbot sich Kadett Martin höflich.

Kerry sah, wie Jess zögerte, bevor er eine Antwort gab. Er warf ihr einen raschen Blick zu, bevor er die Situation abschätzte. „Vielleicht sollten Sie das tun. Wir sind schon weiter von unserem Haus entfernt, als ich zunächst glaubte. Kerry, du gehst mit Mr. Martin, und ich kümmere mich um Mike Burns."

„Wo finde ich ihn?" fragte er, an den Kadetten gewandt.

„Vor den Ställen, Sir. Zwei Männer aus der oberen Klasse sind bei ihm."

Nachdem Jess davongeeilt war, wandte Martin sich Kerry zu und bot ihr höflich seinen Arm an, was Kerry intuitiv ignorierte.

„Miss O'Neill?" drängte er.

Etwas an seinem Verhalten bewirkte, daß Kerry sich unbehaglich fühlte. Sie vermied jegliche Berührung und schaute alle paar Schritte aus den Augenwinkeln verstohlen zu ihm auf.

„Wie haben Sie sich inzwischen hier eingelebt, Miss – O'Neill, nicht wahr?" fragte er glattzüngig.

Sie fühlte, wie seine Augen auf ihr ruhten. Als sie ihm einen unruhigen Blick zuwarf, entdeckte sie kalte Verachtung darin und schnappte überrascht nach Luft. „Es ist nett hier", antwortete sie vorsichtig.

„Sagen Sie“, forschte er in einem Ton, der, wie Kerry meinte, eher anzüglich als neugierig war, „sind Sie und der Kaplan verwandt?“

Sie warf ihm einen argwöhnischen Blick zu und entgegnete: „Nein, wir sind nicht verwandt. Er ist mein Vormund.“

„Ach ja ... Ihr Vormund.“

In diesem Augenblick wurde Kerry bewußt, daß sie diesen Kadetten nicht im geringsten mochte. Dieser Mann hatte etwas ... Verdorbenes an sich. Bewußt und ohne ihren Schritt zu verlangsamen, vergrößerte sie den Abstand zwischen ihnen noch um einige Zentimeter.

„Wie schön für Mr. Dalton – den Trost Ihrer ... Gesellschaft zu haben. Es ist bestimmt nicht leicht für den Kaplan, soviel allein zu sein.“

Eine unterschwellige Veränderung in seinem Tonfall bewirkte, daß Kerry ihren Blick unbehaglich durch die Gegend schweifen ließ und nach einem markanten, vertrauten Punkt Ausschau hielt. Sie hatte keine Ahnung, wie weit sie von ihrem Haus entfernt waren. Ihre Angst nahm noch zu, als sie in einen dunklen, schattigen Weg einbogen. Die Blätter riesiger, überhängender Bäume überschatteten den Weg, außerdem verdeckten inzwischen dunkle, graue Wolken die Sonne. Weit und breit war außer ihnen niemand zu sehen. Kein Laut unterbrach die unheimliche Stille – außer dem lauten Pochen von Kerrys Herz, das gewiß auch der Kadett hörte. In diesem Moment sehnte sie sich danach, zu Hause bei Molly, in der gemütlichen Wärme der freundlichen Küche zu sein.

„Führen Sie mich einen anderen Weg, Mr. Martin? Ich kann mich nicht erinnern, jemals hier gewesen zu sein.“

Sein verzerrtes Lächeln ließ seine weißen, gleichmäßigen Zähne aufblitzen.

„Es ist nur ein kleiner Umweg. Ich dachte, wir gehen über den ‚Liebespfad‘ nach Hause.“ Obwohl sie ihm schnell auswich, hielt er sie fest am Arm und ging weiter.

„Jess hat gesagt, daß ich sofort nach Hause gehen soll, Mr. Martin. Das werde ich am besten jetzt tun, wenn Sie gestatten“, entgegnete sie so entschieden wie möglich, fest entschlossen, ihm keinerlei Hinweis auf die Angst zu geben, die in ihr aufzusteigen begann.

Ihren Arm weiter fest umklammernd, behielt der Kadett seinen schnellen Schritt bei. „Und natürlich würden Sie nie etwas anderes tun, als was Mr. Dalton sagt.“

„Ich wäre Ihnen dankbar, wenn Sie mich jetzt sofort nach Hause führten, Sir.“

Ärgerlich versuchte sie sich von ihm loszureißen, doch war sie seiner Kraft nicht im geringsten gewachsen. Er zog sie einfach noch fester an seine Seite.

„Hast du noch nie von dem ‚Liebespfad' gehört, Kerry? Du hast doch nichts dagegen, wenn ich dich Kerry nenne, ja?" fragte er anbiedernd, ohne jedoch auch nur einen Blick in ihre Richtung zu werfen.

Wütend blitzte sie ihn an und schnaubte: „Nein, ich habe noch nichts von ihrem ... Pfad gehört – und ich *habe* etwas dagegen, daß Sie mich Kerry nennen, sehr viel sogar! Jetzt lassen Sie meinen Arm los und bringen Sie mich sofort nach Hause – ich *bestehe darauf!*"

Er gluckste leise, ihre Forderung völlig ignorierend. „Die Kadetten gehen mit Ihren Liebchen gern zu dem ‚Liebespfad'. Es ist einfach reizend dort und ganz romantisch. Die meisten jungen Damen betrachten es als ausgesprochene Ehre, dorthin geführt zu werden." Plötzlich hielt er inne und zog sie grob an sich, seine Mütze vom Kopf reißend, während er sein Gesicht langsam zu ihrem herunterbeugte.

Entsetzen stieg in Kerry auf, das sich jedoch sofort in Wut verwandelte. Sie gab Martin mit aller Kraft, die sie aufbringen konnte, eine schallende Ohrfeige, dann wandte sie sich um und wollte weglaufen. Er hielt sie jedoch zurück und umkrallte mit seinen Fingern ihren Oberarm so fest, daß sie vor Schmerz aufschrie.

Er fluchte, als er sie in einer widerwärtigen Umarmung an sich zog. „Jetzt kehr nicht so dein irisches Blut heraus, Mädel. Ich möchte dich nur etwas näher kennenlernen, das ist alles; sehr nahe, um ehrlich zu sein. Mach schon und laß dein Theater – weit und breit ist niemand, den du damit beeindrucken könntest."

Mit überheblichem Selbstvertrauen versuchte er von neuem, sie zu küssen, doch diesmal verteidigte sie sich rücksichtslos und trat ihm mit voller Wucht ins Schienbein. Von der Wucht ihres Tritts überrascht, torkelte er, das Gesicht dunkelrot vor Zorn, auf sie zu. „Du kleines irisches Flittchen! Keine Scherze mehr –"

Gerade als er ihr wiederum seine unerwünschten Küsse aufzwingen wollte, erschien hinter ihm ein entschlossen dreinblickender Mann. Er riß so kräftig an den Armen des Kadetten, daß er Kerry losließ, dann verdrehte er ihm die Arme auf dem Rücken. Erleichtert sah sie zu, wie der Fremde mit dem stählernen Blick, der die graue Uniform der unteren Dienstgrade trug, ihren Angreifer mit kräftiger Hand von hinten festhielt, während er den Kadetten mit harter, drohender Stimme zurechtwies.

„Sie werden es doch nicht wagen, sie noch einmal zu berühren –

Sir!“ schrie er zornerfüllt. „Was soll das eigentlich? Hebt es Ihr Männlichkeitsgefühl, junge Mädchen zu ängstigen!“

Während er Martins Arme noch weiter nach hinten drehte, schaute er besorgt zu Kerry. „Ist alles in Ordnung, Miss?“ Kerry nickte zögernd, während sie ihren Arm rieb, der noch von Martins rohem Griff schmerzte.

Ihr Verteidiger ließ Martin los und stieß ihn beiseite. „Wenn ich Ihnen die Arme nicht brechen soll, Sir, schlage ich vor, Sie verschwinden von hier – *sofort!*“

„Du verrückter Grünschnabel! Weißt du nicht, was dir dafür blüht, einen aus der oberen Klasse anzugreifen? Du bist bereits so gut wie gefeuert. Hast du in den paar Monaten, seitdem du hier bist, noch gar nichts gelernt?“

Als der Jüngere seinen Blick weiterhin unentwegt und voller Abscheu auf ihn gerichtet hielt, fuhr Martin etwas leiser beschwichtigend fort: „Und sie ist ja keine Dame, verstehst du. Sie ist nur Daltons kleines irisches ...“

Mit eiserner Faust packte der „Neuling“ den Älteren am Arm: „Vielleicht sollten Sie lieber darüber nachdenken, was geschieht, wenn Mr. Dalton herausfindet, daß Sie sein Mündel angegriffen haben. Vielleicht braucht sich nicht einmal der Vorstand mit Ihnen zu befassen, *Mister.*“

Die Bedeutung dieser Worte wogen schließlich stärker als sein Zorn. Langsam trat Martin zurück, bevor er sich umwandte und unter dem unerschütterlichen Blick des anderen davonstapfte.

Kerrys Retter wandte sich zu ihr und machte eine altmodische Verbeugung: „Tom Jackson, Miss. Darf ich Sie jetzt nach Hause begleiten?“

Dankbar ergriff Kerry den dargebotenen Arm und hoffte, daß ihre schwachen, schwankenden Beine sie noch bis nach Hause tragen würden.

Als sie die Veranda betraten, stand Molly wartend an der Tür. Sie eilte ihnen entgegen und rief aufgeregt: „Wo in aller Welt bist du bloß gewesen, Mädchen? Und was geht hier eigentlich vor? Binnen weniger Minuten waren drei Kadetten hier, die irres Zeug über eine Auseinandersetzung redeten und einen Mann, der im Sterben läge, und Jess hat Vorkehrungen getroffen, jemanden den Fluß hinunterfahren zu lassen.“

Als sie Tom Jackson entdeckte, richtete sie ihre Wut gegen ihn: „Und was soll das bedeuten, mein Herr? Was haben Sie hier zu suchen?“

Kerry versuchte, sie zu beruhigen. „Das ist schon in Ordnung, Molly. Mr. Jackson hat mich nach Hause gebracht, weil –"

„Miss O'Neill hat einen Schreck bekommen, Madame", fiel Tom Jackson ein, als er bemerkte, wie Kerrys Stimme zu versagen drohte. „Wenn Sie gestatten, werde ich hierbleiben und dem Kaplan berichten, was sich genau ereignet hat. Im Augenblick, glaube ich, braucht sie erst einmal etwas Warmes zu trinken."

Molly musterte ihn genau, bevor sie Kerry fest unterhakte und dem Kadetten bedeutete, ins Haus zu kommen. „Nun, dann stehen Sie nicht nur da und schauen mich an! Gehen wir hinein, damit ich mich um das Mädchen kümmern kann. Jess wird außer sich sein, wenn er sie so sieht. Hinein, hinein!" Sie stieß ihn beinahe durch die Tür, während sie Kerry sanft neben sich herzog.

* * *

Die drei saßen am Küchentisch, als Jess atemlos vom schnellen Laufen in der Kälte die Küche betrat.

„Molly, ich brauche –"

Als er die sonderbaren Mienen der drei sah, hielt er inne. Von einem zum anderen blickend, fragte er zögernd. „Molly? Jackson? Was machen Sie hier?" Er strich sich mit der Hand über den Bart und wartete, daß ihm jemand antwortete.

Sofort erhob sich Tom Jackson von seinem Stuhl. „Mr. Dalton, Sir, es gab ein – ein Problem mit Kadett Martin." Sein Gesichtsausdruck war ernst und mißbilligend.

Jess wartete auf eine weitere Erklärung, während er erst zu Jackson und dann zu Kerry schaute. Tom räusperte sich und begann von neuem: „Sir, ich kam gerade dazu, als –"

Kerry fiel ein; verärgert über Tom Jacksons langsame, systematische Rede, konnte jedoch nachempfinden, daß er Schwierigkeiten hatte, die Situation in Worte zu fassen. Ihr Gesicht glühte vor Scham und Zorn, als ihr die Worte herausstürzten: „Mr. Martin nahm sich das Recht heraus, mir das Gelände zu zeigen und mich zu einer Stelle zu führen, die – ‚Liebespfad' heißen soll. Er ... nun ... Mr. Jackson kam gerade rechtzeitig, als ... "

„Rechtzeitig – wozu?" Jess' normalerweise gutwilliger Gesichtsausdruck veränderte sich jäh. Seine Züge verspannten sich, heiser und abgehackt kamen seine Worte zwischen zusammengebissenen Zähnen hervor. „Was ist passiert?"

Molly konnte vor Zorn und Empörung nicht mehr länger an sich halten. „Allein Gott weiß, was passiert wäre, wenn Mr. Jackson nicht gewesen wäre! Du mußt etwas unternehmen, Jess."

Kerry sah, wie Jess seine Hände zur Faust ballte und wieder entspannte, während er sich ihr zuwandte, die Augen dunkel vor Zorn. „Kerry, ich habe dir doch gesagt, daß du mit diesen Kadetten nichts zu schaffen haben kannst."

Über die Anschuldigung und den Zorn in seinen Worten entsetzt, schrie sie ihn an: „*Du* hast mich mit ihm weggeschickt! Ich hätte auch gut allein nach Hause gehen können, verstehst du! Aber nein – du mußtest mich wie ein Kind behandeln. Du hast mir gesagt, daß ich mit ihm gehen soll, Jess, du –" Zu tief verletzt, um weitersprechen zu können, hielt sie inne.

Der Zorn, der seinen Blick überschattet hatte, war verflogen. Er stand da und sah sie an, entsetzt über seine eigenen Worte. „Es tut mir leid, Kerry. Du hast natürlich recht; das habe ich nicht bedacht. Es war einfach der Schock, nach Hause zu kommen und das alles hören zu müssen." Als er sie berühren wollte, zuckte sie zusammen und wich zurück. Reumütig begann er zu begreifen. „Kerry ... ist alles in Ordnung?"

„Es ist alles in bester Ordnung!" stieß sie hervor und wünschte, sie würden sie alle in Ruhe lassen. Noch nicht einmal zwei kurze Wochen war sie bei ihnen, und welchen Ärger hatte sie bereits über sie gebracht!

Widerstrebend wandte sich Jess Tom Jackson zu. „Tom – kommen Sie bitte mit mir. Sobald ich den Männern, die sich um Sergeant Burns kümmern, noch einige Anweisungen gegeben habe, müssen wir wegen Kadett Martin beim Rektor vorsprechen. Molly, ich glaube, Kerry sollte sich hinlegen." Er warf seiner Haushälterin einen flehenden Blick zu, die zustimmend nickte.

„Komm, Mädchen; wir gehen nach oben, damit du dich ausruhen kannst. Du mußt das jetzt alles vergessen. Es ist nun vorüber, und Jess wird sich um alles Weitere kümmern."

Mit dröhnendem Kopf folgte Kerry ihr gehorsam. Sie behandeln mich beide wie ein kleines Baby. Ich bin nichts als eine Last für ihn – für sie beide. Oh, wie ich es hasse, nichts anderes zu sein – als ein Mühlstein an Jess' Hals!

Benommen taumelte sie die Treppe hinauf in ihr Zimmer, wo sie auf ihrem Bett zusammensank. Sie sagte kein Wort, als Molly sie zudeckte und ein paar kupferne Strähnen aus ihrer Stirn strich.

„Versuch ein bißchen zu schlafen, Mädchen. Wir wollen unserem Jess doch keine Sorgen bereiten, nicht wahr?“ flötete Molly sanft.

Kerry drehte ihren Kopf auf die Seite, damit Molly die heißen Tränen nicht sehen konnte, die ihre Wangen hinunterliefen. Nein, wir dürfen unserem Jess keine Sorgen bereiten, stimmte sie schweigend zu – im Mund einen bitteren Geschmack.

5

Nachdem sie Molly nach dem Abendessen beim Geschirrspülen geholfen hatte, wagte sich Kerry, auf der Suche nach etwas, was ihre Gedanken von dem Zwischenfall mit Lowell Martin ablenken würde, in Jess' Arbeitszimmer. Die schokoladenbraunen Vorhänge waren gegen das Dunkel der frühen Abenddämmerung vorgezogen, und sie zündete die dicke Bienenwachskerze auf dem großen Mahagonischreibtisch an. Zögernd ging sie in dem Zimmer umher, hier und da vorsichtig einen Gegenstand berührend, und genoß es, allein in Jess' Lieblingszimmer zu sein, umgeben von den Dingen, die er am meisten liebte.

Ihre Finger glitten über die Uhr, die auf dem Kaminsims stand, und verweilten auf der bemalten Glasscheibe. Dann ging sie wieder zum Schreibtisch zurück und untersuchte einen Briefbeschwerer aus Messing, einen Brieföffner, dessen Griff in der Form eines Säbels geschnitzt war, sowie ein kleines hölzernes Lamm.

Es war das erste Mal, daß sie sich länger in diesem Zimmer aufhielt; bisher hatte sie höchstens einen flüchtigen Blick hereingeworfen, obwohl Jess ihr ausdrücklich erlaubt hatte, sich mit allen Büchern, die sie interessierten, zu bedienen. Neugierig, was Jess gelesen haben mochte, nahm sie seine abgenutzte Bibel zur Hand, die aufgeschlagen auf dem Schreibtisch lag. Sie überflog das zweite Kapitel des Jakobusbriefes, bis sie zu den Versen gelangte, die er unterstrichen hatte: „Wenn ihr das königliche Gesetz erfüllt nach der Schrift: *Liebe deinen Nächsten wie dich selbst*, so tut ihr recht; wenn ihr aber die Person anseht, tut ihr Sünde ..."

* * *

Dann fiel ihr Blick auf ein Stück weiße Spitze, das hinten aus seiner Bibel hervorlugte. Vorsichtig zog sie daran und entdeckte ein zart besticktes Damentaschentuch, in dem getrocknete Rosenblätter lagen. *Das hat natürlich Emily gehört*, dachte sie traurig. Behutsam legte sie es an seinen Platz zurück, und das Herz tat ihr weh, als sie an den Schmerz dachte, den er durchlitten haben mußte.

Sie blätterte in den Büchern, die auf dem Regal hinter dem Schreibtisch standen. Die vielen Bücher, von denen die meisten sehr dick waren und komplizierte, hochwissenschaftliche Werke darzustellen schienen, flößten ihr Ehrfurcht ein. *Hier ist es ja bald wie in einer Universität. Alle diese wichtigen Bücher – und wie viele es sind! Wahrscheinlich hat Jess sie alle gelesen.*

Doch Molly hatte gesagt, daß er auch Bücher schrieb. Mit neu erwachtem Interesse begann sie die Regale nach Büchern abzusuchen, die seinen Namen trugen. Als sie ein dünnes Büchlein entdeckte, das neu eingebunden zu sein schien, nahm sie es aus dem Regal und schlug es auf: *Die kollektive Schande der Sklaverei, von Pfr. Jess A. Dalton, Kaplan an der Militärakademie der Vereinigten Staaten von Amerika.*

Kerry nahm das Buch an sich und setzte sich auf den Fußboden, dann stellte sie die Kerze vom Schreibtisch neben sich. Sie zog ihren langen Rock fest um ihre Beine, schlang das schwarze Tuch fester um ihre Schultern und begann zu lesen. Bei einer Aussage hielt sie inne, um deren Inhalt völlig zu erfassen. *Die abscheuliche Praxis der Sklaverei richtet beide zugrunde: den Sklaven und den Sklavenhalter. Sie zerbricht das Gemüt des Versklavten und zerstört das Gewissen seines Unterdrükkers ...*

Plötzlich bemerkte sie, wie ein Schatten über die Seiten des Buches fiel. Erschrocken schnappte sie nach Luft und blickte auf. Sie ließ das Buch fallen und hätte beinahe noch die Kerze umgeworfen.

Auf Jess' Gesicht stand die Belastung eines langen, mühevollen Tages geschrieben, und die Falten um seine Augen zeigten deutlich an, wie müde er war. „Entschuldige bitte, ich wollte dich nicht erschrekken. Du meine Güte, Kerry, was machst du hier auf dem Fußboden?" Verzweifelt schüttelte er den Kopf, während er zuschaute, wie Kerry die Kerze auf den Tisch zurückstellte.

„Was liest du da?" Er bückte sich, um das Buch aufzuheben, das sie hatte fallen lassen. Überrascht zog er eine Augenbraue hoch, während um seine Mundwinkel ein leichtes Lächeln spielte.

„Schwieriges Zeugs für ein kleines Mädchen, nicht wahr?" Er knöpfte seinen Kragen auf und hängte seine Jacke über den Stuhl am Schreibtisch.

„Ich – ich wollte nur etwas lesen, und da sah ich dieses Buch im Regal stehen und –"

„Du kannst es natürlich sehr gern lesen", erklärte er schnell. „Ich kann dir jedoch versichern, daß es hier viel interessantere Bücher gibt." Er rieb sich die Hände, ging zum Kamin und kniete nieder, um Holz nachzulegen. Vorsichtig schürte er die Flammen, bis das Scheit

Feuer gefangen hatte. Zufrieden, daß das Feuer nun eine Weile weiterbrennen würde, ließ er sich müde auf dem rötlichgelben Sofa nieder und winkte Kerry, sich zu ihm zu setzen.

„Setz dich, Kerry – ich möchte mir dir sprechen."

Unsicher nahm sie Platz. Bemüht, soviel Abstand wie möglich zwischen ihnen zu halten, drückte sie sich in die andere Ecke des Sofas und starrte ins Feuer.

„Oh, was soll das denn? Bist du mir immer noch böse?"

„Nein!" protestierte sie, nicht gerade überzeugend.

„Doch, ich glaube aber schon", seufzte er. „Und du hast auch allen Grund, böse auf mich zu sein. Kerry – schau mich an." Als sie zögerte, rückte er näher zu ihr. „Bitte – *schau* mich an."

Widerwillig gab sie nach, doch ihr Groll gegen ihn begann zu schwinden, als sie das echte Bedauern in dem zärtlichen Blick seiner blauen Augen sah. Sie blinzelte und schluckte hart, als sie gegen das ungebetene Verlangen ankämpfte, noch näher zu ihm zu rücken.

„Hast du mir vergeben?" fragte er sanft.

Sie wußte, was er meinte, und nickte, ihren Blick abgewandt.

„Kerry, ich war nicht böse auf dich. Ich war schockiert – und wütend auf Martin. Ich hätte es mir nicht träumen lassen, daß er so etwas versuchen würde. Ganz gewiß hätte ich dich ihm niemals anvertraut, wenn ich auch nur geahnt hätte, daß er ... so ein Mann ist."

Seine Nähe und die Intensität seines flehenden Blicks weckten in ihr eine Flut heftiger Gefühle. Sie versuchte, ruhig zu sprechen, doch er würde gewiß merken, wie aufgeregt sie war. „Es ist in Ordnung, Jess, ich verstehe das, wirklich."

„Nun, du wirst dich freuen, zu hören, daß er dich nicht mehr belästigen kann; er ist nicht mehr hier."

„Wie meinst du das?"

„Er wurde vor ein paar Stunden gefeuert. Weißt du, er hatte schon fast zweihundert Strafpunkte. So war seine Entlassung nur noch eine Frage der Zeit. Ich wünschte nur, es wäre nicht auf deine Kosten geschehen."

„Was bedeuten diese Strafpunkte?"

„Jeder Kadett ist verpflichtet, sich an einen Ehrenkodex zu halten. Verstößt er gegen eine dieser Forderungen, erhält er Strafpunkte; zweihundert führen automatisch zum Verlassen der Akademie. So stand Martin auch ohne den Zwischenfall von heute nachmittag kurz vor seiner Entlassung."

„Was ist dieser – Ehrenkodex? Ein Buch mit bestimmten Regeln?"

„Nein, die Regeln stehen nicht in einem Buch. Die Ehre verpflichtet die Kadetten, nicht zu betrügen, zu lügen oder zu stehlen – noch das bei anderen zu dulden. Das gesamte Ausbildungssystem dieser Akademie gründet sich auf Wahrheit und Ehre."

„Das heißt, daß jeder der Männer für sich selbst verantwortlich ist?"

„Genau, und es funktioniert, wenngleich es Zivilisten auch oft überrascht."

Sein Lächeln rief in ihr eine seltsame Mischung aus Entzücken und Unbehagen hervor, wie es immer häufiger geschah, wenn sie so nahe bei ihm war. Beklommen stellte sie fest, wieviel Platz er einzunehmen schien, und ihr Puls raste, als er ihre Hände ergriff und sie in die seinen schloß.

„Kerry ... was ich heute nachmittag gesagt habe darüber, daß du keinen Umgang mit den Kadetten pflegen kannst ... ich war – völlig außer mir. Ich habe es nicht so gemeint, wie es vielleicht für dich geklungen hat."

Als sie nichts erwiderte, nahm er sanft ihr Gesicht zwischen seine großen Hände, so daß sie ihn anschauen mußte. „Kerry?"

Seine Zärtlichkeit berührte sie wie eine Liebkosung. Trotzdem versuchte sie, nicht zuviel daraus zu machen, wußte sie doch, daß er von Natur aus freundlich und mitfühlend war. *Er würde jedem armen Menschenkind, das ihm leidtat, den gleichen Blick schenken,* sagte sie sich entschieden. *Ich bedeute ihm nicht mehr, als eine kleine Schwester ihm bedeuten würde.* Doch wenn das stimmte, warum durchströmte sie dann ein Gefühl unendlicher Wärme, als er ihr die folgenden Worte zuflüsterte?

„Weißt du, daß ich dich liebhabe, Kleines? Daß du mir sehr viel bedeutest?"

Ihr Blick glitt über seinen seidig glänzenden dunklen Bart und verweilte auf seinem entschlossenen Mund. Er war so nahe, daß sie seinen sanften Atem an ihrer Wange spüren konnte, und sie glaubte gewiß, daß er an ihrem Hals sah, wie ihr Puls raste. *Ich wünschte, ... oh, wie wäre es, in diese seine starken Arme geschlossen zu werden? Wenn er mich einfach nur in seinen Armen halten würde, nur für einen Augenblick ... das wäre mir genug für lange, lange Zeit. Oh, was denke ich nur! Ja, er würde gewiß lachen, wenn er wüßte, welche törichten Gedanken mir in den Sinn kommen und daß ich meine, mehr als ein lästiges Kind für ihn sein zu können.*

Irgendwie rief ihre unmögliche Phantasie, kombiniert mit Jess' freundlicher Zärtlichkeit, eine flüchtige Vorstellung von Lowell Martins spottendem Gesicht wach, und sie atmete tief durch, um den Schauder abzuschütteln, der ihren Körper zu erfassen drohte. Einen furchtbaren Augenblick lang glaubte sie, sich übergeben zu müssen. Jäh wandte sie sich von Jess ab, die Arme fest um ihren Körper schlingend.

Doch er hatte die plötzliche Veränderung in ihrem Gesicht bemerkt und reagierte sofort. Den Abstand, der sie noch trennte, schließend, nahm er sie in seine wärmenden Arme und drückte sie an seine Brust.

Kerry wußte, daß sie sich aus seiner Umarmung lösen sollte, doch das Wunder, ihr abwegiges Verlangen erfüllt zu sehen, hielt sie gefangen, und so gab sie sich dem schützenden Trost seiner Umarmung hin.

„Kerry, Liebes, was fehlt dir? Was ist los?“ fragte er sanft und voller Sorge.

Unfähig zu sprechen, schüttelte sie den Kopf und versuchte, gegen die Tränen anzukämpfen, die in ihren Augen brannten. *Ich darf nicht weinen ... ich werde nicht weinen ... ich werde nicht dafür sorgen, daß er mich noch mehr für ein Kind hält, als er es bereits tut ...*

„Kerry, hat Martin ... dich noch mehr verletzt, als du Molly oder mir gesagt hast?“

„Nein, Jess, das ist es nicht“, antwortete sie elend. „Ich weiß, ich bin dumm“, stammelte sie. Tröstend hielt er sie noch fester in seinen Armen. „Es war nicht so sehr ... das, was er getan hat, verstehst du, sondern vielmehr das, was er gesagt hat.“

„Was hat er gesagt, Kerry? Sag es mir, Kleines“, drängte er, während seine Hand ihren Kopf fest an sich drückte.

Trotz ihrer Entschlossenheit, die Tränen zurückzuhalten, rollten sie jetzt unaufhaltsam über ihre Wangen. „Er – er sagte, ich sei ja keine – keine *Dame*!“ Ihr Gesicht glühte, als sie von neuem an den heutigen Nachmittag denken mußte. „Er gab mir das Gefühl, daß es ihm überhaupt nichts ausmachte, was er mir angetan hat – nur aufgrund dessen, was ich bin.“

Sie spürte, wie sein Herz schneller zu schlagen begann, und hörte, wie er tief durchatmete, während er sie nur noch fester in seinen schützenden Armen hielt. „Kerry, ich weiß, daß dies nicht leicht zu begreifen ist. Du mußt jedoch wissen, daß es Menschen gibt, die sich gegen alles richten, was für sie fremd, was einfach anders ist. Glücklicherweise gibt es hier an der Akadamie nicht viele davon. Lowell Martin ist jedoch das Produkt äußerst reicher Eltern, die ihn derart verwöhnt und verhätschelt haben, daß er zu einem gewissenlosen Egoisten wurde. Nichts scheint ihm mehr heilig zu sein – außer seinen eigenen

Wünschen. Er ist ein vollkommen selbstsüchtiger Junge, der alle anderen nur als willfährige Werkzeuge in seiner Hand betrachtet. Ich bitte Gott, daß du nicht vielen solchen Menschen wie ihm begegnen möchtest, doch wenn du ihnen begegnest, so vergiß nie, daß du es mit Unwissenheit zu tun hast. Du darfst niemals zulassen, daß solche Leute dein Selbstwertgefühl in irgendeiner Weise beeinträchtigen."

Sie bemerkte seine ungehaltene Stimme und fragte sich unbehaglich, ob etwas davon gegen sie gerichtet war. Hielt er sie in irgendeiner Weise für den Zwischenfall verantwortlich? „Es tut mir leid, Jess, für allen Ärger, den du deswegen hattest."

Sanft richtete er sie auf. Ihre Schultern umfassend, forschte er in ihren Augen. „Du darfst dir niemals die Schuld geben für das, was heute passiert ist, Kerry. Das ist alles vorbei, und ich möchte, daß du mir versprichst, es zu vergessen."

Im stillen sagte sie sich, daß sie lange Zeit brauchen würde, um die Verachtung, die sie durch Kadett Martin erfahren hatte, aus ihrem Gedächtnis auszulöschen, doch nickte sie einfach und erwiderte: „Ja, Jess."

Als er sie schließlich aus seiner Umarmung entließ, klopfte er ihr ziemlich unbeholfen auf die Schulter und erhob sich von dem Sofa. „Ich wollte auch noch etwas anderes mit dir besprechen", sagte er beiläufig, als er zum Kamin ging, um das verlöschende Feuer von neuem zu entfachen.

„Ich habe bemerkt, Kerry, daß dich deine mangelnde Schulbildung bedrückt. Stimmt das, Kerry?"

„Ich – woher weißt du das?" *War er nicht der bemerkenswerteste Mann, dem sie je begegnet war! Zuweilen schien er tatsächlich ihre Gedanken lesen zu können!*

Auf das Sofa zurückgekehrt, zuckte er die Achseln und lächelte sie an: „Ich weiß nicht; vermutlich habe ich es irgendwie gespürt. Möchtest du nicht etwas dagegen unternehmen?"

„Wie meinst du das? Was könnte ich denn tun?"

Einen Augenblick lang betrachtete er sie, während er seine Hemdsärmel aufkrempelte. „Weißt du, ich bin auch Lehrer – nicht nur Pfarrer."

„Oh ja, das weiß ich", erwiderte sie, und ihre Augen strahlten voller Bewunderung. „Und Schriftsteller bist du auch noch. Molly sagt, du bist ein berühmter Mann."

Mit einem schiefen Lächeln setzte er sich wieder neben sie; nach vorn gebeugt, hielt er seine Hände gefaltet. „Du darfst dem, was Molly diesbezüglich sagt, nicht zuviel Bedeutung beimessen. Sie scheint, was mich betrifft, zuweilen etwas voreingenommen zu sein. Wie dem auch sei, möchtest du nicht Privatunterricht bei mir nehmen? Ich könnte dich in einigen Fächern, die dich interessieren, unterrichten. Wir hätten die meisten Abende zur Verfügung, um gemeinsam zu studieren, und gewiß würdest du auch tagsüber etwas Zeit zum Lernen finden, wenn du Molly nicht zu helfen brauchst. Hast du Lust, es zu probieren?"

Mit gemischten Gefühlen schaute sie ihn an, während sie sich bemühte, die in ihr aufsteigende Begeisterung zu verbergen. „Das ist doch nicht dein Ernst, oder? Ich meine, warum solltest du –"

Er streckte seine Hand aus und fuhr durch ihr Haar. „Sagen wir doch einfach, daß mir etwas Abwechslung sehr willkommen wäre, ja? Ich habe es langsam satt, immer nur diese langen, militärischen Gesichter vor mir zu sehen."

„Du neckst mich wieder einmal, und wie gewöhnlich weiß ich nicht, was ich davon halten soll."

Sofort protestierte er reumütig: „Mit so etwas würde ich nie scherzen. Sag mir, gibt es etwas, was du vor allem anderen lernen möchtest?"

„Du meinst es *tatsächlich* ernst!" Ihr Herz klopfte. Die Chance zu haben, etwas zu lernen – wirklich zu *lernen* – bei einem so hervorragenden Lehrer wie Jess – das war mehr, als sie jemals zu träumen gewagt hätte. Vielleicht würde er sie, wenn sie schnell und gut lernte, als junge Frau und nicht mehr als Kind betrachten.

Ein warmer Glanz erfüllte seine Augen, als er ihre Begeisterung sah. „Ich könnte es nicht noch ernster meinen, Kerry. Nun, sag mir – gibt es vielleicht ein Thema, auf das du dich zunächst konzentrieren möchtest?"

Sie brauchte nur einen einzigen Augenblick nachzudenken. „Ja, ich möchte mehr über Amerika wissen."

Mit dem Zeigefinger seinen Schnurrbart umkreisend, sagte er nachdenklich: „Du meinst die Geschichte?"

„Alles", sprudelte sie eifrig hervor. „Ich möchte alles wissen, was man über dieses Land lernen kann, begonnen von den Anfängen."

„Nun, du hast dir ein Thema gewählt, das mir selbst sehr am Herzen liegt. Sag' Kerry, gibt es einen besonderen Grund, weshalb du so viel über dein neues Heimatland erfahren möchtest?"

Sorgfältig wog sie seine Frage ab, bevor sie antwortete.

„Vor allen Dingen, weil es mein Land ist, und weil vieles so verwirrend ist in diesen Vereinigten Staaten."

„Verwirrend? Wie meinst du das?“

„Nun, es kommt mir manchmal vor wie ein großes Puzzle, so viele einzelne Staaten, und jeder ist anders. Einige scheinen friedliebend zu sein, andere aggressiv ... einige befürworten die Sklaverei, andere sind dagegen ... wieder andere sind wie große Bauernhöfe, während es in den nächsten hauptsächlich Städte und Fabriken gibt. Sie scheinen alle zusammenzupassen, aber keiner gleicht dem anderen. Wenn ich hier lebe“, sagte sie nüchtern, „dann möchte ich die Menschen verstehen. Und das kann ich nicht, solange ich nichts über ihre Herkunft, ihre Hoffnungen und Träume weiß, nicht wahr?“

* * *

Überrascht und gleichzeitig erfreut über die Einschätzung dieser „Kindfrau“, die neben ihm saß und ihm mit aufrichtiger Begeisterung in die Augen schaute, spürte Jess eine Vorfreude, wie er sie seit vielen Jahren nicht mehr kannte. „Ich glaube“, sagte er zärtlich, „du weißt bereits weit mehr über Amerika als manche von uns, die hier geboren wurden, Kerry. Ich meine fast, daß du mich einige Dinge lehren könntest.“

Sie errötete über sein Lob. „Ich fürchte, du wirst bald herausfinden, wieviel ich nicht weiß“, murmelte sie und forschte in seinem Gesicht nach einem Anzeichen von Herablassung.

„Was du nicht weißt, zählt nicht, Kerry – nur das, was du lernst.“ Er legte seine Hand auf Kerrys. „Du darfst es mir nicht übelnehmen, wenn ich Dinge entdecke, die du wissen mußt. Das ist keine Schwäche, verstehst du. Ehrlich genug zu sein, um einzugestehen, was man nicht weiß, ist eigentlich eine Stärke.“

„So willst du mich also wirklich unterrichten?“

Er lächelte mit gespielter Verzweiflung und tippte verspielt mit einem Finger auf ihre Nasenspitze: „Ja, Kerry Shannon, ich möchte es wirklich. Doch wenn du noch einmal an meinen Worten zweifelst, könnte ich meine Meinung doch noch ändern.“

„Oh, Jess!“ rief sie bewegt. „Ich werde bestimmt sehr fleißig sein!“

Er nickte und drückte ihre Hand. „Ja, ich weiß, daß du fleißig sein wirst.“ Als er sich von dem Sofa erhob, zog er auch Kerry in die Hocke. „Jetzt möchte ich, daß du nach oben gehst und dich gut ausschläfst. Du hast einen langen und schweren Tag hinter dir. Ich möchte, daß du frisch bist, wenn wir morgen mit dem Unterricht beginnen."

Brüderlich küßte er sie auf das Haar. Als er seine Hände einen Augenblick auf ihren Schultern ruhen ließ, während er sie zur Tür drehte, kam sie zu dem Schluß, daß dieser Abend ein einziges Wunder war – ganz gewiß.

Lächelnd beobachete er, wie ihr zarter Körper vor Energie zu strotzen schien, als sie die Treppe hinaufrannte.

Ach, Kerry, Kerry, was machst du nur mit mir? Warum scheint meine Welt Tag und Nacht hell zu leuchten, seit du sie betreten hast?

6

Während der nächsten Wochen wurde es für Kerry und Jess zur Gewohnheit, die Abende mit gemeinsamen Spaziergängen und Privatunterricht zu verbringen. Regelmäßig erlebten sie auch die Sonnenuntergangsparade gemeinsam, ein Schauspiel, das Kerry stets von neuem begeisterte. Die Präzision, mit der die Kadetten aufmarschierten, die Art, wie ihre geschulterten Bajonette die glitzernden Strahlen der untergehenden Sonne reflektierten und die Federbüschel an ihren Mützen in der kalten Herbstluft wedelten, gepaart mit dem Rhythmus der Trommeln, verliehen der Parade täglich neue Frische. Für Kerry war sie eine ständige Quelle der Inspiration und für Jess die Wurzel fortwährender Freude, wenn er ihre strahlenden Augen sah, während sie Seite an Seite im Licht der untergehenden Sonne standen.

Gelegentlich, wenn Jess abends noch andere Verpflichtungen hatte, bereitete Molly das Abendessen früher, doch meistens aßen sie erst später, nach der Parade, zu Abend, um sich anschließend noch für ein bis zwei Stunden in Jess' Arbeitszimmer zu begeben.

Kerry freute sich auf den Unterricht wie ein hungriges Kind, das zu einem Fest geladen ist. Doch schon bald entdeckte sie, daß Jess Dalton, der ein so freundliches Herz und einen so großzügigen Geist hatte, als Lehrer offenbar aus ganz anderem Holz geschnitzt war.

Kerry schien es, daß er um so mehr verlangte, je mehr sie erreichte. Sie arbeitete gern und wuchs mit den Anforderungen. Zuweilen erwähnte Jess, welche Fortschritte sie machte, doch meist drängte er sie nur voran. Er bestand darauf, daß sie nichts als gegeben hinnahm, sondern stets nach dem Sichten und Ordnen der Fakten ihre eigenen Schlußfolgerungen zog. Auch dann stellte er ihr unzählige Fragen, damit sie ihre Antworten stichhaltig begründen mußte. Sein Lob war spärlich und nie überschwenglich.

„Der Mann ist nie zufrieden", beklagte sie sich bei Molly. Sie erledigten gerade die letzten Handgriffe an den mit Hackfleisch gefüllten Pasteten, die sie für das Mittagessen am morgigen Erntedankfest vorbereiteten. „Er muß doch wissen, wie fleißig ich lerne, und trotzdem gibt er mir kaum einmal ein anerkennendes Kopfnicken. Wenn ich etwas falsch gemacht habe, kann er mir es jedoch nicht schnell genug sagen!"

„Könntest du mir bitte sagen, Mädchen, warum dieses Studieren in Büchern so wichtig sein sollte? Es wird dich nicht zu einer besseren

Ehefrau oder Mutter machen, nicht wahr?" Molly schnaubte ungeduldig, während sie die Pasteten auf den Schrank stellte. „Ach, ich hätte mich nicht von dir überreden lassen sollen, diese Pasteten schon einen Tag im voraus zuzubereiten. Ich werde mich den ganzen Tag sorgen, daß sie altbacken sein könnten."

„Die wenigen Stunden werden den Pasteten nichts ausmachen, du wirst sehen, Molly, und noch froh sein, daß wir es so gemacht haben." Ärgerlich stieß Kerry mit dem Fuß gegen die Holzkiste neben ihr, dann stellte sie einen Wassertopf mit solcher Wucht auf den Ofen, daß es laut klirrte.

„Könnte es nicht sein, Molly – um auf deine Frage zu antworten –, daß sich ein Mädchen auch noch für etwas anderes interessiert als nur, sich darauf vorzubereiten, für den Rest ihres Lebens einen Mann zu versorgen?"

„Zum Beispiel?" schniefte Molly verächtlich, während sie sich die Hände an ihrer gelb karierten Schürze abwischte.

„Zum Beispiel dafür, etwas über die Welt zu lernen."

„Ja, Lernen ist eine feine Sache, wenn man weiß, wofür man das erworbene Wissen anwenden kann", erklärte die Haushälterin spitz.

„Was ich damit zu tun gedenke, ist, eine Dame zu werden – genauso eine feine Dame wie ..."

Als sie das leise Pfeifen vor der Tür hörte, das stets Jess' Erscheinen ankündigte, hörte sie auf zu schimpfen. Sie verkehrte ihren Ärger in ein schwaches Lächeln mit zusammengepreßten Lippen, womit sie ihn begrüßte, als er durch die Tür kam. Er trat den Rest des Schnees ab, der von dem leichten Schneefall, der heute eingesetzt hatte, an seinen Stiefeln haftete. Sobald er lächelte, taute Kerry beträchtlich auf. Es war schließlich nicht seine Schuld, daß seine Haushälterin so dumm war.

„Ich habe dich heute abend während des Spaziergangs vermißt, Kerry", sagte er, als er seinen schweren schwarzen Wintermantel an die Garderobe hängte und anschließend die Schneeflocken aus seinem Bart strich. „Es hat heftiger zu schneien begonnen."

Als sie nichts erwiderte, fuhr er fort: „Ich gehe schon ins Arbeitszimmer und lese, bis du hier fertig bist." Der Blick, den er ihr zuwarf, bevor er das Zimmer verließ, zeigte deutlich, daß ihr ungewöhnlicher Ernst ihm rätselhaft erschien.

Eine ganze Weile nachdem Jess gegangen war, sprachen weder Molly noch sie ein Wort, obwohl sie gemeinsam arbeiteten. Schließlich hatte Kerry das angespannte Schweigen satt und beschloß, das Thema zu wechseln. Außerdem hatte sie eine Frage, die sie Molly schon seit einigen Wochen stellen wollte.

„Molly – darf ich dich fragen ... ob du einmal verheiratet warst?"

Molly betrachtete Kerry und zog prüfend eine Augenbraue hoch, während sie ein paarmal auf ihre Schürze klopfte. Dann nahm sie den Besen zur Hand und begann flink den Küchenfußboden zu fegen. „Ja, ich war verheiratet. Nicht lange – aber ich war einmal verheiratet."

Kerry wartete und meinte schon, daß sie nichts weiter zu hören bekäme. Überrascht sah sie, daß Molly, die sich für einen Moment auf ihren Besen gestützt hatte, Tränen in den Augen hatte – was bei ihr tatsächlich selten geschah.

„Weißt du, er starb gut ein Jahr nachdem wir nach Amerika gekommen waren."

„Oh – das tut mir so leid, Molly. Wie war dein Mann? Hast du ihn sehr geliebt?"

„Hm!" Molly wurde rot. „Als ich ein Mädchen war, bedeutete Liebe noch etwas mehr, als man heutzutage darunter versteht. Mein Patrick war ein guter Mann, in der Tat, das war er, ein paar Jahre älter als ich, ausgeglichen, fleißig und durch und durch ehrlich." Ihre Stimme wurde zärtlich, und ein Lächeln trat in ihre Augen, als sie hinzufügte: „Ja ... ich habe ihn geliebt."

„Er war älter als du, sagtest du?"

„Nur ein paar Jahre, das war nicht von Bedeutung."

„Das hat euch nichts ausgemacht?" fragte Kerry beiläufig.

„Nicht daß ich wüßte", erwiderte sie. „Bei den einen macht es etwas aus, bei anderen nicht, glaube ich."

„Ja", murmelte Kerry zerstreut. Ein neuer Gedanke kam ihr in den Sinn: „Hast du Kinder, Molly?"

„Niemanden außer dir und unserem Jess – und damit habe ich genug Sorgen!" Sie versuchte, eine strenge Miene aufzusetzen, während sie ihren Rücken stocksteif durchdrückte. „Fort jetzt mit dir. Du wirst mir ohnehin nichts mehr nützen heute abend, wenn du weißt, daß er in seinem Arbeitszimmer auf dich wartet. Geh schon, mach dich an dein Lernen."

„Ich hätte gedacht, du freust dich darüber, daß ich lernen kann, Molly", verteidigte sich Kerry. „Statt dessen machst du dich nur über mich lustig."

„Ich mache mich nicht über dich lustig, Mädchen", entgegnete Molly ein wenig freundlicher. „Unser Jess sagt, du hast einen regen Verstand, und ich denke, es ist gut, daß du lernen möchtest. Ich habe jedoch gesehen, wie ein anderer Hunger in dir entstanden ist, und das beunruhigt mich ein wenig. Laß dir sagen, daß alles Lernen und Studieren diesen Hunger niemals zu stillen vermag."

„Wovon sprichst du nur?"

„Kein Bücherwissen wird dich jemals zu einer Dame machen, mein Fräulein. Und selbst wenn es so wäre, würdest du dich selbst nicht höher einschätzen, solange du nicht gelernt hast, dich so anzunehmen, wie Gott dich in seiner Güte geschaffen hat."

Kerry klopfte ungeduldig mit dem Fuß. „Wenn du mir etwas zu sagen hast, Molly Larkin, dann tu es am besten gleich."

„Ich versuche dir zu erklären, daß du, und wenn du auch noch soviel lernst und studierst, weder deine eigene Meinung über dich selbst – noch Jess' Meinung über dich – jemals ändern kannst. Die Dinge, die ein kleines Mädchen zu einer Dame machen, findet man nicht zwischen den Deckeln eines Buches."

„Es könnte mich kaum noch weniger interessieren, was unser Jess über mich denkt. Er hat es sehr deutlich zum Ausdruck gebracht, daß ich für ihn keine erwachsene Frau bin, und du scheinst seine Meinung zu teilen – wie immer!" Kerry riß ihre weiße Schürze herunter und warf sie über einen Stuhl, dann zog sie ihren braunen Wollrock hoch und stolzierte aus der Küche.

* * *

Als Jess sie an seinem Arbeitszimmer vorüberrennen hörte, stand er von seinem Schreibtisch auf und rief: „Kerry? Wo willst du hin?"

Kurz nach seiner Tür blieb sie stehen und atmete tief durch. „Ich fühle mich heute abend leider nicht in der Lage zu lernen. Ich gehe ins Bett, wenn es recht ist", antwortete sie kurz angebunden.

Mit besorgtem Gesicht kam er zur Tür. „Du bist doch nicht krank, oder?" Er hatte ein weiches Flanellhemd angezogen, das genauso blau aussah wie seine Augen, und sie spürte, wie eine unwillkommene Welle der Zuneigung für ihn in ihr hochstieg.

„Nein – ich bin einfach müde, und da Molly mich freundlicherweise daran erinnert hat, daß all' das Lernen und Studieren nur reine Zeitverschwendung ist, werde ich –"

„Aber, aber, einen Moment mal bitte!" Er faßte sie am Unterarm und zog sie ins Arbeitszimmer. „Nun, was soll das mit Molly? Ihr beide habt euch doch nicht gestritten, oder?“

„Oh, wie konnten wir nur! Außerdem ist es ohnehin völlig egal. Die hat recht. Aus einem Schweinsohr kann man keinen seidenen Beutel machen, nicht wahr?“

Er ignorierte ihr Bemühen, sich von ihm loszureißen, und forderte sie auf: „Würdest du mir bitte sagen, weshalb du so wütend bist.“

„Ich bin nicht wütend, ich möchte einfach nur in Ruhe gelassen werden. Ich habe es mehr als satt, ständig behandelt zu werden wie ein – ein unvernünftiges Kind!“

„Dann hör auf, dich so zu benehmen!“ tadelte er sie ungeduldig, während er sich umwandte und die Tür schloß. „Nun ... ich schlage vor, du setzt dich jetzt hin und erzählst mir, was dich so aufgebracht hat.“

Sie versuchte, sich seinem Griff zu entziehen, doch wirkten ihre Versuche nahezu lächerlich. So blieb sie stocksteif stehen und starrte ihn trotzig an.

Bewußt um Geduld ringend, bat er freundlich: „Kerry – setz dich und sprich mit mir.“

Kampfeslustig hob sie ihr Kinn und erwiderte: „Ich möchte mich nicht setzen.“

„Was sollen wir nur mit deinem Zorn machen, Kleines? Komm jetzt und erzähl mir, was los ist.“ Er lockerte seinen Griff, aber nicht so weit, daß sie weglaufen konnte.

Übertrieben seufzend, erklärte sie nachdrücklich: „Ich habe es satt, von dir ständig wie ein Baby behandelt zu werden, das nur gewickelt werden muß. Und ich habe es auch satt, mir von Molly sagen zu lassen, wie ich meine Zeit – und deine – mit dem Lernen verschwende und daß ich es ohnehin nicht brauchen würde, weil ich *nur* Frau und Mutter sein werde!“

Er spürte einen plötzlichen Schmerz in sich aufsteigen, als sie von Heirat sprach. Der Gedanke, daß sie einem anderen Mann gehören könnte, schien ihm unerträglich. Er wußte, daß seine Reaktion egoistisch war. Natürlich brauchte sie einen jungen Mann, mit dem sie ihr Leben teilen konnte – sie würde nicht für immer bei Molly und ihm bleiben können. Dennoch sträubte sich alles in ihm bei dem Gedanken, sie in den Armen eines anderen zu wissen.

Da sie offensichtlich auf eine Antwort von ihm wartete, begann er, einen Moment stockend: „Du solltest versuchen, ein bißchen mehr

Verständnis für Molly aufzubringen. Du weißt, daß sie dich wirklich liebt und nur um dein Wohl besorgt ist.“

Ihre glühenden Wangen wurden dunkelrot. „Nun, wenn du ihre Meinung teilst, weshalb verschwendest du dann deine kostbare Zeit mit mir?“

„Du weißt, daß ich es nicht als Zeitverschwendung betrachte. Jetzt *bist* du aber kindisch.“

Er sieht ... aufgeblasen ... ja, aufgeblasen aus, entschied sie ärgerlich. „Oh, hör doch auf damit! Hör bitte auf!“

„Womit soll ich aufhören?“ Einen Augenblick lang verwirrt, wich er vor ihr zurück.

„Du sollst aufhören mich zu be- be-“ Ihre Stimme versagte vor Zorn.

„Dich zu bevormunden. Du glaubst, ich bevormunde dich? Nein, Kerry –“

„Lustig machst du dich über mich, ja!“ Tränen brannten in ihren Augen – wie immer, wenn sie wütend war.

„Kerry, Kleines ...“

* * *

Gedemütigt, daß sie in seiner Gegenwart völlig ihre Fassung verloren hatte, stieß sie mit ihren Fäusten blind gegen seine Brust. *Er hat gesagt, ich sei kindisch – und das bin ich auch.*

„Ich wollte dich nicht verletzen, Kerry; bestimmt nicht. Das weißt du sicher. Und auch Molly würde dich niemals bewußt kränken, Kleines –“

„Jetzt hast du schon wieder: *Kleines* gesagt! Oh, ich hasse es, wenn du mich behandelst, als wäre ich ein schwieriges Kind – und wie ich es hasse! Du und Molly ihr – haltet mich für amüsant, nicht wahr?“

Immer noch über ihren Zorn verwirrt, rang er überrascht nach Atem. Doch dann bemerkte er noch etwas anderes in ihren Augen – Demütigung? Ihm tat das Herz weh, und seine Stimme war nicht mehr als ein Flüstern, als er erwiderte: „Ich würde mich nie über dich lustig machen, Kerry – spürst du das nicht?“

Langsam, zögernd, nahm er sie in seine Arme, ihren Kopf sanft an seiner breiten Brust bergend.

* * *

Kerrys Sinne drohten zu explodieren, als sie sein Herz an ihrer Wange schlagen hörte. Sie klammerte sich an ihn, als würde sie fallen, und schloß ihre Augen, als sich alles um sie herum zu drehen begann. Sie hielt den Atem an, als seine Lippen zögernd ihre Stirn berührten.

Als sie langsam zu ihm aufsah, begegnete sie einen Augenblick seinem fassungslosen, staunenden Blick. Er sah sie so an, als hätte er sie noch nie gesehen. Atemlos registrierte sie, wie er voller Zärtlichkeit in ihrem Gesicht forschte und dabei zu entdecken schien, daß ihr Herz in Vorfreude zu zerspringen drohte. Es schien das Natürlichste auf der Welt zu sein, daß er sich zu ihr herabbeugte und seine Lippen die ihren in einem zärtlichen Kuß berührten, der so wunderbar süß war, daß Kerry glaubte zu träumen.

Der Kuß währte nur einen kurzen Augenblick, doch, das wußte sie, er würde ihr gesamtes Leben verändern. Er seufzte zärtlich und flüsterte ihren Namen gegen die dicken seidigen Locken an ihrer Schläfe. Sie spürte, wie seine starken, sicheren Hände auf ihrer Schulter zitterten, und sie fürchtete, laut aufschreien zu müssen, als eine Freudenflut ihre Sinne zu überwältigen drohte.

Dann sah sie seinen gequälten, reuevollen Blick.

* * *

Entsetzen sprach aus seinen Zügen, als er sie, beinahe grob, von sich schob. „Kerry –" Seine Stimme war nicht mehr als ein rauher Hauch. „Verzeih mir. Es tut mir so leid ..."

Auch als die Schuld ihn mit voller Gewalt anklagte, wurde sein Verstand in dem Wunder der Zärtlichkeit ertränkt, das er erfahren hatte – wenn auch nur für einen flüchtigen Augenblick. Aus den tiefsten Quellen der Selbstbeherrschung schöpfend, die er besaß, schüttelte er seine Verzückung ab und schalt sich im Geist. *Sie ist noch ein Kind. Und außerdem bist du ihr Vormund, Mann!*

Doch er wußte, daß er sich selbst belog, während er noch immer mit ausgestreckten Armen dastand, als wolle er sie in sicherer Entfernung halten.

Das Kind, das aus Buffalo zu ihm gekommen war, stand jetzt selbstsicher an der Schwelle zum Frausein, geschmückt mit den Knospen einer wunderbar anziehenden Schönheit.

Er hatte versucht, sie zu einer kleinen Schwester zu machen, zu einem bezaubernden Liebling, einem Objekt liebevoller Zuwendung.

Dabei hatte er seiner Liebe und Zärtlichkeit freien Lauf gelassen und, bis vor wenigen Minuten, nichts von den Veränderungen bemerkt, die im Laufe der Wochen eingetreten waren. Die regelmäßigen Mahlzeiten mit gesunder Kost, Bewegung an der frischen Luft und die Erleichterung, den Fesseln der Armut entronnen zu sein, hatten ihrer einst überschlanken Figur eine bezaubernde Weiblichkeit verliehen und ihre zarte Haut mit Farbe und Leben erfüllt. Ihr Haar war eine kupferfarbene Feuerglut, und ihre smaragdgrünen Augen leuchteten so hell, als hätten sie Sonnenstrahlen eingefangen.

Wie ein Tor hatte er seinem Beschützerinstinkt gestattet, sich unkontrolliert zu entfalten, und nun drohte sein ursprünglich unschuldiges Verlangen, sie zu hegen und zu pflegen, in ein verbotenes Gefühl abzugleiten. Als er in ihre verwirrten, wartenden Augen schaute, glaubte er, daß sie sich aufgrund ihrer Situation verpflichtet fühlen könnte, sich jeder Art von Beziehung zu fügen, die er zu wählen vorzog. Sein gesunder Menschenverstand mußte ihn verlassen haben, als er die Kontrolle über die Realität verlor. Und jetzt mußte er es ungeschehen machen – er *mußte* es.

„Es tut mir leid", flüsterte er noch einmal und drängte sie noch weiter von sich.

„Nein, Jess – oh, es braucht dir nicht leid zu tun", stieß sie stockend hervor.

Als sie sich ihm wieder nähern wollte, hielt er sie zurück. Während er mit einer Hand ihre Schulter festhielt, strich er ihr mit den Fingern der anderen Hand leicht über die Lippen. „Du mußt es vergessen, Kerry ... Ich habe nicht das Recht ..."

Sie schaute ihn an, als hätte er sie geschlagen. „Aber wolltest du mich denn überhaupt nicht küssen, Jess? Habe ich irgend etwas falsch gemacht ...?" Ihre geflüsterten Worte verhallten, und ihre Stimme versagte unter dem verwundeten Blick seiner brennenden Augen.

„*Nein*, Kerry! Du hast nichts falsch gemacht – ich habe unrecht gehandelt. Ich hätte es niemals zulassen dürfen."

Betrübt sah er den Schmerz und die Verwirrung in ihrem Blick. *Sie glaubte, daß er sie verschmähte.* Er wünschte sich so sehr, sich ihr verständlich zu machen, und doch sah er keinen Weg, wie er das tun konnte, ohne die Situation noch zu verschlimmern. So stöhnte er voller Verzweiflung beinahe laut. „Kerry – bitte, hör mir zu. Ich habe für einen Augenblick vergessen, daß ich dein Vormund bin. Das war falsch von mir. Ich wollte dich nur trösten, nicht ..."

Als er den Zweifel in ihren Augen sah, wußte er, daß er alles nur noch schlimmer machte. Wütend über sich selbst, versuchte er noch einmal, den Folgen seiner Voreiligkeit zuvorzukommen. „Vierzehn Jahre, Kerry – das ist ein großer Unterschied. Und auch wenn der Abstand nicht so groß wäre, bin ich trotzdem noch verantwortlich für dich – als meinem Mündel." Voller Selbstverachtung verzog er seinen Mund. „Alles, was ich tue, soll zu deinem Besten dienen. Und das ist wohl kaum zu deinem Vorteil", murmelte er heiser.

Sein Gesicht war vor Reue verzerrt, als er ihre Schultern noch fester umklammerte. „Du mußt mir versprechen, alles zu vergessen. Ich versichere dir, daß es nie wieder vorkommen wird."

Als sie schwieg, drängte er in strengem Ton: „Kerry? Verstehst du das?"

Ihre Stimme wurde immer undeutlicher, als sie mit gesenktem Kopf antwortete: „Natürlich, ich verstehe. Und wenn du es so einfach vergessen kannst, brauchst du dir keine Sorgen zu machen, daß ich auch nur einen Gedanken daran verschwenden werde. Schließlich war es ja nur ein Kuß."

Etwas erleichtert, nickte er unsicher und lockerte seinen festen Griff. „Nun, dann gehst du am besten jetzt schlafen. Der Rektor und seine Frau essen am morgigen Erntedankfest zeitig mit uns zu Mittag. So wird Molly gleich früh deine Hilfe brauchen." Sich von ihr abwendend, ging er steif zum Kamin.

* * *

Ihr tat das Herz weh, als sie sah, wie seine breiten Schultern zusammensanken. Doch trotzdem konnte sie sich eine spitze Antwort nicht verkneifen: „Was immer Sie wünschen, Sir."

* * *

Noch lange nach Mitternacht versuchte Kerry vergebens, das zärtliche Gefühl zu vergessen, als Jess sie in seinen Armen gehalten und seine Lippen ihren Mund berührt hatten. Schließlich hatte sie es satt, sich unter den dicken Decken, auf denen Molly bestand, hin- und herzuwälzen und schlüpfte aus dem Bett. In ihren abgetragenen Bademantel gehüllt, setzte sie sich auf die Fensterbank, die Knie bis unter das Kinn angewinkelt.

Die Erde sah beinahe wie weißer Samt aus, und immer noch fiel Schnee. Der scharfe Westwind hatte gerade eine Schneewehe erfaßt und blies sie hart gegen den Torpfosten. Sie fröstelte, als hätte auch sie ein kalter Windstoß erfaßt.

Wie konnte sie sich gestatten, und war es auch nur für einen Moment, sich vorzustellen, daß Jess sie küßte, weil er sie als Frau zu lieben begann! Und was mochte er über ihr Verhalten gedacht haben, nachdem er es klargestellt hatte?

Doch was *hat* ihn dazu bewegt, sie zu küssen? Es war gewiß nicht ihre Idee gewesen. Nicht, daß es ihr mißfallen hätte, räumte sie ein ...

Ich möchte wissen, ob er gemerkt hat, daß es mein erster Kuß war? Ich bin mir jedoch sicher, daß es bei ihm nicht der erste war ... schließlich war er einmal verlobt. Da sie nicht darüber nachdenken wollte – bewußt keinen weiteren Gedanken darauf verschwenden wollte –, fuhr sie fort, über seine Motive zu rätseln.

Dummkopf! Er ist schließlich ein Mann, oder? Und außerdem ist er einsam, wenn mich nicht alles täuscht. Auch so ein starker Mann wie Jess kann in Versuchung geraten, wenn er Abend für Abend mit einem weiblichen Wesen zusammen ist, besonders wenn es in seiner Umgebung keine anderen Frauen unter fünfzig gibt.

Gib es doch zu, Kerry O'Neill: Du hast deiner Phantasie freien Lauf gelassen, nicht wahr? Jess mag dich vielleicht als „kleine Schwester", und vielleicht hat er sich auch ein bißchen von seinen Gefühlen treiben lassen – hat dich Vater nicht vor der natürlichen Leidenschaft der Männer gewarnt? – aber mach' jetzt nicht mehr daraus, als es war.

Und vergiß nicht, seine einzige wahre Liebe war eine richtige Dame, eine Dame aus gutem Haus, gebildet und – das richtige Alter hatte sie außerdem. Du tust gut daran zu denken, daß du in der alten Heimat für Familien wie die Daltons oder seine feine Lady Emily das Klo saubermachen oder die Fußböden schrubben würdest. Molly hat recht: Du mußt die Dinge so nehmen, wie Gott sie eingerichtet hat, und damit zufrieden sein, anstatt herumzusitzen und töricht zu träumen von einem Mann, der dich nie anrühren würde, wenn er bei klarem Verstand ist. Falls du noch einen weiteren Beweis brauchst, dann denk daran, wie er dich von sich gestoßen hat, als er wieder nüchtern wurde – als hätte er sich an einer Schaufel heißer Kohlen verbrannt.

Erst als ihr so kalt war, daß sie es nicht länger ertragen konnte, ging sie in ihr Bett zurück. Das ruhelose Hin- und Herwälzen der ersten Nachthälfte setzte sich fort, bis sie das erste Tageslicht durch die Fensterscheiben dringen sah. Und obwohl sie am Ende doch einschlief, konnte sie keine Ruhe finden zwischen den Fragen und Bildern, die sie in ihren Träumen verfolgten.

7

Während des gesamten Sonntags – dem Erntedankfest – war Jess höflich, aber reserviert. Dieses Verhalten setzte sich auch während der folgenden Woche fort. Kerry versuchte, es nicht tragisch zu nehmen, in Wahrheit fühlte sie sich jedoch durch seinen Rückzug elend und verlassen.

Über die Ausweglosigkeit ihrer Situation frustriert, merkte sie, wie er sich zurückzog, traurig darüber, daß sie zu einem solchen Problem für ihn geworden war. Sie hatte ihrerseits das Wunder, in seinen Armen zu liegen, nicht vergessen, und war es auch nur für einen kurzen, flüchtigen Augenblick. Aber um Jess' willen wünschte sie, es irgendwie ungeschehen machen zu können.

Sie war fest entschlossen, daß sie, wenn er nicht mehr als ein freundlicher älterer Bruder für sie sein wollte, auch nicht mehr als eine anständige kleine Schwester zu sein wünschte. Nett und höflich ihm gegenüber, folgte sie seinem Vorbild, ihre Gespräche leicht, freundlich und harmlos zu gestalten.

Sie war sichtlich erleichtert, als sie nach ein paar Tagen bemerkte, wie seine Kälte ein wenig zu tauen begann. Ängstlich darauf bedacht, ihn nicht zu verärgern, tastete sie vorsichtig nach einer Antwort, als er sie fragte, ob sie Interesse hätte, ein Kammerkonzert zu besuchen, das zu Ehren der Visite eines deutschen Herzogs gegeben wurde. Er erklärte ihr, daß Kadett Teague um die Erlaubnis gebeten habe, sie zu begleiten. Einen Augenblick lang glaubte sie, er wollte, daß sie die Einladung des Kadetten annahm. Doch als sie das getan hatte, wurde sie von einem traurigen, dunklen Schimmer beunruhigt, der seinen Blick trübte. Dieser war jedoch schnell wieder verschwunden, und so sagte sie sich, daß es vielleicht nur ein Produkt ihrer Phantasie war. Jess war es vermutlich egal, ob sie zu dem Konzert ging oder nicht.

Die folgende Woche brachte eine weitere Überraschung. Eines späten Nachmittags kehrte Jess nach einer rätselhaften Abwesenheit von zwei Tagen nach Hause zurück. Er hatte genug Stoff für mindestens ein halbes Dutzend Kleider mitgebracht, darunter auch eine reizende hellgrüne Seide. Er gab Molly den Auftrag, daraus ein Festkleid für das Konzert zu schneidern.

Als Kerry gegen soviel Aufwand ihretwegen protestierte, wischte er ihre Einwände schnell vom Tisch. „Kerry, du brauchst schon lange neue Garderobe. Und weil du nicht ohne die entsprechende Kleidung in dem Konzert erscheinen kannst – und du sagtest doch, daß du gern gehen möchtest, nicht wahr –, kam ich zu dem Schluß, daß dies der richtige Zeitpunkt wäre, einiges für dich einzukaufen."

Seine Stimme wurde leiser, und er errötete leicht, als er fortfuhr: „Du ... äh ... wirst in deinem Zimmer noch einige Pakete finden. Ich – war so frei, dir noch einige Dinge zu kaufen, die du meiner Meinung nach brauchen könntest. Molly hat mir beim Erstellen einer Liste geholfen."

Zu gespannt, um noch weiter zu protestieren, eilte Kerry, von Molly gefolgt, die Treppe hinauf. Auf ihrem Bett lag ein ganzer Berg von Paketen aus den verschiedensten Geschäften von New York City. Beim Auspacken kam ein atemberaubendes Sortiment weiblicher Kostbarkeiten zum Vorschein, einschließlich zarter Unterwäsche. Auf ihre Wangen trat eine heiße Röte. Fragend blickte sie zu Molly, die sie schnell und sachlich beruhigte: „Du brauchst mich nicht so wütend anzuschauen, Fräulein. Jess wußte, daß du das alles brauchst, weil ich es ihm gesagt habe. Seine Tante Marian, die Schwester seiner Mutter, hat die intimeren Stücke ausgewählt. Es ist also alles in bester Ordnung."

Sofort begann sie, Kerry beim Aufräumen der Sachen zu helfen. „Ich werde das Kleid für dein Konzert lange vor der Zeit fertig haben, so wie Jess es möchte. Das zarte Grün wird reizend aussehen zu deinem Haar. Geh jetzt – ich räume hier fertig auf. Du wirst Jess gewiß danken wollen."

Sie fand ihn im Flur, als er gerade seinen schwarzen Wintermantel anziehen und weggehen wollte. Plötzlich von dem Ausmaß seiner Freundlichkeit ihr gegenüber überwältigt, fühlte sie sich seltsam scheu, als sie ihm entgegenging.

„Jess?" Er wartete und sah sie liebevoll lächelnd an.

„Ich – ich wollte dir danken. Es ist alles so reizend – wirklich bezaubernd! Doch du hättest nicht soviel für mich kaufen sollen. Ich brauche nicht so viele schöne Sachen."

Zärtlich strich er ihr eine widerspenstige Locke aus dem Gesicht. „Du verdienst schöne Sachen, Kerry, und außerdem habe ich sonst niemanden, für den ich sie kaufen könnte. Erlaube mir, das für dich zu tun, Liebes – es macht mir Freude." Seine Stimme war so wunderbar zärtlich und sein Blick wie eine sanfte Berührung.

Was war er doch für ein Rätsel! In dem einen Moment konnte er sie durch seine Gleichgültigkeit erschaudern und im nächsten aufgrund seiner liebevollen Fürsorge dahinschmelzen lassen. Manchmal kam es ihr so vor, als würde ihre Welt ständig kippen, so daß sie nie wissen konnte, auf welcher Seite sie als nächstes aufkommen würde.

Als Kerry an jenem Abend, als das Konzert stattfand, die Treppe heruntergeschwebt kam, wurde sie sowohl von Edmund als auch von Jess erwartet. Sie ertappte sich dabei, daß sie als erstes Jess' Zustimmung suchte, und ihr Herz jubelte vor Freude, als sie die unverkennbare, überschwengliche Bewunderung sah, die ihr aus seinen blauen, fest auf sie gehefteten Augen entgegenstrahlte.

Molly, die ebenso gut mit der Nadel umgehen wie kochen konnte, hatte aus der zartgrünen Seide ein wahres Meisterwerk gezaubert. Das auf Taille gearbeitete Oberteil fiel in tiefen Spitzen über einen zierlichen, mit Samtband besetzten Rock. Der Halsausschnitt war gerade geschnitten, nur vorn leicht abgerundet, wo der Stoff à la grecque in Falten gelegt war. Eine elegante weiße Stola bedeckte die kurzen Ärmel. Zu Kerrys Entzücken hatte Jess sogar an ein Paar zierliche weiße Seidenstiefel gedacht, die ihre Kleidung komplettierten.

Als sie oben einen ersten Blick in den Spiegel geworfen hatte, war sie vor dem Bild, das ihr entgegenschaute, erschrocken. Sie glaubte, sich außerhalb ihres eigenen Körpers zu befinden und zuzuschauen, wie eine Fremde durch ihr Zimmer tanzte. Nachdem sie sich immer wieder betrachtet hatte, lächelte sie schließlich überrascht und zufrieden.

Unten an der Treppe angelangt, hielt sie zögernd inne, während Edmund ihr entgegenkam. Sein schmeichelndes Lächeln ließ sein schelmisches Gesicht noch heller strahlen. Jess stand aufrecht und feierlich hinter dem Kadetten, und Kerry fragte sich, was ihr Vormund wohl dachte.

* * *

Sie wäre erstaunt gewesen, hätte sie gewußt, in welchen Aufruhr ihre Erscheinung seine ohnehin schon aufgewühlten Gefühle versetzte. *Welch überwältigender Anblick*, dachte er und vermochte nicht zu verhindern, daß sein Herz sich vor Schmerz zusammenkrampfte, als er sah, wie Teague ihren Arm nahm.

Dieser ungebetene Anflug von Eifersucht erinnerte ihn daran, daß sich seine Gefühle für das Mädchen auf brüderliche Liebe beschränken sollten. Entschlossen wandte er sich dem Kadetten zu, der Kerry fasziniert bewunderte.

„Mr. Teague?“

„Sir?“ Widerstrebend wandte Edmund seinen Blick von Kerry ab.

„Ich kann mich darauf verlassen, daß Sie Miss O'Neill heute abend nicht später als elf Uhr wieder zurückbringen, ja?“

„Ja, Sir! Keine Minute später, Mr. Dalton, Sir.“

Hätte Jess sich nicht so gereizt – oder so *alt* – gefühlt, hätte ihm der Anblick der beiden gewiß Freude bereitet. Kerry, die noch nie in ihrem Leben ein Konzert besucht hatte, zersprang bald vor Begeisterung. Du meine Güte, sie würde wohl nie ganz und gar *sittsam* werden – und irgendwie hoffte er auch, daß dies nie eintreten würde –, doch sie war unglaublich reizend. Und Teague – dem *jungen* Teague, wiederholte er zu sich selbst kummervoll – würde noch die Zunge im Hals steckenbleiben, wenn er nicht bald an die frische Luft kam. Doch wer konnte es dem Jungen verübeln? Sie war so schön, daß es jedem Mann den Atem rauben würde.

* * *

Kerry war überrascht, als sie, kurz bevor das Konzert begann, Jess hereinkommen sah; er hatte es ihr gegenüber nicht einmal erwähnt, daß er auch das Konzert besuchen würde. Doch da war er und sah hervorragend aus in seinem schwarzen Frack, dem Stehkragen und der breiten Krawatte. Sein Haar sah wie immer ein wenig ungezähmt aus, doch dieser Zug machte ihn ihr nur noch lieber. Sie entschied, daß er der schönste Mann im Saal war, obgleich er sich in seiner vornehmen Abendgarderobe etwas unbehaglich zu fühlen schien.

Während der Pause kam er zu ihr; Edmund war gerade weggegangen, um Bowle zu holen, und so stand Kerry dicht an der Wand und sah mitten unter vielen Kadetten und den Honoratioren verloren und unbehaglich aus.

„Und warum hast du mir nicht gesagt, daß du heute abend auch hier sein wirst, Jess?“ Ihre Augen strahlten vor Freude, als er näherkam.

Er zuckte mit den Schultern und lächelte. „Ich habe erst in letzter Minute beschlossen zu kommen. Im allgemeinen liebe ich Kammermusik nicht besonders. Gefällt es dir?“

„Oh ja, natürlich! Besonders das letzte Stück, das mit der Flöte. War es nicht wundervoll?“

Er lächelte ihr zu. „Ach ja, ich hätte es beinahe vergessen – dein Vater spielte Flöte, nicht wahr?“

„Und ich selbst früher auch“, erklärte sie scheu.

„Kerry, davon hast du mir noch nie erzählt. Wo ist deine Flöte? Hast du sie noch?“

„Nein – sie gehörte Vater. Kurz bevor er starb, hat er sie in eine Werkstatt gebracht, wo man Instrumente repariert. An der Flöte mußte etwas repariert werden, verstehst du.“ Sie versuchte, gleichgültig mit den Achseln zu zucken, doch ihre feuchten Augen verrieten sie. „Nachdem Vater gestorben war, konnte ich nicht herausfinden, wo sich die Werkstatt befand. Außerdem hätte ich wahrscheinlich die Reparaturkosten nicht bezahlen können.“

„Das tut mir leid, Kleines“, sagte er sanft und forschte in ihrem Gesicht. Als Edmund mit der Bowle zurückkam, wandte er seinen Blick von Kerry ab und ließ ihn müßig durch den Raum schweifen, während er sich für ein paar Minuten zwanglos mit den beiden unterhielt.

„Ist er nicht ein außergewöhnlicher Mann?“ fragte Edmund beiläufig, nachdem Jess an seinen Platz einige Reihen vor ihnen gegangen war.

„Was? Oh – ja, das ist er.“ Schnell wandte Kerry ihre Aufmerksamkeit wieder dem Kadetten zu.

„Ich nehme an, er ist sehr gut zu Ihnen.“ Es war mehr eine Feststellung als eine Frage, und ehe sie antworten konnte, fuhr er fort: „Die meisten halten ihn für einen feinen, ausgeglichenen Mann, obgleich einige der ‚hohen Tiere‘ ihn zuweilen am liebsten aufhängen würden.“

Kerry schaute den Kadetten entsetzt an: „Wie meinen Sie das?“

Er zuckte mit den Achseln und nahm noch einen Schluck Bowle, bevor er antwortete. „Er ist etwas – umstritten. Nicht alle teilen seine Ansichten über Gleichheit, das kann ich Ihnen versichern. Ich persönlich finde ihn inspirierend. Sie haben Glück, soviel mit ihm zusammensein zu können.“

Auf seine letzte Feststellung erwiderte Kerry nichts, und sie stellte ihr halbvolles Bowleglas auf einen Tisch in der Nähe. *Glück soll ich haben?*“ sinnierte sie, während sie zu ihren Plätzen zurückgingen. *Ich weiß nicht ... ich glaube, es macht alles nur schwerer, wenn man versucht, sich nicht zu sehr für ihn zu interessieren und ihn doch jeden Tag sehen und in seiner Nähe sein muß ...*“

Als sie mit Edmund nach dem Konzert das Gartentor erreichte, lachte Kerry vor Vergnügen über die sonderbaren Geschichten, die der Kadett über seine Familie erzählte – offensichtlich eine große Sippe, die keine Hemmungen kannte, und wo es wenig Platz für gesellschaftliche Konventionen und Regeln gab. Es überraschte Kerry nicht, daß Edmund aus bescheidenen Verhältnissen stammte, wenngleich seine Familie auch nicht so arm war wie ihre. Vom ersten Augenblick an hatte sie gespürt, daß sie vieles gemeinsam hatten, und sie mochte ihn bereits sehr – als einen Freund.

* * *

Jess hielt seine Hände fest hinter seinem Rücken, während er am Fenster seines Arbeitszimmers stand und beobachtete, wie die beiden jungen Leute den Weg entlangkamen. Er lächelte ein wenig über ihr Lachen und schalt sich für das Unbehagen, das an ihm zu nagen begann. *Warum sollen sie sich nicht mögen? Möchtest du nicht, daß sie glücklich ist – daß sie lachen und sich freuen kann? Bis jetzt war in ihrem Leben wenig genug Platz zur Fröhlichkeit. Ach, Herr … ich möchte ganz bestimmt, daß sie glücklich ist. Es ist nur – nun, um ehrlich zu sein, wünschte ich, ich könnte derjenige sein, mit dem sie lacht, dem sie ihr Lächeln schenkt.* Schnell entfernte er sich vom Fenster, als er sah, daß sie die Stufen zur Veranda erreicht hatten.

Als Kerry wenige Augenblicke später das Arbeitszimmer betrat, fand sie Jess am Kamin stehend und sich die Hände wärmend.

„Jess? Du bist früher gegangen …“

„Hm, ja.“ Das Jackett und die Krawatte hatte er bereits abgelegt, und die Ärmel seines Hemdes waren hochgekrempelt.

„Nun, ich sehe, Teague hat dich pünktlich nach Hause gebracht“, sagte er und warf einen Blick auf die Uhr auf dem Kaminsims. „Hat dir der Abend gefallen?“

„O ja, sehr!“ Sie zögerte, dann fügte sie unsicher hinzu. „Ich möchte dir noch einmal danken, Jess – für das Kleid und für alles. Ich habe mich heute abend so prächtig gefühlt.“

Er schwieg eine Zeitlang, dann ging er ihr einige Schritte entgegen. „Du kannst dich auch nicht annähernd so prächtig fühlen, wie du aussiehst, Liebling.“

* * *

Das vertraute, zärtliche Lächeln seiner Augen hüllte ihr Herz in eine süße Zufriedenheit. „Ja, danke, Jess. Ich – nun gute Nacht." Doch machte sie keinerlei Anstalten, das Zimmer zu verlassen.

Er kam näher, seine großen Hände zur Faust ballend, dann wieder öffnend. „Kerry –" Seine Stimme klang sanft, hatte aber einen seltsam dringlichen Unterton.

„Ja, Jess?" erwiderte sie schnell und atemlos.

„Ich ..." Er stieß einen tiefen Seufzer aus, seinen Blick unverwandt auf ihr Gesicht gerichtet. „Nichts weiter. Ich freue mich, daß dir der Abend Freude bereitet hat. Ich ... also dann bis morgen." Eine unverbindliche Maske verhüllte seine Gefühle.

Als sie noch einmal über die Schulter zurückblickte, bevor sie durch die Tür trat, verwirrte sie sein sonderbar starrender Blick.

Warum, Herr? Warum scheine ich ihn immer nur durcheinanderzubringen, obwohl ich mich so danach sehne, ihm ein Lächeln zu entlocken?

8

In den Tagen nach dem Konzert stellte Kerry erleichert und gleichzeitig etwas überrascht fest, daß Jess ihr mit der gleichen liebevollen Zuwendung wie während ihrer ersten Wochen in West Point begegnete. Seine gelöste Haltung trug zur Beruhigung ihrer eigenen Anspannung bei. Mit neuem Eifer widmete sie sich ihrem Studium und unternahm gleichzeitig neue Anstrengungen zu lernen, wie man sich als Dame benimmt.

Jess war zu einfühlsam, um es nicht zu bemerken. „Was ist nur mit der kleinen irischen ‚Kratzbürste' geschehen, die einst hier gewohnt hat?" neckte er sie, als sie ihm eines Abends in seinem Arbeitszimmer mit frischem Kaffee und einem großen Stück Kuchen aufwartete. Er war gerade von einem Besuch bei der Frau des Rektors zurückgekehrt, die heftig an Grippe erkrankt war. „Wer ist diese charmante, wohlerzogene junge Dame, die mir seit kurzem ständig begegnet?" Er knöpfte seinen Kragen auf und wartete, daß sie ihm Kaffee einschenkte.

Da Kerry genau wußte, daß er sie necken wollte, kräuselte sie ihre Nase, machte einen übertriebenen Knicks und erwiderte in ihrem besten irischen Akzent: „Haben Sie freundlichsten Dank, Sir. Ich hoffe, sie gefällt Ihnen so?"

Einen Augenblick starrte er sie schweigend an. Erfolglos versuchte sie seinen abschätzenden Blick zu ergründen und fragte sich, ob sie etwas gesagt hatte, was ihn erzürnte.

Als er schließlich zu sprechen begann, war seine Stimme so sanft und sein Blick so zärtlich, wie sie ihn noch nie gesehen hatte. „Sie ... gefällt mir immer mehr. Leider gelingt es mir manchmal nicht, diese Tatsache zum Ausdruck zu bringen." *Und leider bin ich auch nicht in der Lage, mit dieser Tatsache fertig zu werden ...*

Über seine unerwartete Offenheit verblüfft, schluckte Kerry und versuchte, die Situation zu entspannen, indem sie Kaffee und Kuchen auf den Tisch stellte. „Und wie ging es der Frau des Rektors heute abend?"

Er krempelte die Ärmel seines weißen Hemdes hoch und ging zum Kamin, um das Feuer zu schüren. „Nicht gut, laut Dr. Greene. Sie hat immer noch gefährlich hohes Fieber. Die Familie ist in großer Sorge."

„Ja, das kann ich mir vorstellen." Sie beobachtete ihn und freute sich an der Anmut seiner Bewegungen, die für einen so großen und kräftigen Mann wie ihn ungewöhnlich waren. Sie sah ihm stets gern zu, entzückt über die Dinge, die so einzigartig an Jess zu sein schienen – sein schöner, gerader Gang und das reizende Lächeln, die Fältchen um seine Augen.

Er stellte einen Stuhl neben seinen an den Tisch und bedeutete ihr, sich zu ihm zu setzen. „Es kann eine lange Sitzung werden", warnte er sie in bezug auf den Unterricht vor. „Wir wollen heute abend über Pressefreiheit sprechen. Es ist nicht leicht, mich bei diesem Thema zu stoppen."

Mehrere Abende hintereinander hatte er sie Schritt für Schritt mit der Durchsetzung verschiedener Freiheiten im kolonialen Amerika vertraut gemacht. Kerry war beeindruckt von seinem Eifer und der Leidenschaft, mit der er ihr alles erklärt hatte und womit er für dieses Thema brannte. Der heutige Abend stellte keine Ausnahme dar. Sofort nachdem er seinen Kuchen aufgegessen hatte, stand er auf und eilte im Zimmer umher, um einige Bücher herauszusuchen, die seine Ansichten verdeutlichen sollten.

„... Du siehst also, daß die Briten Zenger wegen Verleumdung inhaftiert haben, obgleich seine Schuld nur darin bestand, den Gouverneur von New York kritisiert zu haben. Man ließ den armen Mann schmachten, und seinen Anwälten wurde sogar die Lizenz entzogen. Nach britischem Gesetz war er schuldig, und das allein zählte, wenngleich seine Anschuldigungen nur auf Tatsachen beruhten."

„Doch was hat das mit Pressefreiheit zu tun? Du sagtest doch, daß sein Prozeß nichts an der Gesetzgebung geändert hat?"

„Hm – aber die Geschworenen befanden, daß er unschuldig war, dank Andrew Hamilton. Das war ein berühmter Anwalt aus Philadelphia, der Zenger zu Hilfe kam. Seine Verteidigung war einfach hervorragend. Er bekam nicht nur Zenger frei, sondern der Prozeß bewirkte auch, daß die Menschen anfingen, darüber nachzudenken, was eigentlich auf dem Spiel stand." Er stellte zwei der großen Bücher, die er bereitgelegt hatte, ins Regal zurück. „Das war ein wichtiger Schritt, der Öffentlichkeit bewußt zu machen, wie überaus wichtig Pressefreiheit ist, wenn auch seinerzeit keinerlei Gesetzesänderung erfolgte. Du siehst also, Kerry, daß der erste Schritt bei der Durchsetzung von Freiheiten darin besteht, die Leute von der Notwendigkeit dieser Freiheiten zu überzeugen."

Er stand vor dem Fenster, dessen Vorhänge bereits vorgezogen waren, und hielt sein Gesicht zwischen beiden Handflächen aufgestützt. Kerry lächelte in sich hinein, wußte sie doch, daß diese vertraute Geste das erste, sichere Anzeichen dafür war, daß seine Gedanken bald an unbekannte Orte wandern würden. In der Hoffnung, ihn noch einige Augenblicke bei sich zu behalten, fragte Kerry schnell: „Und das versuchst du auch, Jess, ja? Du versuchst, die Menschen darauf aufmerksam zu machen, daß Freiheit nötig ist – Freiheit für diejenigen mit einer anderen Hautfarbe, wie z. B. die Farbigen, und Freiheit für diejenigen, die von Fabrikbesitzern usw. übervorteilt werden?"

Er zwinkerte, dann lächelte er schwach. „Ja, ich glaube, genau das möchte ich. Doch versuche ich nur, die Menschen auf das hinzuweisen, was Gott bereits gesagt hat. In allen diesen Punkten gibt es eigentlich keine andere Wahl. Gott wollte nie, daß wir einander versklaven. In seinen Augen gibt es auch keine Klassen oder minderwertige Bürger. Wir sind alle seine Kinder, und wir sind alle frei – in ihm."

Stirnrunzelnd dachte sie über seine Worte nach. „Aber es wird trotzdem noch Grundbesitzer und Pächter geben, Jess, Adlige und einfache Leute, oder?"

Wenige Zentimeter vor ihrem Stuhl blieb er stehen und blickte nachdenklich zu ihr. „So ist es in Irland; so bist du es gewöhnt, nicht wahr?"

„Ja, das stimmt. Es gibt Leute, die sagen, daß es eines Tages anders sein wird, was ich jedoch bezweifle. Es wird immer Arme und Reiche geben. Was sollte man auch dagegen tun?"

„Du hast recht", stimmte er zu, „aber das bedeutet nicht, daß die Reichen das Recht haben, die Armen ihrer grundlegenden Rechte, ihrer Freiheit, zu berauben." Während er weiter in ihrem Gesicht forschte, lehnte er sich gegen den Tisch, die Arme vor seiner Brust verschränkt. „Du verstehst doch, Kerry, daß der Wert eines Menschen von Gott und nicht durch andere Menschen bestimmt wird?"

Unsicher nickte sie. „Aber es stimmt doch ebenso, daß Gott es so eingerichtet hat, daß einige von seinen Kindern wohlhabend und gebildet sind, während andere, wie ich, arm und dumm sind?" Sie beobachtete ihn genau, als er mit seinen Fingerknochen ungeduldig auf den Tisch klopfte.

„Du bist nicht dumm!" empörte er sich. „Du hast einen klugen Verstand, einen sehr regen Geist!" In Wahrheit hielt er sie sogar für außergewöhnlich intelligent; sie war aufgeweckt und schlagfertig, und sie hatte eine deutliche Veranlagung für Geschichte und Geisteswissenschaften. Sie war eine wahre Freude für einen Lehrer, ein Student, wie man ihn nur einmal im Leben bekam. „Gut, du hattest nicht den Vorteil einer umfassenden Schulbildung. Wie lange, sagtest du, hast du in Irland die Schule besucht – sechs Jahre?"

Sie nickte, dann fuhr er fort: „Doch du tust jetzt etwas, um dich zu bilden, und du machst das sehr gut, Kerry – wirklich sehr gut." Er sah, wie sie vor Freude errötete, und fragte sich, wie sie wohl reagieren würde, wenn er ihr sagte – wonach er sich eigentlich sehnte –, daß er sie für außergewöhnlich begabt hielt. „Und daß du arm bist – stimmt auch nicht. Du bist jetzt ein Mitglied meiner Familie", sagte er bestimmt. „Ein ganz ... besonderes Mitglied. Ohne mein Zutun besitze ich die Mittel, um für uns alle zu sorgen – für dich, für Molly und für mich – solange es notwendig ist, Gott sei es gedankt."

„Aber Jess ... "

„Selbst wenn das nicht so wäre", unterbrach er sie, „wärst du nicht arm. Es gibt eine Armut des Geistes, die dich nie berührt hat, Kerry. Nein, ich glaube, du bist nie wirklich arm gewesen", sagte er sanft.

„Glaubst du, daß man jemals etwas dagegen – gegen diese Trennungen und Klassen usw. – tun kann?" fragte sie skeptisch.

„Man kann viel dagegen tun: von der Kanzel aus, mit der Feder, in der Gesetzgebung und bei der Rechtsprechung. Die Auffassung, daß man nichts dagegen tun kann, ist der eigentliche Grund dafür, daß so wenig dagegen unternommen wurde." In seinen Augen loderte ein Feuer, das ihr inzwischen gut vertraut war.

„Ich muß es glauben, Kerry, oder mein Leben wäre unnütz vertan. Seit Generationen setzt sich meine Familie für die Freiheit ein. Ich führe einfach nur das weiter, was andere vor Jahren, vor vielen Jahren bereits begonnen haben."

„Wie z. B. Andrew Dalton?" forschte sie.

„Ja, bestimmt, mein Vater war einer davon", pflichtete er ihr liebevoll lächelnd bei. „Und sein Vater auch; mein Großvater hat viele Jahre um ein allgemeines Wahlrecht gekämpft. Er war ebenfalls Rechtsanwalt, aber in erster Linie war er Politiker." Sein Lächeln wurde noch breiter. „Und ein sehr gewitzter, sagte man. Er war fest davon überzeugt – und ich bin es auch –, daß der Tag kommen wird, an dem alle, auch die Frauen, das Recht haben, zu wählen."

Kerry dachte angestrengt über seine Worte nach. „Wenn ich wählen müßte", sagte sie sehr ernst, „würde ich meine Stimme nur solchen Männern geben, die so denken wie du, Jess."

Er lachte, ein volltönendes Lachen, das tief aus seiner Brust kam und das Kerry liebgewonnen hatte. „Es gibt Leute, meine Liebe, die diese Aussage als sicheren Beweis dafür anführen würden, daß es Frauen nie gestattet sein sollte zu wählen." Seine lachenden Augen waren voll Liebe und Wärme, und Kerry durchströmte eine Woge süßer Freude.

Sie freute sich, wenn sie ihm ein Lächeln entlocken konnte, und noch mehr, wenn er lachte.

„Ich frage mich jedoch", sagte sie, und dieser Gedanke ließ sie wieder nüchtern werden, „warum sich ein wohlhabender Mann wie du so entschieden für andere einsetzt?" Aus Furcht, zu weit gegangen zu sein, fügte sie rasch hinzu: „Entschuldige, Jess, ich wollte nicht unverschämt sein. Du bist ein berühmter Mann, eine bedeutende Persönlichkeit, wie Molly sagt. Warum liegen dir die Rechte anderer so sehr am Herzen?"

„Weil sie Gott am Herzen liegen", antwortete er betont, und sein Blick trübte sich. „Es gibt keine Rechtfertigung – keinerlei Rechtfertigung – dafür, daß ein Mensch einen anderen seiner Freiheit beraubt, die ihm nach dem Willen Gottes geschenkt worden ist."

Weil er spürte, daß sie noch immer Zweifel hegte, versuchte er, sein Empfinden noch deutlicher zu beschreiben. „Kerry, mit der Freiheit eines Menschen ist es wie mit seiner Ehre. Sie sollte niemals von seinem Besitz oder seiner Bildung, noch von seiner Hautfarbe oder irgend etwas anderem abhängig gemacht werden. So wie Ehre ein Zustand des Herzens ist, ist Freiheit ein Zustand der Seele. Verstehst du, was ich damit sagen will?"

Sie nickte langsam. „Meinst du, daß ein Mensch nicht aufgrund dessen, wer er ist, ehrbar wird, sondern vielmehr durch das, was er in seinem Herzen hat? Daß Geld und Bildung dabei keine Rolle spielen?"

„Genau das meine ich", stimmte er eifrig zu. „Ehre ist eine Sache zwischen dir und Gott. Natürlich folgen dann redliche Beziehungen zu deinen Mitmenschen daraus, aber es beginnt zwischen dir und Gott."

* * *

Sie wurde still und mußte darüber nachdenken. *Wenn er recht hat, wenn das alles stimmt, dann bin ich doch ein wertvoller Mensch! Sie schlußfolgerte weiter: Vater war ein ehrlicher, gottesfürchtiger Mann – wie arm er auch war – und mich hat er genauso erzogen. Könnte das bedeuten, daß weder meine Familie noch ich verachtenswert sind? Könnte das bedeuten, daß ich eines Tages gut genug wäre für Jess, um ... von ihm geliebt zu werden? Bei diesem Gedanken hielt sie den Atem an.*

Vorausgesetzt natürlich, dachte sie weiter, *ich könnte ihn überzeugen, daß der Altersunterschied zwischen uns wirklich keine Rolle spielt.*

Plötzlich merkte sie, daß er sie neugierig ansah, und sie richtete ihre Aufmerksamkeit wieder auf ihre Unterhaltung. „Warum bist du Kaplan geworden, Jess, und nicht Rechtsanwalt wie dein Vater und dein Großvater?“

Er schlang seine Hände ineinander und streckte für einen Moment seine Arme von sich, dann stand er auf und ging um seinen Schreibtisch herum. „Ich kann dir nur sagen, daß ich schon als Junge wußte, was Gott von mir wollte. Ich kann nicht genau sagen, wie mir das klar wurde. Ich wuchs einfach mit der Überzeugung auf, daß Gott wollte, daß ich ihm auf der Kanzel und als Autor diene.“

„Aber warum bist du dann hier an der Akademie geblieben?“

Er hob sein Kinn, und sie sah, wie sein Blick sich trübte und in die Ferne schweifte. Als er sprach, hatte sie das merkwürdige Gefühl, daß er nicht mit ihr allein redete: „Einige von diesen jungen Männern“, sagte er leise, „werden eines Tages gefordert sein, für das, was sie glauben, zu sterben. Stille, sanftmütige junge Männer wie Sam Grant, Tom Jackson und andere werden dann einem geteilten Land gegenüberstehen und gefordert sein, zu kämpfen – ja, auch zu sterben.“

Langsam ging er zum Kamin, die Arme auf dem Rücken verschränkt. Wieder mußte Kerry denken, daß er tief betrübt war.

„Ich möchte“, fuhr er fort, „daß sie wissen, woran sie glauben, bevor sie sich einem Land verpflichten, das am Ende von ihnen das letzte Opfer fordern wird. Und dann, glaube ich, möchte ich auch gern, daß die Gedanken, die ich den jungen Männern an diesem abgelegenen Ort einpflanze, mit ihnen in das Land hinausgehen und auch das Leben anderer berühren.“

Mit einem sanften Lächeln wandte er sich wieder zu ihr. „Wo hätte ich sonst so eine Möglichkeit? Wie könnte ich sonst das, woran ich mein Leben lang geglaubt habe, so weit, so schnell verbreiten? Im Augenblick zumindest weiß ich, daß Gott mich an diesen Ort gerufen hat. Morgen ...“ Er zuckte leicht mit den Achseln. „Auch das Morgen liegt in seiner Hand.“

Beide blickten überrascht auf, als Molly in der Tür erschien. „Jess, Edmund Teague ist hier und möchte Kerry sprechen“, erklärte sie, während sie dem Mädchen einen fragenden Blick zuwarf.

Ein schneller Blick zu Jess gab Kerry das unbehagliche Gefühl, daß es ihm mißfiel, trotzdem sagte er recht freundlich: „Aha, nun, dann sag ihm, er soll hereinkommen, Molly.“

Mißbilligend fügte die Haushälterin hinzu: „Er sagte, er möchte sie gern allein sprechen."

Kerry stand eilig auf und sah Jess mit großen Augen an: „Ich – sehe schnell nach, was er möchte", erklärte sie zögernd. „Ich komme sofort wieder." Sie eilte aus dem Zimmer und spürte dabei, wie Jess' Blick ihr folgte, bis sie außer Sichtweite war.

9

Als sie den Kadetten im Flur warten sah, rief Kerry: „Edmund! Was machst du hier, abends um diese Zeit?"

Er beobachtete, wie Molly zurück in die Küche ging und wartete, bis sie verschwunden war. „Es ist alles in Ordnung, ich habe die Erlaubnis, die Kaserne zu verlassen. Hör zu", sagte er leise und verschwörerisch. „Ich brauche deine Hilfe. Könntest du mir einige Sachen aus der Küche besorgen? Einen Topf, einige Küchengeräte, ein paar Messer – und dergleichen?"

„Um alles in der Welt, wofür?" fragte sie laut.

Schnell brachte er sie zum Schweigen und schaute sich verstohlen im Flur um. „Du würdest es nicht glauben, was man uns seit dem Erntedankfest zu essen vorgesetzt hat, Kerry. Es ist ein Verbrechen. Aus Notwehr haben wir während der letzten Tage Reste in unseren Mützen aus der Kantine geschmuggelt. Heute abend wollen wir alles aufwärmen, aber dazu brauchen wir Geschirr. Die Utensilien, die wir beim letztenmal verwendet haben, sind verschwunden."

„Aufwärmen?" fragte Kerry und warf ihm einen mißtrauischen Blick zu.

„Wir wärmen alle Reste, die wir auftreiben können, über dem Kamin in unserem Zimmer auf. Wenn du noch irgend etwas spenden möchtest, wäre uns das mehr als willkommen!" Er lächelte ihr aufmunternd zu. „Komm schon, du wirst uns doch helfen, nicht wahr?"

„Nein, das werde ich nicht tun", schimpfte sie und stellte sich ihm trotzig entgegen. Die Hände in die Hüften gestemmt, zog sie mißbilligend die Augenbrauen hoch. „Kannst du dir vorstellen, was Molly mit mir machen würde, wenn sie mich dabei erwischt, wenn ich Geschirr der Küche entwende? Du kannst sie ebensogut selbst fragen, Edmund, wenn du unbedingt ihre Sachen leihen willst!"

„Nein!" protestierte er heiser flüsternd. „Bedenk doch, Mr. Dalton gehört dem Lehrkörper an, und es ist ausdrücklich verboten, auf den Zimmern zu kochen. Ich habe bereits mehr als 150 Strafpunkte und kann mir ganz bestimmt keine mehr leisten." Da sie langsam nachzugeben schien, drängte er weiter: „Verstehst du, ich verlange nicht von dir, etwas zu stehlen. Ich verspreche dir, daß ich morgen früh alles zurückbringe. Molly braucht nichts davon zu erfahren. Wir benötigen ohnehin nur einige Kleinigkeiten – nichts Wertvolles. Mach schon, Kerry, sei ein Freund. Weißt du, wie es ist, wenn man Hunger hat?"

Als ob sie das je vergessen könnte! Sie dachte einen Augenblick nach, seufzte, dann schaute sie ihn verzweifelt an und gab nach.

„Also gut, aber du mußt ein bißchen warten. Ich muß Jess überreden, dich hereinzubitten. Wenn du die Sachen haben willst, mußt du irgendwie in die Küche gelangen. Und bestimmt können wir Molly dabei nicht gebrauchen."

Als sie ins Arbeitszimmer zurückkam, fand sie Jess in ein Buch vertieft, das er am Wochenbeginn erhalten hatte. Sie räusperte sich und wartete, bis er aufschaute.

„Oh, du bist schon zurück. Was hatte Mr. Teague so dringend auf dem Herzen? Es ist doch hoffentlich alles in Ordnung?"

Sie biß sich auf die Unterlippe und spürte ein Schuldgefühl aufsteigen, als sie daran dachte, was sie vorhatte. Trotzdem, es ging darum, einem Freund zu helfen ...

„O ja, es ist alles in Ordnung! Er kam nur gerade hier vorbei. Meinst du, ich könnte ihn zu einem Stück Kuchen einladen? Wir haben noch soviel Kokoskuchen übrig." Sie beobachtete ihn genau.

Er musterte sie nachdenklich, bevor er antwortete. „Ist es nicht schon ziemlich spät?"

„Ja, aber du weißt doch, daß diese Jungs immer hungrig sind, Jess. Wäre es nicht möglich, nur heute abend einmal, wenn er nun schon einmal hier ist?"

Er schaute auf sein Buch, und seine Antwort war nicht mehr als ein Murmeln: „Ja, dieses eine Mal will ich einverstanden sein."

Sie wartete, daß er noch mehr sagen würde. Als er weder etwas hinzufügte, noch zu ihr aufschaute, wurde sie erneut von Schuld gequält. „Ja, also – du hast auch bestimmt nichts dagegen?"

Sein Ton war noch strenger, beinahe ungeduldig, aber er hielt seinen Blick auf das Buch gerichtet. „Nein, nein, nun geh schon."

Sobald sie das Zimmer verlassen hatte, verzog Jess verdrießlich das Gesicht, erbost über sich selbst, daß er so kurz angebunden reagierte. Er versuchte, objektiv einzuschätzen, weshalb er so ärgerlich war. Als er sich die Wahrheit eingestand, wurde er von einer Woge Selbstverachtung erfaßt. Er lehnte sich in seinem Stuhl zurück, schloß die Augen und glitt mit beiden Händen matt über sein Gesicht.

„Herr, ich weiß, daß es ganz natürlich ist, daß sie zusammensein möchten, räumte er ein. *Warum sollte sie sich nicht für einen so netten, gutaussehenden Kadetten interessieren? Warum sollte der Junge nicht mit ihr zusammensein wollen, so reizend, wie sie ist? Ich kann nicht erwarten, daß sie meine Gesellschaft der seinen vorzieht. Im Vergleich zu Teague muß*

ich ihr langweilig und alt vorkommen. Aber es tut weh, Herr ... und wie weh es tut. Ich weiß, ich kann – darf – sie nicht so lieben, wie ich es tue. Doch wie kann ich aufhören, sie zu lieben? Wie kann ich weiter mit ihr unter einem Dach wohnen, mich danach sehnen, ihr näherzukommen, wo ich doch weiß, daß es nie sein kann? Oh Herr, erbarme dich, ich bitte dich ... befreie mich von den hoffnungslosen Gefühlen, die ich für dieses Mädchen hege, bitte ...

Wie vorauszusehen war, folgte Molly den beiden in die Küche. Nachdem Kerry erklärte, daß Jess sein Einverständnis gegeben hatte, bestand sie darauf, Kuchen aufzuschneiden und frischen Kaffee zu kochen. Kerry warf Edmund einen verzweifelten Blick zu, dann faßte sie Molly fest bei den Schultern und begann, sie zur Tür zu befördern. „Nein, Molly, du gehst jetzt und ruhst dich ein wenig aus. Ich bin sehr wohl in der Lage, für Mr. Teague etwas zu essen zurechtzumachen. Wir möchten dir nicht deinen Abend stehlen, Molly. Du kannst ganz unbesorgt sein."

Kerry seufzte erleichtert, als die Haushälterin schließlich die Küche verlassen und sich nach oben begeben hatte; dann schnitt sie ein großes Stück Kokoskuchen ab, daß einem das Wasser im Mund zusammenlief, und stellte es dem Kadett hin.

„Vermutlich", sagte er schelmisch grinsend, „werde ich den Kuchen essen müssen; wir wollen ihn doch nicht wegwerfen, oder?"

„Mir gefällt das kein bißchen, Edmund Teague", fauchte Kerry. „Wenn Molly oder Jess herausbekommen, was wir ..." Sie erschauderte und ließ die Worte bedeutungsvoll zwischen ihnen schweben.

„Nun beruhige dich doch, Kerry! Sie werden es nie erfahren. Sieh die Sache doch einfach so: Du tust eine gute Tat zum Wohl der Armee – für die besten jungen Männer des Landes. Und das ist wichtig, meine ich."

Sie warf ihm einen vernichtenden Blick zu: „Ich glaube, dir geht es um nichts anderes als um dein eigenes Wohl! Nun, dann laß uns endlich anfangen. Was möchtest du genau haben?"

„Warte, ich helfe dir; das meiste kann ich in meiner Mütze unterbringen." So sammelten sie Besteck und anderes Küchengerät in seiner Mütze. „Was machen wir nur mit dem Topf? Wir brauchen einen Kochtopf."

„Steck ihn dir doch in den Schuh!" schlug Kerry ungeduldig vor.

Ihren Spott ignorierend, zog Edmund seinen grauen Mantel an. Den Topf, den Kerry ihm reichte, unter den losen Falten des Mantels verbergend, preßte er die Mütze an seine Seite, als Kerry ihn regelrecht zur Tür hinausschob. „*Beeil*, dich, Edmund! Hier hinaus, schnell – nicht zum Vorderausgang!"

Als er schon halb zur Tür hinaus war, drehte er sich noch einmal um und schenkte Kerry ein wunderschönes Lächeln: „Ich bin dein Freund, Kerry, dein Leben lang. Das werde ich dir nie vergessen, das verspreche ich dir. Wenn du jemals Hilfe brauchst – was es auch sei – du brauchst mich nur zu bitten."

In diesem Moment betrat Jess die Küche, die Hände in den Taschen, ein angespanntes Lächeln auf seinem Gesicht. „Ich dachte, ich werde Sie –"

Sein Lächeln verschwand, und er warf statt dessen einen unheilverkündenden Blick zuerst auf Kerry und dann auf den Kadetten. „Was geht hier vor, Kerry?"

Sie war wie erstarrt – einschließlich ihrer Zunge. Edmund, der seine Fassung so schnell wie möglich zurückzugewinnen suchte, stammelte: „Mr. Dalton, Sir, wir haben gerade ..."

„*Was* habt ihr gerade?" Die Frage traf ihn wie ein Peitschenhieb. Der Kadett, jämmerlich ertappt, blieb regunglos stehen, während der Kaplan ihm zielstrebig entgegenging. Jess blickte zuerst in die Mütze, dann strafend zu Edmund. „Was in aller Welt –"

Kerry streckte zögernd die Hand aus und berührte seinen Unterarm. „Jess, es ist nichts Schlimmes. Edmund brauchte – nun, das heißt, ich habe ihm einige Sachen geliehen – nur für heute abend, verstehst du ..." Ihre Stimme versagte unter der Intensität seines zornigen Blicks.

„Teague, Sie haben sich in den vergangenen drei Jahren einige unglaublich dumme Dinge geleistet – *aber Küchengeräte zu stehlen?* Ich glaube, diesmal haben Sie sich selbst übertroffen. Interessiert es Sie nicht, ob Sie Ihren Abschluß bekommen oder nicht?" Die Drohung war deutlich genug, als er den unglückseligen Kadetten zurechtwies.

Ärgerlich über sich selbst, zornig auf Edmund und wütend auf Jess, schrie Kerry: „Einen Moment mal, Jess. Er hat überhaupt nichts gestohlen!"

Als er sich von Edmund abwandte und Kerry mit zusammengekniffenen Augen ansah, begann sie, wie ein schuldbewußtes Kind zu stottern. „Es – es war alles meine Idee. Ich habe angeboten, ihm das Geschirr zu leihen. Ja, ich habe sogar darauf bestanden. Die Kadetten wollen sich nur etwas kochen, und ich helfe ihnen dabei – das ist alles."

Der skeptische Zorn, der in seinen Augen aufflackerte, dämpfte ihre

Empörung. Ohne ein Wort zu sagen, wandte Jess sich wieder dem Kadetten zu; sein kalter, verachtender Blick ließ den Jungen jedoch in der Tür erstarren.

„Kerry, nein!“ verteidigte Edmund sie schnell mit leiser, aber entschlossener Stimme. „Sir, es ist alles meine Schuld. Ich habe Kerry um Hilfe gebeten, und ich – nun, ich habe sie dazu gedrängt, mir diese Sachen zu leihen. Sie wollte es nicht tun, Sir. Morgen früh ganz zeitig wollte ich alles wieder zurückbringen, Mr. Dalton, ganz bestimmt. Bitte, Sir, ich wollte wirklich nichts stehlen.“

Jess' Gesicht ließ keinerlei Anzeichen erkennen, daß das Geständnis des jungen Mannes ihn milder gestimmt hätte. Er hob seine Hand, um ihn zum Schweigen zu bringen, und sagte in einem grimmigen, furchteinflößenden Ton: „Wenn jemand etwas nimmt, das ihm nicht gehört, Mister, so bezeichnet man das gewöhnlich als Diebstahl, glaube ich.“

Dann wandte er sich an Kerry und betrachtete sie mit einer Mischung aus Ärger und Enttäuschung. „Und du – warst nicht nur an allem beteiligt, sondern hast mich auch noch belogen, um ihn aller Verantwortung zu entheben!“

Kerry versuchte, etwas zu erwidern, doch Jess brachte sie mit einem kurzen: „Genug!“ zum Schweigen.

Seine Warnung an Edmund war eher eine Drohung. „Ihnen ist natürlich klar, daß ich diesen Vorfall berichten werde. Ich habe geglaubt, Mr. Teague, daß Sie etwas mehr auf Ihr Strafpunktregister achten würden, jetzt, wenige Monate vor dem Abschluß. Wenn ich mich nicht sehr täusche, wird dieser Vorfall Ihnen noch mehr Strafpunkte einbringen, als für Ihre Entlassung nötig sind.“ Der Kadett schwieg und schaute zerknirscht zu Boden.

Noch einmal versuchte Kerry, ihrem Freund zu helfen. „Jess, bitte nicht. Bitte zeig ihn nicht an. So etwas furchtbar Schlimmes hat er nun auch wieder nicht getan, oder? Er wollte schließlich nichts weiter, als für sich und seine Freunde etwas zu essen machen. Bestimmt verdient er dafür nicht ... “

„Für jede Regel an der Akademie gibt es einen Grund, Kerry. Wer entscheidet, welcher Regel man sich widersetzen darf? Was geschieht auf dem Schlachtfeld mit einem Mann, der beschließt, sich einer Anordnung zu widersetzen?“

Als Kerry etwas entgegnen wollte, hob er warnend den Zeigefinger. „Nein – ich möchte dir sagen, was passiert. Höchstwahrscheinlich wird er sein eigenes Leben verlieren oder das seiner Freunde aufs Spiel setzen.“

„Oh, wie töricht, so etwas zu vergleichen mit ..."

„Geh auf dein Zimmer!"

Vor ihm zurückschreckend, als hätte er sie geschlagen, schrie Kerry schockiert: „Jess!"

Schnell ging er einen Schritt auf sie zu und wiederholte seinen schneidenden Befehl: „Ich *sagte*, geh auf dein Zimmer, Kerry! *Sofort!"*

Sie wandte sich um und rannte davon, von den Tränen, die in ihren Augen brannten, blind, erstickte sie beinahe an den wütenden Worten, die sie ihm entgegenschleudern wollte.

Oh, wie *konnte* sie auch nur so dumm sein! Sie wußte doch, daß es nicht recht war! Sie hätte Edmunds Plan nicht unterstützen dürfen. Doch sie wollte ihm ja nur helfen – und es sah ja auch nicht so schlimm aus. Und nun mußte Edmund womöglich die Akademie verlassen. Und das war eine doppelte Katastrophe für einen jungen Mann wie ihn, der nicht aus einer einflußreichen Familie stammte und seine Ausbildung an der Akademie nur der Gunst eines Kongreßabgeordneten verdankte, den der Fleiß und die Intelligenz des jungen Mannes beeindruckt hatten. Wo sollte er hingehen, wenn er entlassen wurde? Was würde er tun? Er hatte ihr erzählt, daß West Point für ihn die einzige Chance war, den unerfreulichen Verhältnissen, in denen er aufgewachsen war, zu entfliehen – seine goldene Chance, etwas zu werden. Was nun, wenn sie mitschuldig war, daß alles für ihn zu Ende war? Eine Stunde später saß sie immer noch, in eine dicke Wolldecke gehüllt, auf der Fensterbank und wartete darauf, daß Jess zu ihr käme. Offensichtlich beabsichtigte er, sie eine Weile in Sorge zu lassen, bevor er mit ihr sprach. Und sie sorgte sich tatsächlich. Sie war so beunruhigt wegen Edmund, daß sie nicht merkte, daß ihr größter Kummer darin lag, Jess enttäuscht zu haben.

Als sein kräftiges Klopfen schließlich ertönte, fuhr sie zusammen, als hätte sie jemand geschlagen. „Jess?" rief sie mit schwacher Stimme.

„Mach auf, Kerry."

Zögernd verließ sie ihren Fensterplatz und öffnete die Tür. Da stand er, in voller Größe aufgerichtet berührte sein Haar den Türrahmen. In seinen Augen war kein Anzeichen von Liebe und Mitgefühl zu sehen. Seine Stimme klang unbeteiligt und kalt.

„Ich will es kurz machen." Er ging an ihr vorbei ins Zimmer, dann drehte er sich um, eine Hand in die Tasche gesteckt und mit den Fingern der anderen ruhelos durch sein Haar fahrend.

„Ich möchte absolut sicher sein, daß du dir genau darüber im klaren bist, was du getan hast. Du warst nicht nur an der bewußten Übertretung einer Vorschrift durch einen Kadetten beteiligt, sondern du hast vermutlich auch mit dazu beigetragen, daß er die Akademie verlassen muß."

Mit erhobener Hand ihren Einspruch abwehrend, fuhr er kurz und abgehackt sprechend fort: „Bis auf weiteres wirst du weder deinen Fuß vor dieses Haus setzen, noch im Haus Besuch empfangen. Ich würde dir raten, dich nicht noch in mehr Schwierigkeiten zu verstrikken, junge Dame."

Innerlich vor Wut schäumend über die Art und Weise, wie er mit ihr sprach, richtete sich Kerry so hoch auf, wie sie nur konnte. „Du brauchst mich nicht als *Dame* zu bezeichnen, Jess. Wir wissen beide, daß ich keine bin – und auch niemals eine sein werde – wenigstens nicht in *deinen* Augen."

Schnell wandte sie sich von ihm ab, blind von den Tränen, die er nicht sehen sollte. Als sie hörte, wie er tief einatmete, erwartete sie halb, daß sie seine große Hand auf ihrem Arm spüren und er sie zu sich umdrehen würde. Doch einige Sekunden später krachte die Tür ihres Zimmers mit einem lauten Knall ins Schloß, und sie hörte seinen schweren Schritt auf der Treppe.

10

Kerry vermutete, daß Molly zumindest einen Teil der Auseinandersetzung zwischen ihr und Jess mitgehört hatte, weil sie sie am nächsten Morgen während des Frühstücks bewußt allein ließ.

Schweigend saßen sie an dem Klapptisch im Speisezimmer. Jess frühstückte gern hier, weil er von seinem Platz aus die Steilküste überblicken konnte. Außer einem genuschelten „Guten Morgen“ hatte er noch kein Wort gesprochen, seitdem er im Zimmer war.

Kerry ließ die schmackhaften Biskuitrollen, die auf einer Platte aufgehäuft waren, unberührt; zwei Bissen des warmen Schinkens, den sie sonst so liebte, blieben ihr im Hals stecken, und so wagte sie nicht, noch etwas anzurühren. Unglücklich stellte sie fest, daß Jess ihre Gegenwart beinahe während der gesamten Mahlzeit ignorierte. Lustlos saß er da und sah in seinen Hemdsärmeln förmlich, steif und abwesend aus, während er in den bleigrauen, nebelverhangenen Morgen hinausstarrte.

Unbehaglich räusperte sie sich unter seinem direkten Blick, als er sich ihr langsam zuwandte. Doch als er schließlich zu sprechen begann, klang sein Ton überraschend entschuldigend. „Kerry – ich habe gestern abend, als ich bei dir war, einfach die Fassung verloren.“

Den Blick noch immer fest auf Kerry gerichtet, lehnte er sich in seinem dunklen Mahagonistuhl mit den geschwungenen Armlehnen zurück, seine Hände unter dem Kinn verschränkt. Ohne etwas zu erwidern, starrte Kerry indessen weiter auf ihren Teller, nicht aus Groll, sondern weil sie einfach nicht wußte, was sie sagen sollte.

„Du dachtest bestimmt, ich sei ungerecht ... “

„Du hattest schon recht, zornig zu sein“, räumte sie, ohne ihn anzuschauen, schnell mit leiser Stimme ein.

„Können wir für einen Augenblick das Recht aus dem Spiel lassen? Ich möchte gern, daß du verstehst, warum dein Handeln mich so erzürnt hat.“

Er streckte seine Arme aus und rückte ihren Stuhl näher zu sich; leicht berührte er ihren Unterarm.

„Mein Verhalten ist dir vielleicht ungerecht erschienen, aber ich glaube, du hast noch nicht verstanden, welche Bedeutung diese Vorschriften für die Kadetten haben. Glaub mir, es gibt für jede einzelne einen speziellen Grund.“

Als sie jetzt zu ihm aufschaute, fiel es ihr schwer, die Zärtlichkeit, die aus seinen blauen Augen strahlte, mit der Härte in Einklang zu bringen, die sie gestern abend in ihnen gesehen hatte. „Ich weiß, es war falsch, Jess. Wir beide, Edmund und ich, haben unrecht gehandelt, als wir die Sachen aus der Küche entwendeten. Doch in dem Augenblick ... weißt du, wollte ich ihm einfach nur helfen. Er hatte wirklich nichts Böses im Sinn. Mußt du ihn anzeigen?"

„Bedeutet er dir so viel?" fragte er scharf, unfähig, die Eifersucht zu beherrschen, die mit kalter Hand nach seinem Herzen griff.

„Warum sollte ich mich nicht um ihn sorgen?" Sie spielte an den Manschetten ihrer Bluse. *Warum war er so aufgebracht gegen Edmund? Jess war doch sonst nicht ungerecht.* „Wir sind Freunde, Edmund und ich. Wir haben vieles gemeinsam, und wir verstehen uns gut. Natürlich möchte ich, daß er seine Ausbildung hier ordentlich abschließen kann."

„Was hast du mit Edmund Teague gemeinsam?" Sein Ärger, wie sie sich für den Kadetten einsetzte, wirkte übertrieben.

Kerry bemerkte, wie er wieder gereizt wurde, und verlor die Geduld mit ihm. Es wäre schön, eine vernünftige Unterhaltung mit ihm führen zu können, ohne verhört zu werden. Wenn sie es nicht besser wüßte, würde sie meinen, er sei auf Edmund eifersüchtig. Das war natürlich lächerlich und entsprang nur ihrem Wunschdenken. Aber warum war er dann so grimmig?

„Zum einen, Jess, kommen Edmund und ich aus ähnlichen Verhältnissen, obgleich seine Familie vielleicht noch etwas besser situiert ist als meine. Keiner von uns kann sich jedoch auf Reichtum oder eine gute Erziehung berufen. Edmund ist es gelungen, diese Ausbildung zu absolvieren, aber trotzdem betrachtet er sich noch genausowenig als Gentleman wie ich mich als feine Lady."

Sie war entsetzt, als er zornig mit der Gabel auf seinen Teller schlug. „Wann wirst du endlich davon loskommen, Kerry – von dieser Zwangsvorstellung bezüglich deiner Herkunft? Was muß ich noch tun, um dir begreiflich zu machen, daß das nichts ausmacht?"

* * *

Eigentlich wollte er sagen, daß sie ein wunderschönes Mädchen war, viel reizender und klüger und weitaus empfindsamer als alle Damen, die er je kennengelernt hatte. Sie mußte ihr Leben bestimmt nicht mit einem mittellosen Kadetten teilen, der nichts anderes im Sinn hatte, als sie auszunutzen und dann abzuschieben. Nein, nein, das war ungerecht. So ein Mann war Teague nicht, das wußte er. Doch was war mit der Sache, in die er sie gestern abend verwickelt hatte? *Wie würde sie reagieren,* fragte er sich, indem er sich einer Tagträumerei, die ihn immer häufiger zu erfassen schien, hingab, *wenn ich ihr sagte, wieviel sie mir bedeutet? Welche Folgen hätte es, wenn ich ihr gestünde, daß ich morgens beim Erwachen als erstes ihr strahlendes Gesicht und abends, bevor ich meine Augen schließe, als letztes das Lächeln ihrer grünen Augen sehe? Würde sie entsetzt sein? Oder, was noch schlimmer wäre, belustigt?*

Im Augenblick schien er sie zur Verzweiflung zu bringen. Als sie spürte, wie sich ihr hitziges Temperament zu regen begann, verbarg sie ihre Hände in ihrem Schoß und ballte sie zur Faust. Ihre Augen blitzten feindselig, als sie erwiderte: „Es mag dir nichts ausmachen, Jess, aber mir macht es etwas aus! Und Edmund Teague versteht das. Vielleicht wollte ich ihm deshalb helfen. Du kannst es eben nicht verstehen, was es bedeutet, hungrig zu sein. Doch, das darfst du wissen, *ich* kann es."

* * *

Durch den unerwarteten Ausbruch war ihr Zorn plötzlich gestillt. Den Blick auf ihren Teller gerichtet, sagte sie viel sanfter: „Ich sehe jetzt ein, daß es falsch war, aber wir wollten wirklich niemandem Schaden zufügen. Der Gedanke, daß Edmund wegen so eines dummen Fehlers die Akademie verlassen müßte, macht mich einfach krank – besonders, weil es ebensogut meine wie seine Schuld ist." Angespannt wartete sie auf die Zurechtweisung, die nun gewiß folgen würde, und wünschte sich sehnlichst, sie hätte ihren Mund gehalten.

Jess überraschte sie damit, daß er schwieg – endlos lange, wollte ihr scheinen. Sie schaute ihn nicht an, aber sie hörte, wie er leise und rhythmisch atmete und leise mit den Fingerspitzen auf den Tisch klopfte. „Ich verspreche dir jetzt noch nichts. Aber – ich werde darüber nachdenken. Nachdem ich erfahren habe, wieviel dir der Junge bedeutet, werde ich bis morgen nichts unternehmen." *Sie hat ein Recht darauf, ihn zu lieben – und offenbar liebt sie ihn. Vielleicht sollte ich nicht zu hart sein, wenn er ihr so wichtig ist ... es könnte schließlich seine Entlassung bedeuten. Und sie braucht einen Freund in ihrem Alter ...*

Ungläubig und hoffnungsvoll zugleich begannen ihre Augen zu leuchten. „Oh Jess! Um mehr könnte ich dich überhaupt nicht bitten. Es wäre einfach nicht fair, wenn Edmund einen so hohen Preis zahlen müßte, wo ich doch ebenso schuldig bin, nicht wahr?"

Seine Stimme wurde wieder streng und entschlossen. „Nun, Kerry, ich *verspreche* noch gar nichts. Versuche nicht, mich zu einer Entscheidung zu drängen."

„Nein, nein, das möchte ich nicht", versicherte sie ihm schnell und sprang dabei von ihrem Stuhl auf. „Ich verstehe dich – aber ich bin dir so dankbar, daß du zumindest darüber nachdenken willst. Komm, ich schenke dir noch einmal Kaffee ein."

„So nicht, junge Dame. Ich möchte keinen Kaffee mehr, und du brauchst mich auch nicht so anzuhimmeln. Ich werde das tun, was ich für richtig halte, so verschwende lieber nicht ... "

Ihr wissendes Lächeln brachte ihn zum Schweigen. Konnte man jemandem, der ein so reizendes Gesicht hatte, lange böse sein?

Vorwurfsvoll den Kopf über sich selbst schüttelnd, stand Jess auf und sagte etwas barsch – um sich loszureißen, vermutete sie: „Und du frühstückst jetzt. Du hast ja bisher kaum etwas angerührt."

„Oh Jess ..." Konnte sie es wagen, ihn zu erinnern?

„Hm?" Er wandte sich um, und sie sah, daß ein Lächeln auf seinem Gesicht stand, als er im Begriff war, das Zimmer zu verlassen.

„Ich – hm, hast du gestern abend gemeint, daß ich – eine Zeitlang das Haus nicht verlassen darf?" Ängstlich darauf bedacht, seine Geduld nicht übermäßig zu strapazieren, biß sie sich auf die Unterlippe.

Einen Augenblick schaute er sie verdutzt an, dann fiel ihm plötzlich das Verbot ein, das er gestern abend im Zorn ausgesprochen hatte. „Ich – warum fragst du?"

„Erinnerst du dich nicht? Kadett Grant wollte mich heute nachmittag abholen, um mit mir zur Reiterparade an den Ställen zu gehen. Ich dachte, du hättest ihm bereits zugesagt."

Als er sah, wie ihre Augen vor Begeisterung sprühten, legte sich sein Zorn noch mehr. „Ja, das habe ich. Nun, ich glaube, wir sollten die Verabredung nicht absagen."

Er fuhr kurz mit der Hand durch sein bereits zerzaustes Haar, dann räusperte er sich und lächelte sie unsicher an: „Kerry ... wegen gestern abend ... äh ... ich ... hätte nicht so mit dir reden dürfen. Vielleicht rührt meine Schroffheit auch von meinem ständigen militärischen Umgang her. Jedenfalls bist du jetzt eine junge Dame, und ich darf nicht vergessen, dich auch so zu behandeln."

Einem inneren Drang folgend, trat er zu ihr und umfaßte kurz ihre Schultern. „Du gehst heute nachmittag mit Sam – mit Mr. Grant – zur Parade, und ich wünsche dir recht viel Spaß."

Was ist er doch für ein guter, freundlicher Mann! dachte Kerry, und ein Gefühl der Zuneigung stieg in ihr auf, während sie ihm nachsah, als er das Zimmer verließ.

* * *

Kerry hatte in der Tat viel Anlaß zur Freude an diesem Nachmittag mit Kadett Grant – nicht zuletzt durch die gutwillige Art des jungen Mannes, der überall in der Akademie für seine überragenden Reitkünste bekannt war. Kerry lernte ihn eines Tages kennen, als sie mit Jess zu den Ställen ging und zuschaute, wie Sam Grant ein „wildes" Pferd zuritt. Sein Erfolg, auch mit den schwierigsten Tieren, war während der vier Jahre, die er in West Point zubrachte, beinahe legendär geworden. Während sie ihn mit großem Interesse beobachtete, wie er mit dem temperamentvollen Pferd arbeitete, spürte sie die Freundlichkeit und Klugheit dieses kleinen rotblonden Mannes. Als sie sich später zu dritt unterhielten, erfuhr Kerry, was die anderen Kadetten – und der größte Teil des Lehrkörpers – bereits wußten: außer den Pferden würde Sam Grant nach seinem Abschluß die Akademie nicht vermissen. Das militärische Leben begeisterte ihn ganz und gar nicht, doch er liebte die schönen Tiere, die er betreute.

Als er Kerry heute auf eine der anspruchsvolleren Darbietungen eines Klassenkameraden, der auf einem rotbraunen Wallach saß, hinwies, wünschte sie sich – wie schon so oft –, wieder einmal die Kraft eines solch schönen Tieres unter sich zu spüren. Reiten gehörte seit ihrer Kindheit zu ihrem Leben, bis sie nach Amerika gingen. Ja, auf dem Rücken eines Pferdes hatte sie sich stets am freiesten gefühlt und den Puls des Lebens am deutlichsten verspürt.

„Er ist einfach großartig, nicht wahr?" Die Stimme des Kadetten riß sie aus ihren Träumen.

„Ja, er ist eine Wonne!" rief sie, kein Auge von dem prächtigen Tier wendend. „Auf ihm zu reiten, muß sein wie mit dem Wind zu reiten!"

„Können Sie reiten, Miss O'Neill?"
„O ja, das heißt, ich bin geritten, zu Hause in der alten Heimat."
Er nickte verstehend. „Irland ist bekannt für seine ausgezeichneten Pferde. Sind Sie bei Turnieren geritten?"
„Du meine Güte, nein! Das ist in erster Linie den Adligen vorbehalten. Trotzdem hatte ich das Glück, einige wirklich gute Pferde reiten zu dürfen. Mein Bruder hat bei Lord William Trowell, einem sehr großzügigen Mann, als Stallknecht gearbeitet. Ich durfte die Pferde auf Lord Williams Gelände trainieren helfen."
„Dann reiten Sie bestimmt sehr gut", sagte er nachdenklich.
„Ich kam mit den meisten Pferden zurecht, dank Liam. Er versuchte, mir alles beizubringen, was er selbst wußte."
„Gehe ich recht in der Annahme, daß Sie gern einmal wieder reiten würden?" fragte er lächelnd.
Sie riß die Augen auf bei seiner Frage. „Ja, natürlich würde ich gern, aber ..."
„Das läßt sich gewiß einrichten. Möchten Sie ein bißchen mit dem Wallach ausreiten?" fragte er, während er mit dem Kopf auf das Pferd wies, das gerade an der Parade teilgenommen hatte.
„Wäre es tatsächlich möglich?" Sie spürte, wie ihr Puls vor Aufregung schneller schlug.
„Ich wüßte nicht, weshalb es nicht möglich sein sollte – es ist ein gutmütiges, zuverlässiges Tier. Sie hätten bestimmt Ihre Freude an ihm. Soll ich ihn fertig machen?"
„Aber ich habe kein Reitkostüm."
Er winkte ab. „Das werden Sie nicht brauchen, wenn Sie mit Damensattel reiten. Warten Sie einen Augenblick, ich bin gleich zurück."
Damensattel! Zu Hause war sie nur im Spreizsitz und meist ganz ohne Sattel geritten, und noch nie – kein einziges Mal im Leben – war sie mit Damensattel geritten! Doch wenn sie es ihm sagte, würde er seine Absicht vermutlich fallenlassen. Natürlich würde sie es schaffen. Hatte Vater nicht immer gesagt, sie könne alles reiten? Was sollte auch mit einem Damensattel besonders schwierig sein? Wieder einmal ein gut ausgebildetes Pferd unter sich zu haben, auf dem Rücken eines so großartigen Tieres zu sitzen, seine Kraft und die berauschende Freiheit zu spüren – um keinen Preis würde sie diese Gelegenheit versäumen!
Wenige Augenblicke später war Kadett Grant bereits wieder bei ihr. Vergnügt lächelnd, führte er sie zum Eingang des Stalls, wo das stolze,

kräftige Pferd für sie bereitstand. „Oh, ist er nicht prächtig!" rief Kerry, als sie näher kamen. Sie konnte es kaum erwarten, aufzusitzen.

„Er heißt Freiheit", erklärte ihr der Kadett, „und er ist ein Geschenk an die Akademie von Mr. Dalton. Übrigens habe ich ihm Anweisung gegeben, sein bestes Verhalten an den Tag zu legen."

Skeptisch musterte Kerry den seltsam aussehenden Sattel. Es wird nicht zu schwierig sein, sagte sie sich entschlossen. *Ich muß nur aufsitzen und sitzen bleiben – das ist alles. Schließlich ist es nur ein Pferd und ein Sattel.*

Die Zügel in der Hand, versuchte sie, so ruhig wie möglich aufzusitzen, indem sie den linken Fuß in den einen Steigbügel steckte und das rechte Knie leicht gegen die Ausbuchtung am vorderen Sattelende drückte. Daran gewöhnt, dem Pferd im Spreizsitz mit den Beinen Anweisungen zu geben, konnte sie sich um alles in der Welt nicht vorstellen, wie sie das Pferd befehligen sollte, wenn sie die Beine nicht gegen seinen Körper drücken konnte. Endlich kam sie zu dem Schluß, daß es am sichersten war, das Pferd mit dem linken Fuß, der sich im Steigbügel befand, leicht anzustoßen.

Der Wallach gehorchte sofort, hob mit den Vorderhufen sanft vom Boden ab und sprang in den Wald hinaus. Kerry zog leicht an den Zügeln, und sie ritten langsamer weiter. Das schöne Tier galoppierte so gleichmäßig wie ein altes Schaukelpferd, so daß Kerry sich sofort sicher fühlen und den Ritt genießen konnte. Freiheit reagierte bald so auf sie, als wären sie alte Freunde.

„Ach, wie habe ich das vermißt! dachte sie bei sich, während sie es genoß, den frischen Wind im Gesicht und die beruhigende Bewegung des Tieres unter sich zu spüren. *Es wäre doch großartig, wenn Jess und ich gemeinsam reiten könnten ...*

„Ja, und du bist ein Prachtkerl, Freiheit", flüsterte sie dem Pferd zu, während sie über den Namen lächeln mußte, den Jess ihm gegeben hatte. „Kadett Grant sagte, du bist ein Geschenk an die Akademie. Ich glaube, daß du auch ein ganz besonderes Geschenk für mich bist."

Als Jess zu den Ställen kam, um nach Grant und Kerry Ausschau zu halten, entdeckte er, wie der Kadett allein war und sich mit einem der Stallknechte unterhielt.

„Ist Kerry – Miss O'Neill – schon nach Hause gegangen?"

„O nein, Sir, Mr. Dalton. Sie ist mit Freiheit ausgeritten. Sie kann gut reiten, nicht wahr, Sir?"

Den ahnungslosen Kadetten traf die heftige Reaktion des Kaplans völlig unvorbereitet. Der Zorn, der Jess' Züge verdunkelte, war genau das Gegenteil des glückstrahlenden Lächelns, das Kerrys Gesicht erhellt hatte, als sie vor wenigen Augenblicken davongeritten war.

„Sie haben sie auf ein Pferd gesetzt?“ fragte Jess ungläubig.

„Jawohl – ja, Sir“, erwiderte Grant unsicher. „Ist etwas nicht in Ordnung, Sir?“

„Sie haben ihr erlaubt, allein auszureiten? Wohin ist sie geritten?“ Jess spürte, wie Übelkeit in ihm aufstieg und ihm die Sinne zu schwinden drohten.

„Ich – Mr. Dalton, Sir, sie ist erst vor wenigen Minuten weggeritten. Was ist los, Sir – was ist passiert?“ Der Zorn, der ihm aus Jess' Augen entgegenfunkelte, ließ den verwirrten Kadetten zurückschrecken, als hätte man ihn geschlagen.

„Satteln Sie mir ein Pferd, Grant – sofort!“ *Du würdest es nicht noch einmal geschehen lassen, nicht wahr, Herr. Bitte ... Herr ... es darf nicht noch einmal so kommen ... wie bei Emily ...*

„Ja, Sir, natürlich –“, stammelte Grant. „Aber sie reitet ausgezeichnet, Sir. Sie hat mir erzählt, daß sie schon als Kind geritten ist, und ich habe gesehen, daß sie wirklich sehr sicher im ...“

„Was für einen Sattel haben Sie ihr gegeben?“ Jess stieß die Worte wie Gewehrschüsse hervor.

„Welchen Sattel, Sir? Ja – Damensattel natürlich.“

„Grant – sie ist ein irisches Bauernmädchen“, sagte Jess mit trügerisch leiser Stimme. „Ich bezweifle, daß sie jemals einen Damensattel gesehen hat, außer vielleicht bei einem Turnier.“

Nun begann der Kadett zu verstehen, und er schlug sich mit seiner zitternden Hand an die Stirn. „Aber sie hat kein Wort gesagt.“

„Nein, gewiß hat sie das nicht. Dazu ist sie viel zu eigenwillig.“ Jess' Gesicht war wieder zu einer unheilverkündenden Maske erstarrt.

Dem einfühlsamen Kadetten entging jedoch nicht, daß sich hinter dem untypischen Verhalten des Kaplans ein anderes Gefühl verbergen mußte. Mr. Dalton hatte Angst. Dieser Mann, der für fast jeden Kadetten der Akademie einen starken Felsen darstellte, war offensichtlich erschüttert, und Grant spürte, wie auch ihn die Angst ergriff.

Dennoch versuchte er, Jess zu beruhigen. „Sie ist trotzdem wunderbar geritten, Sir. Ich habe ihr nachgeschaut, bis sie außer Sichtweite war. Doch ich werde York satteln und ihr selbst nachreiten, wenn Sie meinen ...“

Beim Klang herannahender Hufschläge wirbelten beide Männer herum. Kerry, ihr Gesicht glühend vor Glück und von dem scharfen, kalten Wind, bemerkte nichts von dem Gewitter, das sich in Jess' Augen zusammenbraute.

Wenige Schritte von den Männern entfernt, brachte sie das Pferd abrupt zum Stehen und blickte freudig erregt von einem zum anderen. „Oh Jess, ich wünschte, du hättest mit mir reiten können!" rief sie entzückt. „Mr. Grant sagte, er sei ein Prachtkerl, und das ist er wirklich."

Noch ehe sie wußte, was geschah, war Jess neben ihr. Entsetzt protestierte sie, als Jess ihr die Hand reichte und sie grob aus dem Sattel zog. Grant griff schnell nach den Zügeln und führte das Pferd praktisch unter Kerry weg.

„Was – *Jess!* Was machst du bloß?"

„Das wirst du nie mehr tun!" schrie er sie an, und seine Augen funkelten sie zornig an, während er sie grob auf den Boden stellte.

Vollkommen verwirrt und bar jeglicher Ahnung, warum er sie wie ein Verrückter anbrüllte, schrie Kerry zurück: „*Was* soll ich nie wieder tun?" Er hielt sie fest an der Hüfte umklammert und sah aus, als würde er jeden Augenblick einen Schlaganfall erleiden! „Wirst du endlich aufhören, mich zu zerdrücken!"

* * *

Als die Angst mit aller Macht nach ihm griff, stieg es bitter in seiner Kehle auf. Er ließ ihre Hüften los; seine Hände griffen nach ihren Schultern, und beinahe hätte er sie durchgeschüttelt. „Was hast du dir dabei gedacht, einfach allein davonzureiten?" fauchte er sie an, und seine Augen sprühten immer noch Feuer. „Denkst du eigentlich an niemanden außer an dich selbst?"

Kerry schnappte entrüstet nach Luft, während sie ihre Hände mit voller Kraft gegen seine Brust stemmte und sich zu befreien versuchte. „Bist du *übergeschnappt*, Jess? Du benimmst dich wie ein Besessener. Laß mich los, hast du verstanden – laß mich sofort los!"

Von der unerwarteten Kraft ihres Stoßes überrascht, ließ Jess die Hände sinken. Dann bemerkte er das kleine, schockierte Gesicht, das völlig verwirrt zu ihm aufblickte. Sie hatte ja nicht die geringste Ahnung, weshalb er so aufgelöst war! Wie sollte sie auch? Sie wußte nichts von Emily; sie wußte nichts von dem Unfall – und sie wußte nicht, wieviel sie ihm bedeutete.

Erstaunt beobachtete Kerry, wie sein Zorn abflaute und schließlich völlig aus seinen Augen verschwand. Ein anderes Gefühl trat an seine

Stelle, doch Kerry war zu empört und konfus, um diese Veränderung wahrzunehmen. Wie konnte er es wagen, sie so zu behandeln! Was war dieser Mann doch für ein Rätsel! Erst heute morgen hatte er sich bei ihr entschuldigt, daß er gestern abend so hart zu ihr war. Nun war er es schon wieder – nur daß sie diesmal nicht wußte, was sie verbrochen hatte. Würde er nie aufhören, sie mit seinen wechselnden Launen um den Verstand zu bringen?

Und doch beunruhigte sie irgend etwas, ein vager Gedanke aus dem Unterbewußtsein, den sie jedoch nicht recht einordnen konnte. Was war es nur? Sie versuchte, ihre Gedanken zu ordnen, und schließlich fiel ihr ein, was Molly ihr über die Frau erzählt hatte, die Jess einst geliebt hatte, seine Miss Emily. Natürlich! War sie nicht durch einen Reitunfall ums Leben gekommen? Ein irrer Gedanke begann durch ihren Kopf zu jagen. War es möglich, daß Jess Angst um sie hatte, Angst, daß ihr das gleiche hätte zustoßen können wie seiner ehemaligen Verlobten? Nein, das war lächerlich.

„Kerry – es tut mir leid ... " Seine Stimme klang sanft, aber abgehackt, als er mit zitternder Hand über seine Augen fuhr. Ohne sie anzuschauen fuhr er fort: „Ich wollte dich nicht so anschreien – aber du hast mich so furchtbar erschreckt."

Sie starrte ihn an. Er hatte Angst um sie gehabt? Sich um sie gesorgt? Sein unsicherer Blick, der sie um Verzeihung bat, traf sie ins Herz. Instinktiv trat sie näher zu ihm und berührte ihn am Unterarm. „Jess – ich hätte nie geglaubt, daß du Angst um mich haben würdest."

Seine Stimme widerspiegelte den Aufruhr seiner Gefühle, als er unsicher erwiderte: „Du hast mir wirklich – einen gehörigen Schrecken eingejagt, Liebes." Beinahe scheu berührte er die Hand, die auf seinem Arm lag und nahm sie zärtlich in seine. Verlegen lächelnd zog er sie näher an sich heran und ließ für einen Augenblick sein Kinn auf ihrem Kopf ruhen. „Ich wußte nicht einmal, ob du reiten kannst, besonders mit Damensattel."

„Oh, ich kann es auch nicht – das heißt, ich konnte es nicht!"

„Was?" Er nahm seinen Kopf zurück und schaute sie an.

„Im Damensattel reiten." Sie grinste ihn an, und in ihren Augen tanzte der Schalk. „Doch jetzt kann ich es."

„Kerry", seufzte er und schüttelte verwundert den Kopf. „Was soll ich mit dir machen?"

„Hattest du wirklich Angst um mich?" fragte sie leise.

* * *

Als er ihr Gesicht sah, das zu ihm emporblickte, spürte er, wie seine Kehle sich zusammenschnürte, und er sehnte sich danach, sie fest an sich zu drücken. „Mußt du noch fragen – nachdem du gesehen hast, daß ich mich wie ein Tor benommen habe?“ murmelte er.

„Du warst kein bißchen töricht, Jess“, erklärte sie, und in ihrer Stimme klang jener reizende, rauchige Unterton. „Aber es ist nett von dir, dich so um mich zu sorgen. Und ich werde auch nicht mehr allein ausreiten, wenn es dich so ängstigt.“

Erleichtert atmete er auf. Seinen Arm um ihre Schulter gelegt, führte er sie den Weg entlang, der von den Ställen weg führte. „Wir gehen jetzt am besten nach Hause. Molly wird inzwischen schon aus dem Häuschen sein.“ Ehe sie weitergingen, zog er sie für einen Augenblick fest an sich.

Keiner von beiden bemerkte Sam Grant, der, gegen die Außenwand eines Stalles gelehnt, untätig auf einem Strohhalm herumbiß und ihnen mit einem fröhlichen Lächeln nachsah, während sie sich entfernten.

11

Am folgenden Nachmittag als es schon dunkel wurde, und ein Schneesturm sich anzukündigen drohte, erledigte Kerry die letzten Stiche an dem bestickten Spiegelrahmen, den sie für Molly als Weihnachtsgeschenk anfertigte. Die Haushälterin hatte für sie ungewöhnlich – ihr geschäftiges Tun unterbrochen, und so nutzte Kerry diese Gelegenheit. Sobald der Rahmen fertig war, steckte sie ihn in einen Kissenbezug und versteckte ihn in ihrem Zimmer in der Bettentruhe.

Über Mollys außergewöhnliches Verhalten leicht beunruhigt, wollte sie nach ihr sehen und klopfte leise an ihre Tür, die oben auf dem gleichen Flur lag wie ihre eigene. Als sie keine Antwort erhielt, öffnete sie die Tür einen Spaltbreit und war überrascht, Molly im Bett mit glühendem Gesicht unter einem Stapel Bettdecken zu sehen. Sie sah krank aus.

„Aber Molly, was ist denn los?“ Sie eilte zu ihr und erntete nur ein ungeduldiges Stöhnen, als sie der älteren Frau die Hand auf die Stirn legte.

„Ich weiß nicht; es wird die Grippe sein, fürchte ich. Du darfst mein Zimmer nicht betreten. Was sollte unser Jess machen, wenn wir beide im Bett liegen?“

Kerry spürte, wieviel Anstrengung sie die Worte kosteten. „Das habe ich nicht vor, du brauchst deine Worte nicht zu verschwenden. Sag mir einfach, wie ich dir helfen kann.“

„Wenn du nicht willst, daß Jess dich übers Knie legt, weil ich ihm sagen muß, daß du dich wieder wie ein ungezogenes Kind benommen hast, dann verläßt du jetzt lieber dieses Zimmer, Miss – und zwar sofort! Hast du mich verstanden?“

Mollys ungewöhnlich schwache Stimme beunruhigte Kerry sehr, doch sie spürte, daß sie es ihr nicht zeigen durfte. Die Hände in die Hüften gestemmt, blitzte sie die Haushälterin wütend an. „Sag ihm, was du willst, Molly, gegen *mich* wird jedoch keiner die Hand erheben, das verspreche ich dir! Wenn du schon so darauf erpicht bist, Ratschläge weiterzugeben, könnten es nicht ein paar sinnvollere sein?“

Als die ältere Frau nicht einmal den Versuch unternahm, etwas zu erwidern, merkte Kerry, daß Molly schwer krank war. Sie legte ihre Hand an Mollys Wange und zuckte zusammen, als sie spürte, wie es heiß auf ihrer eigenen Haut brannte.

Kein weiteres Wort verlierend, eilte sie aus dem Zimmer und die

Treppe hinunter. Schnell warf sie sich ihren Umhang über und rannte aus der Küchentür. Als sie über den Exerzierplatz jagte, trieb der Wind ihr unbarmherzig den eiskalten Schneeregen, der inzwischen eingesetzt hatte, ins Gesicht. Um diese Zeit lag der große Exerzierplatz beinahe völlig verlassen da. Die meisten Kadetten besuchten jetzt Vorlesungen in den Hörsälen.

Kerry stürmte in das Gebäude, in dem sich die Seminarräume befanden und wandte sich atemlos an den ersten Kadetten, den sie erspähte. „Bitte, Sir, können Sie mir helfen? Ich suche Mr. Dalton."

Der große blonde Kadett aus dem letzten Ausbildungsjahr lächelte die zierliche junge Dame, die seinen Arm berührte, an. Die Wangen purpurrot vor Kälte, klebten an ihren langen Wimpern noch Spuren von gefrierendem Regen und Schnee. Die Freude auf seinem Gesicht verschwand jedoch sofort, als er die Angst in ihren Augen sah.

„Es geht um Molly Larkin, verstehen Sie. Sie ist furchtbar krank, und Jess – Mr. Dalton – muß sofort nach Hause kommen."

„Ich glaube, er unterrichtet gerade Philosophie in einem der Räume auf diesem Flur. Kommen Sie, ich führe Sie zu ihm."

Abrupt blieb der Kadett vor der geschlossenen Tür eines großen Klassenzimmers stehen und klopfte lautstark.

„Kerry!" rief Jess überrascht und runzelte besorgt die Stirn, als er in den Flur trat. „Was machst du denn hier?"

„Oh Jess, kannst du nach Hause kommen? Es ist wegen Molly – ich glaube, sie ist furchtbar krank. Sie sagt, es wäre die Grippe, aber das Fieber ist *sehr stark!* Ich habe sie allein gelassen, um dich zu holen, doch ich fürchte, man sollte sie nicht sich selbst überlassen."

„Hampton – bitte beenden Sie den Unterricht für mich, und schikken Sie die Klasse anschließend nach Hause", wies er den Kadetten an, der neben Kerry stand. Keine Antwort abwartend, nahm er seinen Mantel von der Garderobe, hakte Kerrys Arm bei sich ein und eilte den Flur entlang.

Sie rannten halb nach Hause, und ihr Atem dampfte in der eisigen Schneeluft. „Ich kann mich nicht besinnen, daß Molly jemals krank war", sagte Jess. „Ich hätte es nicht zulassen dürfen, daß sie gestern abend die Frau des Rektors besucht hat."

„Sie hätte nicht auf dich gehört, auch wenn du versucht hättest, sie davon abzubringen – du kennst sie ja", hauchte Kerry in die eisige Luft, und ihre Füße flogen über den Boden, so daß er sie praktisch neben sich hertrug. Mit der freien Hand versuchte sie, sich die Kapuze fester ins Gesicht zu ziehen.

Im Haus angekommen, warf Jess seinen Mantel über einen Stuhl und nahm zwei Stufen auf einmal, dicht gefolgt von Kerry. Zu beiden Seiten von Mollys Bett stehend, traf sich ihr besorgter Blick, als Molly leise stöhnte.

„Was machst du um diese Zeit zu Hause, Jess?" Mollys gewöhnlich kräftige und ungeduldige Stimme war kaum mehr als ein heiseres Flüstern, und ihr Gesicht war purpurrot vor Fieber.

„Ich dachte, Kerry könnte vielleicht Hilfe brauchen, dich im Bett zu halten", erklärte er trocken. Die eine Hand auf ihrer Stirn und mit der anderen sanft ihr Handgelenk haltend, zog er die Stirn kraus, als er das Fieber bemerkte.

„Kerry", sagte er leise und ohne sie anzuschauen, „ich möchte, daß du rausgehst."

„Das möchte ich nicht", erklärte sie bestimmt, während sie ihren Umhang auszog und ihn über Mollys Schaukelstuhl warf. „Ich habe mich der Krankheit, was es auch sei, ohnehin schon ausgesetzt, so werde ich bleiben. Sag mir, was ich für Molly tun kann."

Als er sie anblickte, war seine Sorge mehr als offenkundig. „Nun gut – aber halte Abstand. Hol ein feuchtes Tuch für ihren Kopf. Ich werde Dr. Greene benachrichtigen."

* * *

Dr. Greene bestätigte schon nach wenigen Augenblicken ihre Befürchtung, daß Molly die Grippe hatte. Kerry blieb einige Stunden, nachdem Dr. Greene gegangen war, an Mollys Bett und weigerte sich, das Zimmer zu verlassen, selbst als Jess ihr drohte, sie aus dem Zimmer zu tragen. Treu erneuerte sie die kühlen Umschläge und befeuchtete Mollys Lippen immer wieder mit Zitroneneis.

Als Molly schließlich etwas Ruhe zu finden schien, ließ Kerry sich von Jess überreden, das Zimmer wenigstens so lange zu verlassen, bis sie etwas gegessen hatte. „Ich bleibe bei ihr, Kerry – du gehst in die Küche und ißt Abendbrot."

Widerwillig ging sie in die Küche, doch sie war außerstande, etwas zu essen. Nachdem sie ein wenig an ihrem Tee genippt hatte, brühte sie noch eine Tasse für Jess und ging wieder nach oben.

Gemeinsam verbrachten sie die nächsten Stunden an Mollys Bett; Jess auf einem Stuhl mit hoher Lehne auf der einen und Kerry im

Schaukelstuhl auf der anderen Seite des Bettes, wo sie schließlich in einen unruhigen Schlaf verfiel.

Als er ihre zierliche Gestalt betrachtete, die zusammengerollt im Schaukelstuhl lag, meinte Jess, daß sie sehr jung und verletzlich – und auch nicht gut aussah. Leicht berührte er Molly, um sicher zu sein, daß ihr Fieber nicht wieder gestiegen war. Dann ging er zu Kerry, umfaßte sanft ihre Schulter und stellte sie auf den Boden.

„Komm, Liebes", flüsterte er in den sanften Duft ihres zerzausten Haares, „du bist völlig erschöpft. Du mußt jetzt zu Bett gehen."

„Nein", murmelte sie, noch nicht ganz wach. „Ich bleibe bei Molly."

„Nein, das wirst du nicht tun", erklärte er bestimmt. „Du mußt morgen früh hellwach sein, damit ich meinen Unterricht halten kann. Komm jetzt." Er legte seinen Arm um sie und lotste sie zur Tür. Lächelnd begleitete er sie den Flur entlang bis zu ihrer Zimmertür, wo er stehenblieb. Seine Arme in dem spärlich erleuchteten Flur an den Türrahmen gestützt, schaute er mit einem nachdenklichen Lächeln in ihre schlaftrunkenen Augen.

„Du liebst Molly sehr, nicht wahr?"

Überrascht schaute sie zu ihm auf. „Natürlich, Molly ist ... nun, ich glaube, ich empfinde Molly gegenüber das, was ich für meine Mutter empfunden hätte, wenn ich sie jemals gekannt hätte", gestand sie offen. „Ja, Molly bedeutet mir sehr viel."

„Das wird sie über alle Maßen freuen. Sie liebt dich, Kerry."

Verdutzt schaute sie ihn an, immer noch vor Müdigkeit benommen und von den Spuren ihres unruhigen Schläfchens gezeichnet. „Molly? Sie liebt *mich*?"

Er nickte. „Ich kenne sie schon lange genug, um mich in bezug auf ihre Gefühle dir gegenüber nicht zu täuschen."

„Aber – sie regt sich ständig über mich auf."

Er lächelte verständnisvoll und streckte seine Hand aus, um eine widerspenstige Locke hinter ihr Ohr zu stecken. „Ja, ich weiß. Aber das ist einfach ihre Art. Sie ist nicht der Mensch, der seine Gefühle zur Schau trägt. Doch ich gebe dir mein Wort – sie hat dich sehr lieb."

„Nun, ich glaube, ich werde mich daran erinnern müssen, wenn sie das nächste Mal zornig über mich herfällt. Dann werde ich einfach daran denken, wie sehr sie mich liebt."

„Jeder Mensch bringt seine Liebe anders zum Ausdruck, Kerry", erwiderte Jess als Antwort auf ihre Zweifel. „Molly zeigt ihre Liebe oft ... auf sehr stürmische Art und Weise."

Ohne die Müdigkeit und Erschöpfung wäre Kerry vielleicht nie so kühn gewesen, doch der sanfte Schein der Kerze, die auf dem Wandleuchter flackerte, die vertraute, herzliche Atmosphäre und der warme Glanz in seinen Augen betörten ihre Sinne und verzauberten den Augenblick. „Und du, Jess?“ flüsterte sie. „Wie würdest du es zeigen, daß du jemanden liebst?“ Sobald die Worte über ihre Lippen waren, biß sie sich auf die Unterlippe, entsetzt über das, was sie gerade gesagt hatte.

Doch er lächelte einfach ein süßes, wunderbares Lächeln, während sein Blick auf ihrem schaftrunkenen Gesicht ruhte, als wolle er sie in sein Gedächtnis eingravieren. Während er sie betrachtete, reflektierten seine Augen das Kerzenlicht, und der Glanz, den Kerry darin sah, spiegelte die Tiefe ihrer eigenen Gefühle wider.

Regungslos stand sie da, als Jess sein Gesicht zu ihr herabbeugte, langsam und wie im Traum, bis seine Lippen nur noch einen Hauch von den ihren entfernt waren und sie die Wärme spürte, als er zärtlich flüsterte: „Ach Kerry ... ich fürchte, du kennst die Antwort auf diese Frage bereits ...“

Seine dunklen Wimpern streichelten ihre Wangen, als er ihre Lippen in einem Kuß berührte, der so sanft und so zart war wie ein milder Windhauch an einem Frühlingsabend. Als er sein Gesicht hob, immer noch zärtlich lächelnd, ließ Kerry ihren Kopf einen Augenblick an seiner warmen Schulter ruhen und spürte, wie er mit seinen Lippen zärtlich ihren Kopf berührte. Schließlich drehte er sie mit einem tiefen Seufzer herum zu der offenen Tür ihres Schlafzimmers. „Schlaf jetzt ein bißchen, Liebling“, drängte er heiser flüsternd.

12

Während der folgenden drei Tage wechselten sich Jess und Kerry bei Mollys Pflege ab. Trotz seiner Verpflichtungen als Kaplan versuchte er, Kerry so oft wie möglich abzulösen, besonders nachts.

Am Donnerstag abend empfing ihn Kerry an der Tür mit der guten Nachricht, daß es Molly endlich etwas besser ging. Er lächelte erleichtert, während er den Schnee von seinen Stiefeln klopfte und den Mantel ausschüttelte. Dann nahm er Kerrys Arm und ging mit ihr in Mollys Zimmer.

„Es wird bald einen Schneesturm geben, fürchte ich; es schneit schon sehr stark. Nun, was hatte Dr. Greene uns heute nachmittag zu sagen?“

„Er glaubt, daß bis morgen früh eine wesentliche Besserung eingetreten sein wird. Wir sollen dafür sorgen, daß sie viel Saft trinkt und auch etwas Suppe zu sich nimmt. Ich habe vorhin schon eine Hühnerbrühe zubereitet.“

Molly schlief tief, als sie nach ihr schauten, und so verließen sie leise ihr Zimmer, um hinunter in die Küche zu gehen. Kerry sah zu, wie Jess jeden einzelnen Deckel der verschiedenen Töpfe anhob, die auf dem Ofen standen, und den Inhalt betrachtete.

„Molly hat mir genau beigebracht, wie du dein Essen liebst“, fauchte sie ihn an. „Du wirst nicht verhungern, solange sie krank ist.“

Einen Augenblick schaute er sie verdutzt an, dann grinste er reumütig. „Ich bin auch nicht besorgt – nur neugierig.“

Während der gesamten Mahlzeit überhäufte er sie mit Lob, um ihr zu zeigen, daß er ihr echt vertraute. „Ich bin beeindruckt“, sagte er, während er den geräucherten Schinken und das Kartoffelpüree aß. „Es ist alles ebenso gut wie bei Molly.“ Er aß mit Genuß und protestierte, als Kerry ihn noch einmal bedienen wollte, lehnte aber dennoch nicht ab.

Als er den letzten Bissen seiner Nachspeise, ein großes Stück Kürbiskuchen, verzehrte, erklärte er, daß er diese Woche nichts mehr essen werde. „Wir müssen heute abend unbedingt einen Spaziergang machen – einen sehr langen“, kündigte er an, während er sich mit großer Anstrengung in seinem Stuhl zurücklehnte.

„Oh, aber es ist zu kalt“, Kerry erschauderte bei dem Gedanken besonders, als sie hörte, wie der Wind in dem kleinen Kiefernwäldchen hinter dem Haus zu heulen begann.

In seinen Augen stand ein verschmitztes Lachen. „Ich muß dich warnen; das ist noch sehr mildes Winterwetter für West Point."

Sie warf ihm einen skeptischen Blick zu und ließ ihn seinen Kaffee austrinken, während sie mit etwas Bouillon zu Molly ging. Sie konnte sie nur zu wenigen Schlucken überreden, doch darüber freute sie sich schon. Als Molly ihren Kopf, von dieser kleinen Anstrengung offensichtlich erschöpft, mit einem schwachen Lächeln nach hinten sinken ließ, schüttelte Kerry ihre Kissen auf und zog das Bettlaken glatt.

„Ich komme mir so dumm vor, im Bett zu liegen, während du alle Arbeiten erledigst und für Jess sorgst", protestierte sie mit schwacher Stimme.

„Wir kommen gut zurecht, so brauchst du dir jetzt keine Sorgen zu machen. Ja, Jess hat mich heute abend sogar ein- oder zweimal für mein Essen gelobt. Was sagst du jetzt?"

Doch Molly hatte ihre Augen schon wieder halb geschlossen. Als Kerry die Bettdecke glattgezogen und das Feuer geschürt hatte, war Molly bereits wieder fest eingeschlafen.

Als sie in die Küche zurückkehrte, war Jess gerade dabei, das Geschirr vom Abendessen in die Spüle zu stellen. „Ist alles in Ordnung bei Molly?" fragte er und wandte sich zu ihr um.

„Sie schläft bereits wieder fest. Was machst du denn, Jess? Molly würde uns beiden den Kopf herunterreißen, wenn sie erfährt, daß du in der Küche Hand angelegt hast."

Amüsiert zog er eine dunkle Augenbraue hoch: „Und würde sie nicht erstaunt sein, zu erfahren, daß ich dabei nicht einmal etwas zerbrochen habe? Gut, Kerry – zieh deine Stiefel an; wir wollen einen Spaziergang durch den Schnee machen."

Freudig holte Kerry ihre neuen Lederstiefel aus dem Schrank und schlüpfte flink hinein. Die Stiefel waren ihr liebster Besitz, nicht so sehr wegen ihrer ausgezeichneten Qualität – obgleich sie beste Handarbeit waren –, sondern weil Jess sie speziell für sie anfertigen und mit dem Schiff von New York City hatte kommen lassen.

Sie lachten wie die Kinder, als sie durch den hohen Schnee hinter dem Haus stapften. Als Kerry versuchte, mit dem Mund ein paar Schneeflocken aufzufangen, verlor sie das Gleichgewicht und wäre beinahe in eine hohe Schneewehe gefallen. Jess hielt sie fest und schmunzelte über ihr überraschtes Gesicht, als er seinen vielgetragenen, grauen Schal abmachte und fest um ihren Hals schlang. „So, jetzt kann Väterchen Frost dich nicht mehr beißen."

„Ich würde ohnehin nichts davon spüren", brüllte sie gegen den Wind. „Ich bin völlig erstarrt."

„Ich sehe, daß ich dich abhärten muß, junges Fräulein. Sonst kommst du nicht über den Winter in West Point." Kaum hatte er die Worte ausgesprochen, nahm er eine Handvoll Schnee und warf eine Ladung nach ihr.

Schnell hob Kerry einen Arm, um ihr Gesicht zu schützen, und so prallte der Schneeball an ihrer Hand ab. „Das wirst du mir büßen, Jess Dalton", fauchte sie und feuerte einen Schneeball in seine Richtung.

Da sie viel besser gezielt als er es erwartet hatte, landete der Schneeball voll in seinem Gesicht und verteilte sich auf seinem Bart. Kerry krümmte sich vor Lachen und winkte ihm spottend zu. „Sie sehen wie ein gefrorener Grislybär aus, Mr. Dalton, Sir."

„Ja, wirklich?" forderte er sie heraus und hörte auf, den Schnee unter seiner Nase wegzubürsten. „Du weißt, daß Grislybären heimtükkisch sind und angreifen, wenn sie provoziert werden, ja?" Mit lautem Gebrüll stürzte er sich auf sie, einen neuen Schneeball in der Hand. „Du denkst, dir ist schon kalt? Warte nur ab!"

„Nein, Jess – das darfst du nicht! Bitte nicht!" jammerte sie und versuchte, sich umzudrehen und wegzulaufen. Doch sie rutschte auf einem Stück Eis aus und fiel der Länge nach auf den Rücken.

„Ohhhh, ich bin völlig durchnäßt! Ich erfriere!"

Als er sich neben sie kniete, meinte Kerry, auch etwas Mißbilligendes in seinem besorgten Stirnrunzeln zu entdecken. „Komm, wir bringen dich lieber ins Haus, bevor du dich erkältest." Ohne jede Anstrengung hob er sie hoch und begann langsam durch den Schnee in Richtung des Hintereingangs zu stapfen. „Ich möchte nicht zwei Frauen in meinem Haus faul im Bett liegen haben. Ein Mann hat Grenzen in bezug auf das, was er ertragen kann", neckte er sie.

Kerry schlang ihre Hände um seinen Hals und musterte ihn. Plötzlich war sie völlig verwirrt, als sie seinem Blick begegnete, in dem sich soviel Zärtlichkeit und Wärme widerspiegelten, der allen Schnee in West Point zum Schmelzen hätte bringen können. Er stolperte leicht, doch seine Augen blieben auf ihr Gesicht geheftet. „Weißt du, Kerry, daß du den Frühling in deinen Augen hast?" Seine Stimme klang bewegt und unsicher. „Den Frühling und Smaragde und ferne, verträumte Stätten ..."

Als er seinen Kopf neigte, um mit seinen Lippen sanft ihre Stirn zu berühren, wagte Kerry als Antwort nur ein scheues, glückliches Lächeln, während sie ihre Arme fester um seinen Hals schlang.

Im Haus angelangt, machte er ihren Umhang auf und zog ihn ihr aus wie einem Kind, dann setzte er sie auf die lange Holzbank in der Diele und kniete nieder, um ihr die Stiefel auszuziehen. Ihre eiskalten Füße zwischen seinen Händen reibend, lächelte er, als er sah, wie zierlich sie waren.

„Du hast Füße wie jene kleinen, eleganten Porzellanpuppen", erklärte er. Ihre unschuldige, kindliche Anmut erwärmt mein Herz, sagte er zu sich, während ihre zarte Schönheit ganz andere Gefühle in mir weckt.

„Und s-sie haben auch genauso w-wenig Gefühl", jammerte sie, von Kopf bis Fuß zitternd. „Ich habe dir ja gleich gesagt, daß es heute abend zu kalt ist für einen Spaziergang."

Ihre Klagen ignorierend, stand er auf und warf seinen nassen Mantel neben sie auf die Bank. „Bleib hier, ich bin gleich zurück."

Er kam mit einem großen Handtuch zurück und begann sofort, ihr Haar trockenzureiben, wobei er ihrem entsetzten Blick mit einem schelmischen Grinsen begegnete.

„So ist es schon besser, Lockenköpfchen", sagte er, während er sanft über eine noch feuchte Strähne strich. „Du gehst jetzt nach oben und ziehst dich um, und ich kümmere mich um das Feuer im Arbeitszimmer. Und schau auch bei Molly vorbei, ja?"

Sie warf ihm einen wütenden Blick über die Schulter zu, dann rannte sie nach oben und zog eines der neuen Kleider an, die Molly genäht hatte – einen weichen, dunkelrosa Wollstoff. Die Röte ihrer Wangen – gemalt von der kalten Abendluft und dem Gefühl des Glücks, das sie an diesem Abend erfüllte – glich beinahe der Farbe des Kleides.

Sie fand Molly friedlich schlafend; vorsichtig berührte sie ihre Wangen, um sicherzugehen, daß das Fieber nicht wieder gestiegen war. Nachdem sie die Decke fürsorglich über Mollys Schultern gezogen hatte, schlich sie auf Zehenspitzen aus dem Zimmer.

Im Arbeitszimmer loderte inzwischen ein fröhliches Feuer, und Jess stand am Kamin, die Hände ausgestreckt, um sich zu wärmen. Kerry hielt einen Moment inne, als sie eine Welle tiefer Zuneigung für ihn in sich aufsteigen spürte. In seinem blaugrau gehaltenen Flanellhemd, die Haut vom Wind leicht gerötet, sah er einfach gut und anziehend frisch aus.

Er wandte sich zu ihr um und musterte sie anerkennend. „Erstaunlich", murmelte er.

„Was?"

„Daß du diese Farbe tragen kannst – und daß sie dir so gut steht. Man würde meinen, daß sie nicht zu rotem Haar paßt."

„Mein Haar ist nicht rot", erwiderte sie scharf.

„Natürlich nicht", pflichtete er ihr begütigend bei und lächelte, als er sah, wie ihre Augen blitzten. „Hier, nimm das um", sagte er, während er ihr ein weiches weißes Umschlagtuch gab und sie sanft in Richtung Sofa schob.

„Ich wollte es dir schon lange sagen", bemerkte er beiläufig, als sie sich auf das Sofa setzte, „aber in all der Aufregung wegen Mollys Krankheit habe ich es vergessen. Ich habe beschlossen, Kadett Teague nicht zu melden ... für dieses Mal."

„Oh Jess, wie nett von dir!" rief sie und schaute erfreut zu ihm auf.

„Nun, er weiß, daß er von jetzt an bis zum Abschluß sein allerbestes Verhalten an den Tag legen muß – oder", murmelte er bärbeißig.

Er ging zum Bücherregal und wählte ein Buch mit einem dicken braunen Ledereinband aus. „Ich glaube, das würde dir gefallen", erkärte er, als er zurückkam und ihr das Buch in die Hand drückte.

Neugierig betrachtete sie das Buch. „*Oliver Twist* – hast du es gelesen, Jess?"

Er nickte. „Charles Dickens ist ein großartiger Anwalt der Armen. Er kämpft seinen eigenen Kampf gegen Armut und Erniedrigung, dazu benutzt er jedoch die Feder und nicht das Gewehr."

Als sie ihn anlächelte, spielten kleine Fältchen um ihre Augen. „Wie du, Jess, du bist auch an diesem Kampf beteiligt."

„Das habe ich auch einmal geglaubt", erwiderte er wehmütig. „Doch in letzter Zeit frage ich mich, ob die Schlacht nicht vielleicht schon verloren war, bevor ich überhaupt zu kämpfen begonnen habe." Er ging zum Fenster, zog die eine Hälfte des Vorhangs beiseite und schaute in den schweren Schneesturm hinaus.

Schließlich wandte er sich wieder um, straffte seine Schulter und setzte sich zu Kerry auf das Sofa. Er lehnte sich zurück; die Hände hinter seinem Kopf verschränkt, fragte er: „Warum liest du mir nicht vor?"

„Ich soll dir laut vorlesen?"

„Bitte", erwiderte er und schloß lächelnd die Augen. „Weißt du, daß ich den singenden Tonfall deiner Stimme liebe? Ganz gleich, ob ich erschöpft bin oder schlechte Laune habe, sobald ich deine Stimme höre, geht es mir gleich besser. Du hast eine Art zu sprechen, die mein Gemüt beruhigt."

Erfreut errötete sie über die Offenheit, die so selten bei ihm war.

Während sie in dem sanften Schein einer großen Kerze vorlas, befand sie sich bald in der Welt von Oliver Twist und war so von der Geschichte gefangengenommen, daß sie ihre Umgebung darüber vergaß, bis sie spürte, daß ihre Schulter leicht berührt wurde.

Sie schaute auf und hielt einen Moment im Lesen inne, als sie sah, daß Jess, den Kopf gegen ihre Schulter gelehnt, eingeschlafen war. Mitfühlende Zärtlichkeit erfaßte sie, als ihr bewußt wurde, wie die Ruhelosigkeit und Anstrengung der letzten Tage ihre Spuren hinterlassen hatten und ihn älter und erschöpft aussehen ließen. Sie wünschte, ihm die schwarzen Haarsträhnen aus der Stirn streichen und die Falten glätten zu können, die von seinen müden Augen ausgingen.

Die süße Wonne seiner Nähe genießend, hörte sie bald ganz zu lesen auf. Sie legte das Buch neben sich und setzte sich so, daß sie ihren Arm um seine breiten Schultern legen, und er bequemer an ihr ruhen konnte. Als sie für einen Augenblick zögernd ihre Wange auf seinen Kopf legte, spürte sie mit freudiger Überraschung, wie weich sich sein Haar auf ihrer Haut anfühlte. Die unbändigen Wellen seines dunklen Haars, die so spröde und widerspenstig aussahen, fühlten sich in Wirklichkeit wie Seide an.

Schläfrig und zufrieden verschleierte sich ihr Blick, während sie regungslos dasaß, Jess friedlich schlafend an sich gelehnt. Der gleichmäßige Rhythmus seines Atems nahm sie mit in einen leichten Schlaf. Beinahe eingeschlafen, zuckte sie kurz mit der Schulter, als sie spürte, wie er sein Gewicht leicht verlagerte. Ihr Herz hüpfte freudig erregt, als sein Arm ihre Hüfte umfaßte, sie näher an sich zog und schließlich fest umarmt hielt. Das Zimmer wurde nur von dem flackernden Schein der Kerze und dem schwachen Schimmer des verlöschenden Feuers erhellt, doch sie konnte seine Augen sehen, wie er sie schlaftrunken und zärtlich betrachtete.

„Es tut mir leid", flüsterte er, „ich wollte nicht einschlafen." Er machte jedoch keine Anstalten, sie loszulassen. Lächelnd ließ Kerry ihre Finger sanft durch sein Haar gleiten. Seine Nähe war berauschend und versetzte sie in einen Zustand, wo alles zu schweben schien. Der Arm um ihre Hüfte zog sie immer näher zu ihm, während er mit der anderen Hand ihr Gesicht zu seinem führte. Aus Angst, den Augenblick zu versäumen, wagte sie kaum zu atmen und schloß die Augen – wartend.

„Kerry ... Liebling ..." Das erste berauschende Gefühl seines zärtlichen, suchenden Kusses wurde von einer Woge beinahe beängstigender Gefühle abgelöst. Doch als er sie noch zärtlicher in den wärmenden Schutz seiner Arme nahm, gab sie sich der wunderbaren Nähe hin, nach der sie sich sehnte, seitdem er sie vor einigen Wochen zum erstenmal geküßt hatte.

„Ach Kerry ... Liebling, ich weiß, ich sollte nicht ..."

Sie schlang ihre Arme um seinen Hals, um seine Worte verstummen zu lassen. Ihr Herz jubelte, während er ihr Zärtlichkeiten zuraunte und sie mit seinen Augen liebkoste. Als sie das Beben seiner großen Hände spürte, glaubte sie zerspringen zu müssen. Denn es war Liebe, das wußte sie jetzt. Dieser Mann war der einzige, der sie jemals berühren durfte, schwor sie sich in diesem Augenblick, der einzige Mann, dem sie angehören würde, und in Wahrheit gehörte ihm ihr Herz schon seit einiger Zeit.

Eine schmerzliche Traurigkeit brach sich in ihr Bahn, als seine Lippen erst ihre Wangen, dann ihre Schläfen streiften und er sie dann sanft aus seiner Umarmung entließ. Sein Atem ging stockend an ihrem Haar, und widerwillig flüsterte er abgehackt: „Kerry, ich glaube ... du gehst jetzt am besten nach oben."

Sie nickte und brachte seinen Versuch, seine Fassung zurückzugewinnen ins Wanken, als sie ihn mit Augen voller Liebe anschaute.

„Jess –"

„Pst ..." flüsterte er und legte ihr sanft seine Finger auf die Lippen. „Wenn es möglich wäre, würde ich dich hier behalten, so wie jetzt, für immer. Meine Aufgabe ist es jedoch, für dich zu sorgen und nicht, meinen Vorteil zu suchen."

Sie schüttelte leicht den Kopf, während ihre Augen ihn anflehten. „Bitte, Jess, sag das nicht – so, als täte es dir leid. Es soll dir nicht leid tun, Jess."

Eine kupferne Strähne ihres Haares um seinen Finger wickelnd, forschte er aufmerksam in ihrem Gesicht. Sein trauriger, verzweifelter Blick zeigte deutlich, wie schwer es ihm ums Herz war. „Nein, es tut mir nicht leid ... es tut mir nie leid, so nahe bei dir zu sein. Aber –"

„Was, Jess?" drängte sie, hoffend, hoffend ...

„Ich wünschte ... uns trennten nicht so viele Jahre und ich hätte ein Recht, das zu fühlen – was ich fürchte, für dich zu empfinden."

„Und was empfindest du, Jess?" flüsterte sie, wobei sie seine Antwort auf der einen Seite kaum erwarten konnte und auf der anderen Seite fürchtete.

* * *

„Eine tiefe Liebe, die mir Angst macht, Kleines ... eine Liebe, wie ich sie bisher noch nicht gekannt und für möglich gehalten habe ..." Er sah ihr nicht in die Augen, als er sich langsam von ihr zurückzog. „Kerry, wenn du älter wärst – oder wenn ich nicht dein Vormund wäre ..." Die Worte blieben unausgesprochen zwischen ihnen.

Er berührte sie noch einmal, mit seinen Fingern sanft über ihre Wangen gleitend, dann stand er von dem Sofa auf und hob Kerry in die Höhe. Sie sah, wie er schluckte, als er ihr mit einem zärtlichen Verlangen und einer Hilflosigkeit in die Augen schaute, die in ihr das Bedürfnis weckten, ihn zu umarmen, ihn zu trösten, zu beruhigen. Kerry war jedoch nicht bereit, noch einmal Ablehnung zu ertragen, und so wandte sie sich einfach um und ging aus dem Zimmer, während er dastand und ihr mit gequälter Beklommenheit im Herzen nachsah.

* * *

Sie betete die ganze Nacht und flehte zu Gott, daß er die Schranke beseitigen möge, die Jess offensichtlich zwischen ihnen errichtete. *„O Herr, es ist, als hätte er eine Mauer um sein Herz errichtet. Von Zeit zu Zeit gestattet er mir, einen Stein herauszulösen, doch dann ersetzt er ihn durch einen noch größeren. Ich liebe ihn so, Herr ... und obgleich mein Verstand mir sagt, daß es aussichtslos ist, besteht mein Herz darauf, daß es nicht so ist. Vater, er ist so einsam, nicht wahr? Und manchmal scheint er auch sehr traurig zu sein. Ich möchte, daß dies alles ein Ende hat, Herr ... ich möchte ihm ein Lächeln schenken, das nie wieder in seinen Augen verlöscht. ... O, ich weiß, ich bin nicht die Frau, die er verdient ... doch scheint er trotzdem in meiner Nähe glücklich zu sein, meistens zumindest, nicht wahr? Und gewiß könnte ich lernen, all das für ihn zu sein, was er braucht. Ich würde es ganz bestimmt versuchen, Herr – du weißt es, mit all meiner Kraft ...*

Als sie schließlich in einen unruhigen Schlaf fiel, ahnte sie nicht, daß unter ihrem Fenster Jess, in seinen schwarzen Wintermantel gehüllt, rastlos im Garten umherging, wie ein großer, dunkler Schatten auf dem weißen, schneebedeckten Boden. Ungeachtet des eisigen Windes und des Schnees, der um seinen gebeugten Kopf wehte, betete auch er, flehte um Linderung für seine Qual und versuchte, den Sturm seiner Gefühle zu stillen, der in ihm mit der gleichen Wut tobte wie der Schneesturm.

13

Zwei Tage vor Weihnachten verließ Jess West Point plötzlich und ließ eine besorgte Kerry zurück. Es war nicht Jess' Art, so plötzlich und ohne jede Vorankündigung etwas zu tun. Er gab keinerlei Erklärung ab, sondern sagte nur, daß er für einen Tag etwa in New York City sein würde.

Kerry machte sich Sorgen und hoffte, daß seine plötzliche Abreise nichts mit der neuen Vertrautheit zu tun hatte, die sich seit jenem Abend zwischen ihnen zu entwickeln begonnen hatte, als er so unerwartet tiefe Gefühle offenbarte. Kerry hatte halb erwartet, daß er sich danach von ihr zurückziehen würde, doch das war nicht der Fall. Im Gegenteil, sie bemerkte eine Veränderung in seinem Verhalten ihr gegenüber; langsam begann er, seine Zuneigung offen zu zeigen. Seitdem war etwas anders, wann immer sie sich begegneten.

Sie versuchte, sich nicht zu viele Hoffnungen zu gestatten, und sagte sich immer wieder, daß sich eigentlich nichts geändert hätte. Er war noch immer von seiner Pflicht und Verantwortung ihr gegenüber als Vormund besessen, und sie war nichts als eine irische Einwanderin, die keine der Eigenschaften besaß, die ein Mann wie Jess Dalton von einer Frau erwartete und sich wünschte.

Doch immer öfter kam ihr die verlockende Frage in den Sinn: *Wie könnte er mich so zärtlich küssen, so liebevoll umarmen, wenn ich ihm nichts bedeutete?* Jess war kein Mann, der mit den Gefühlen anderer spielte, das wußte sie. Und wie tief seine Gefühle für sie auch immer sein mochten, zweifelte sie keinen Augenblick daran, daß ihr Wohl ihm aufrichtig am Herzen lag. Er hing zu sehr an ihr, als daß er sie bewußt verletzen wollte. Was war es dann zwischen ihnen?

Als sie sich am Heiligabend nachmittags bei Molly nach seinem Verbleib erkundigte, konnte sie auch von ihr nichts erfahren. „Woher soll ich denn wissen, was er vorhat? Und es ist gewiß auch nicht meine Aufgabe, mich in seine Angelegenheiten einzumischen, oder? Er sagte mir nur, er würde über Nacht wegbleiben, und fort war er mit dem Dampfer."

„Meinst du, daß etwas nicht in Ordnung ist?" Sie versuchte, das Unbehagen in ihrer Stimme zu verbergen, doch Molly hatte es längst bemerkt.

Sie hielt einen Augenblick in ihrem flotten Staubwischen inne und warf Kerry einen neugierigen Blick zu. „Wenn du dich über irgend etwas sorgen möchtest, dann gibt es andere Dinge, als daß unser Jess für einen Tag verreist ist. Im übrigen würde ich mich freuen, wenn du deine Aufmerksamkeit etwas mehr auf das Wohnzimmer lenken würdest."

Sie blickte streng vor sich hin, während sie, die eine Hand in ihre breite Hüfte gestemmt, mit der anderen den Staublappen wie eine Waffe erhob. „Du hast recht gute Arbeit geleistet mit dem Aufstellen der Kerzen, Aufhängen der Kränze usw., doch alle diese kunstvollen Dekorationen wären, glaube ich, ohne Staub und Spinnweben noch viel beeindruckender."

Kerry kochte vor Wut und atmete tief durch, und erinnerte sich, daß Molly nach ihrer Krankheit noch etwas gereizt war. Sie begann, den großen runden Leuchter, dessen Fuß mit geschnitzten Rehen verziert war, zu polieren und summte, Mollys Stimmung ignorierend, leise vor sich hin.

Als Kerry ihren Blick durch das Zimmer streifen ließ, fand sie, daß es schon recht hübsch und gemütlich, ja richtig weihnachtlich aussah mit den grünen Kränzen, die in allen Fenstern hingen, und den weißen Kerzen, die auf Messingleuchter gesteckt die breiten Fenstersimse zierten. Molly hatte den Kamin mit einer Girlande aus Lorbeerlaub und Pfefferkuchen eingerahmt.

Am besten gefiel ihr jedoch eine handgeschnitzte Weihnachtskrippe, die zwischen Fichten- und Palmenzweigen auf dem Kaminsims stand. Molly hatte ihr erzählt, daß Jess' Großvater sehr gut schnitzen konnte und diese Figuren für seinen Sohn, Jess' Vater, angefertigt hatte, als dieser noch ein kleiner Junge war. Kerry liebte die kleinen Figuren, die offensichtlich mit viel Geduld und Liebe hergestellt worden waren.

Kerrys Gedanken wanderten zu dem Geschenk, das sie für Jess gemacht hatte. Von Molly hatte sie wunderschöne weiche blaue Wolle bekommen – genau die Farbe von Jess' Augen, dachte sie lächelnd – und sie strickte daraus einen reizenden Schal, der den abgetragenen grauen ablösen sollte. Jess war oft heiser, vielleicht weil er soviel durch die Kälte laufen und außerdem den ganzen Tag seine Stimme strapazieren mußte. *Mein Geschenk wird dazu beitragen, diese schöne Stimme zu bewahren,* dachte Kerry stolz, *damit er weiterhin die Kadetten unterweisen – oder, wie Jess sagen würde: „mit seinen Männern arbeiten" konnte.*

Plötzlich waren aus der Diele laute Geräusche zu hören, die Kerry aus ihren Träumen rissen. „Was ist denn da draußen los?" fragte Molly.

Kerry folgte ihr durch die Tür und blieb stehen, als sie sah, daß Jess an der Tür stand und den Schnee von seinen Stiefeln klopfte. Ihr Herz tat einen Freudensprung, als er ihren Blick suchte und sie sich einen Moment in die Augen sahen. Molly zog nachdenklich die Augenbrauen hoch, als sie die beiden beobachtete, begrüßte Jess und verschwand schnell wieder im Wohnzimmer.

Kerry wurde plötzlich scheu und wußte nicht, was sie sagen sollte, doch ihre Augen strahlten, als er ihr schelmisch über die Schulter zulächelte, während er seinen Wintermantel an den Haken hängte.

„Hast du mich vermißt?“ fragte er sanft.

Die Worte sprudelten aus ihr hervor, ehe sie nachdenken konnte. „O ja, natürlich habe ich dich vermißt. Es geht dir also gut?“

Die Stirn runzelnd, ging er ihr entgegen. „Warum sollte es mir nicht gut gehen?“ Sanft hob er mit einem Finger ihr Kinn und forschte in ihrem Gesicht. „Und wie geht es dir und Molly? Ist alles in Ordnung zu Hause?“

„Natürlich – uns geht es gut – aber –“

„Was aber?“

Sie zuckte mit den Achseln und hoffte, gleichgültig zu erscheinen. „Ich habe mich vielleicht ein wenig gesorgt, das ist alles.“

Behutsam legte er seine großen Hände auf ihre schmalen Schultern und sagte mit einem nachdenklichen Lächeln: „Nun, das ist eine ganz neue Erfahrung für mich – vermißt zu werden, wenn ich außer Haus bin. Ich glaube, das gefällt mir.“ Ihre Knie zitterten, als er ihr liebevoll in die Augen sah.

Jess' Stimme klang freudig, vielleicht sogar ein wenig neckend: „Weil du zu höflich bist, um zu fragen, sage ich dir gleich, daß ich in New York war, um Weihnachtseinkäufe zu erledigen. Und übrigens, die Kiste von deinem Vater, die du nicht mitbringen konntest, ist jetzt unten am Hafen. Einer der Kadetten bringt sie später mit dem Wagen herauf.“ Zärtlich strich er ihr eine widerspenstige Locke, die ständig unter ihrem Haarband hervorrutschte, aus der Stirn.

Überrascht und erfreut rief sie: „Vaters Kiste? Aber wie hast du sie von Buffalo hierher bekommen?“

„Ich habe sie verschiffen und in einem Lager in New York aufbewahren lassen. Sam Grant hat das für mich organisiert.“

Einen Arm um ihre Schulter gelegt, gingen sie zusammen in die Küche. „Ich habe auf dem ganzen Heimweg an Mollys Heiligabendschinken gedacht – seit zwei Tagen habe ich nichts Anständiges gegessen.“

„Oh, warte nur, bis du ihn siehst – er ist so groß!“

Das Abendessen wurde zu einem frohen Fest. Natürlich *war* es Heiligabend, aber Kerrys große Freude über Jess' Rückkehr ließ die Stimmung noch festlicher werden, und auch Jess und Molly ließen sich davon anstecken.

Von Stunde zu Stunde wurde sie ausgelassener, und als sie später durch den Schnee zur Kapelle stapften, war sie viel zu aufgeregt, um zu bemerken, daß es ständig kälter wurde. Jess hatte beschlossen, in diesem Jahr anstelle des traditionellen Weihnachtsgottesdienstes am 1. Feiertag morgens für die Kadetten, die die Festtage in der Akademie verlebten, einen Heiligabend-Gottesdienst zu halten.

Er zog Kerrys Arm noch fester an seine Seite, als sie zu dritt auf dem Weg in die Kapelle waren, und freute sich darüber, wie sie herauszufinden versuchte, auf welches besondere Geschenk er im Laufe des Abends angespielt hatte.

„Wenn du ein ganz braves Mädchen bist, darfst du vielleicht *eins* von deinen Geschenken – ein ganz besonderes – schon heute abend öffnen."

Kerry, die merkte, wie köstlich sich Jess amüsierte, stimmte in seinen heiteren Spott ein: „Vielleicht – wenn die Predigt nicht zu langweilig ist."

Während sie sich das Vergnügen gönnte, beim Gehen seine Gestalt zu betrachten, durchströmte sie ein wunderbares Gefühl der Freude. Ihr Blick wanderte von dem seidigen Glanz seiner schwarzen Locken zu seinen breiten Schultern hinunter und von dort über seinen kräftigen, muskulösen Körper. Selbst der schwere Wintermantel, den er trug, vermochte nicht die Stärke dieses Mannes zu verbergen.

Er ist ein Riese, dachte sie laut seufzend. *Der größte Mann, den ich jemals kennengelernt habe – sowohl was seine äußere als auch die Größe seines Herzens betrifft.* Sie errötete und blickte schnell zur Seite, als er sie anschaute und bemerkte, wie sie ihn mit so offenkundigem Wohlwollen betrachtete. Als er sie impulsiv umarmte, wagte sie nicht, zu ihm aufzuschauen, aus Angst, er könnte die Tiefe ihrer Gefühle erkennen. Wenigstens für einige Augenblicke gönnte sie sich den Luxus, anzunehmen, sie seien eine richtige Familie auf dem Weg zum Gottesdienst – ein liebendes Ehepaar mit einer guten Freundin, Molly.

Es wurde ein bewegender, wunderschöner Gottesdienst. In der Kapelle, die nur vom Schein brennender Kerzen erhellt war, duftete es nach Tannengrün. Als Jess mit seiner sanften, volltönenden Stimme die Weihnachtsgeschichte aus dem Lukasevangelium las, glaubte Kerry beinahe, in der friedvollen Stille der Kapelle die Stimmen der himmlischen Heerscharen zu vernehmen. Als anschließend das „O komm, o komm, Immanuel" vom Chor der Kadetten erklang, deren Stimmen zwischen den mächtigen Säulen durch den Raum schwebten, schwang sich Kerrys Seele, von der Bedeutung und Schönheit des Abends überwältigt, himmelwärts.

Während des Segens flossen ihre schon lange aufgestauten Tränen schließlich über. Als Jess für alle Anwesenden den Segen Gottes erflehte, betete sie leise:

„Laß uns mit jubelndem Herzen an deiner Krippe knien, staunend vor dem Wunder deiner Gegenwart ... und vor deinem Kreuz niederfallen und das Wunder deiner großen, endlosen Liebe erkennen ..."

Kerrys Stimme klang tief bewegt, als Jess sich nach dem Gottesdienst wieder zu ihr und Molly gesellte. „Es war ein wundervoller Weihnachtsgottesdienst, Jess – wirklich."

Mit einem zärtlichen Lächeln knöpfte er den oberen Knopf ihres Umhangs fest zu. „Und ihr Damen seht in dem Kerzenlicht auch ganz besonders reizend aus." Er sprach zu beiden, doch Kerry wußte, daß seine Augen allein auf ihr ruhten. Aus Furcht, zuviel in seinen Blick hineinzulegen, wandte Kerry sich ab.

„Kommt – ich habe eine Überraschung für euch beide." Mit Kerry auf der einen und Molly auf der anderen Seite gingen sie durch die Säulenhalle hinaus.

Als Jess plötzlich stehenblieb, blickte Kerry auf und sah für einen Augenblick den Kadetten Sam Grant völlig verdutzt an, der wenige Schritte vor ihnen stand, ein Lächeln auf dem fröhlichen Sommersprossengesicht. Doch als sie sah, was neben ihm stand, stieß Kerry einen Freudenschrei aus.

Vor einen kleinen Pferdeschlitten gespannt, stand stolz ein schöner Fuchsschimmel; den Kopf hoch erhoben, die Nüstern gebläht, scharrte er ungeduldig im Schnee.

„Oh, Sam Grant – was haben Sie denn vor?" rief Molly erstaunt.

Das Lächeln auf dem Gesicht des Kadetten wurde noch breiter, als er Jess verschwörerisch zublinzelte. „Nun, ich habe nur Mr. Daltons Anweisungen ausgeführt, gnädige Frau."

Kerry klatschte vor Freude in die Hände und hielt in letzter Sekunde inne, vor Freude in die Luft zu springen. „Oh Jess, was für eine wunderbare Überraschung! Fahren wir in dem Schlitten nach Hause?"

„So ist es im Prinzip gedacht", sagte er mit einem leisen Lachen. „Nun, meine Damen, das ist ein Zweisitzer, aber ich dachte, es würde euch nichts ausmachen, etwas zusammenzurücken, wenn es so kalt ist.“ Er lächelte, als er Kerrys glückliches Gesicht sah, während er ihr in den Schlitten half. Nachdem er sie und Molly fest in eine Kniedecke eingehüllt hatte, nahm er neben Kerry Platz und versetzte das Pferd in Trab.

Einige Zentimeter Neuschnee ließen die Gebäude und das Gelände nicht mehr so militärisch streng erscheinen, sondern verwandelten die Umgebung in eine malerische Winterlandschaft. Die Stille der Nacht wurde nur von dem gedämpften Echo der Schlittenschellen unterbrochen. Über alle Maßen von der Schönheit und Glückseligkeit des Abends ergriffen, preßte Kerry ihre Hände fest zusammen und hätte vor Freude am liebsten laut gejubelt.

„Molly, geht es dir gut?“ fragte Jess, einen Blick auf die ältere Frau werfend.

„Mir geht es ausgezeichnet, aber ich bin sehr müde, Jess. Wenn es dir nichts ausmacht, würde ich gern direkt nach Hause fahren. Dann kannst du mit Kerry noch eine schöne Fahrt machen, und ich kann schon ins Bett gehen.“

„Wie du es für richtig hältst. Wir möchten nicht, daß du einen Rückfall bekommst.“

Als sie das Haus erreichten, wartete Kerry einen Augenblick, während Jess Molly aus dem Schlitten half und sie zur Tür brachte. Dort blieb sie einen Augenblick stehen und winkte ihnen zu, bevor sie ins Haus ging.

„Ist es dir auch wirklich warm genug?“ fragte Jess, als das Pferd wieder in Trab verfiel.

„Ja, ich fühle mich sehr wohl. Oh Jess, das ist einfach herrlich! Was für ein wunderbares Geschenk!“

Er lächelte, über ihre Begeisterung sichtlich erfreut. „Ja, aber das ist nicht das Geschenk, von dem ich heute abend gesprochen habe.“

„Aber es ist ein wundervolles Geschenk. Was meinst du denn noch?“

„Ich meine“, sagte er, den Blick geradeaus gewandt, „daß zu Hause noch eine Überraschung auf dich wartet.“ Dann schaute er Kerry an und fragte sie scheinbar gleichgültig: „Bist du etwa neugierig?“

„Natürlich bin ich neugierig, und wer wäre das nicht?“ rief sie. „Doch nichts kann noch schöner sein als das“, fügte sie hinzu, während sie noch näher zu ihm rückte.

„Das möchte ich nicht bestreiten“, sagte er leise, ihre kleine Hand fest in die seine schließend.

Lange Zeit fuhren sie schweigend dahin, und ihr Atem malte kleine

Rauchwolken in die kalte Dunkelheit. Die Stille der Nacht, die Wärme der Kniedecke und von Jess' Körper ließen Kerry wie in einen leichten Schlaf verfallen. Sie waren schon völlig zum Stehen gekommen, bevor sie widerwillig zur Kenntnis nahm, daß die Fahrt zu Ende und sie zu Hause waren.

Schlaftrunken schaute sie Jess an, als er zu ihr kam, um ihr aus dem Schlitten zu helfen. „Ich glaube", sagte sie noch ganz benommen, „es wäre schön, wenn wir einfach noch stundenlang so weiterfahren könnten."

„Das würde dir Spaß machen, nicht wahr?" flüsterte er, während er sie auf seine Arme nahm und zum Haus trug.

„Was wird mit dem Pferd?" fragte sie müde.

„Es ist alles in Ordnung. Ich habe ihn angebunden; Sam kommt dann vorbei und holt ihn ab."

„Bekomme ich jetzt mein Geschenk?" flüsterte sie gegen seinen Hals.

„Hm, wenn du munter genug bist, um es zu öffnen", erwiderte er, während er die Tür mit dem Fuß heranzog und Kerry absetzte.

Bevor er seinen Mantel auszog, half er ihr aus dem Umhang und hängte ihn auf. „Gehen wir ins Arbeitszimmer, ich werde dort Feuer im Kamin machen."

Doch Molly war ihnen zuvorgekommen. Im Arbeitszimmer loderte bereits ein fröhliches Feuer im Kamin, und es war gemütlich warm. Erfreut setzten sich beide so nah wie möglich an den Kamin.

„Bekomme ich jetzt mein Geschenk?" drängte sie. Sie sah sehr jung aus – die Wangen im Schein des Feuers rosig glühend, strahlten ihre Augen voll freudiger Erwartung.

Neckend schalt er sie, indem er Molly nahezu perfekt nachahmte: „Gewiß, aber sei nicht so ungeduldig, Kerry Shannon. Du wirst schon warten müssen, bis ich es geholt habe."

„Aber wo ist es denn?"

„Ich habe es natürlich versteckt, als ich heute nachmittag nach Hause kam", rief er ihr über die Schulter zu, während er das Zimmer verließ.

Als er wiederkam, hielt er ein längliches, kunstvoll verpacktes Päckchen in der Hand. Er ließ sich auf dem Sofa nieder und bedeutete ihr, sich zu ihm zu setzen.

„Ich habe auch etwas für dich", sagte sie, als sie sich schnell neben ihn auf das Sofa sinken ließ. „Molly hat jedoch gesagt, ich darf es dir nicht vor morgen früh geben."

„O ja, Molly findet es unverzeihlich, vor dem ersten Weihnachtsfeiertag Geschenke auszutauschen. Ich bin jedoch so egoistisch, daß ich mit dir allein sein möchte, wenn du dieses Geschenk öffnest."

„Nun, jetzt wären wir also ... allein", bemerkte Kerry sachlich und griff nach dem Päckchen auf seinem Schoß.

„Einen Augenblick", neckte er sie und hielt das Geschenk von ihr weg, „es gehört sich nicht, Geschenke an sich zu reißen."

„O Jess, hör auf!"

Er lachte über ihre Ungeduld und gab ihr das Päckchen. „Schon gut, schon gut – mach es schon auf!"

Mit äußerster Sorgfalt begann sie, das Geschenk auszupacken und freute sich über das funkelnde schöne Geschenkpapier. Ihr Mund blieb offen stehen, als schließlich ein Etui zum Vorschein kam, in dem sich eine kunstvoll gefertigte silberne Querflöte befand.

Völlig verwundert rang sie nach Atem, zuerst Jess, dann die Flöte betrachtend. „Oh ... oh, du meine Güte, Jess – soll sie ... für mich sein?"

„Gefällt sie dir, Liebes?" fragte er zärtlich.

„*Gefallen?* Das ist das prächtigste und schönste Instrument, das ich jemals gesehen habe! Und sie – sie ist wirklich für mich?"

„Natürlich ist sie für dich, Liebling. Schau – dein Name ist hier eingraviert." Er schluckte hart, und seine Kehle war wie zugeschnürt, während er sich verzweifelt danach sehnte, sie in seine Arme zu schließen, gerührt, sie so glücklich gemacht zu haben.

Er spürte, daß er diesen Augenblick nie vergessen würde, wie sie zuerst zu ihm und dann auf die glänzende Flöte geblickt hatte, die tatsächlich ihren Namen trug. Als sie dann wiederum zu ihm aufsah, glänzten ihre Augen, in denen sich Tränen der Freude spiegelten wie Smaragde. Dann nahm sie die Flöte behutsam auf und blies über das Mundstück, um den Ton des Instruments zu prüfen.

Langsam entstieg dem Instrument eine sehnsüchtige Hirtenweise, deren süßer Klang sich auf Kerrys Gesicht widerspiegelte. Der letzte Ton hallte noch in der Luft wider, als Kerry das kostbare Geschenk hinlegte. Voller Verwunderung schüttelte sie den Kopf und forschte in Jess' Gesicht. Impulsiv schlang sie ihre Arme um seinen Hals. „O Jess, ich danke dir – ich danke dir von ganzem Herzen!"

„Donnerwetter", versuchte er zu scherzen, „ich glaube, ich mag es, wie du dich bedankst. Möchtest du vielleicht auch ein Klavier haben, Liebling?"

Kerry hielt seinen Hals fest mit ihren Armen umschlungen und schaute ihm mit äußerster Hingabe in die Augen. Unendlich behutsam nahm er sie in seine Arme, seinen Blick weiter in ihre Augen versenkt, während er sich über sie beugte und sie zärtlich auf die Wange küßte.

„Du darfst mich nicht so anschauen, Liebling“, flüsterte er heiser. „Du machst es mir beinahe unmöglich ...“

„Was?“ flüsterte sie gegen seine bärtige Wange.

„Kerry ... du bist mir so unendlich lieb und teuer ...“

Seine Worte verhallten, und er begann sie mit herzzerreißender Zärtlichkeit zu küssen. Als er seine Lippen von ihrem Mund aufhob, nahm er ihr Gesicht behutsam zwischen seine Hände. „Du bist unglaublich schön ... du kannst dir nicht vorstellen, wie glücklich es mich macht, dich nur anzuschauen.“ Seine Stimme versagte vor Rührung, als er sie noch näher an sich zog und in ihr Haar flüsterte: „Frohe Weihnachten, Kerry Shannon.“

Ihr Kopf schien wie für die Wölbung seiner Schulter geschaffen zu sein, als sie ihr Gesicht in dem feinen weißen Stoff seines Hemdes barg. Mit einem verträumten, glücklichen Lächeln erwiderte sie: „Ja, das ist es tatsächlich, Jess, und das verdanke ich nur dir.“

So verweilten sie noch einige Augenblicke; Kerry behaglich in seine Arme geschmiegt, den Kopf an seiner Schulter ruhend, schauten sie in die Flammen, die züngelnd ihre Schatten über die Feuerstelle warfen. Als er schließlich seufzte und sich widerwillig von ihr zu lösen begann, war seine Stimme ungewöhnlich leise und gefühlsgeladen: „Es ist sehr spät.“

Sie nickte. „Darf ich die Flöte mit in mein Zimmer nehmen? Ich möchte sie anschauen, während ich einschlafe.“

Er stand auf und zog sie in die Höhe, sie dennoch nicht völlig aus seinen Armen entlassend. „Natürlich.“ Sacht küßte er sie auf die Stirn und brachte sie zur Treppe. „Gute Nacht, Liebling.“

Er sah ihr nach, bis sie in ihrem Zimmer verschwunden war, erst dann erlosch das Lächeln auf seinem Gesicht. *Du hast mir schon viele gute Gaben gegeben, Herr ... aber dieses Mädchen ist gewiß das kostbarste Geschenk von allen ... wie ich sie liebe und verehre, Vater – doch habe ich das Recht, sie zu lieben? Und wenn nicht, wie soll ich jetzt noch aufhören, es zu tun?*

14

Kerry warf schnell einen verstohlenen Blick durch das Küchenfenster auf den Hof, wo Jess Feuerholz hackte. Seine Schultern bewegten sich gleichförmig unter seiner alten Holzfällerjacke, während er mit der Axt zu weiten, gleichmäßigen Schlägen ausholte, nur gelegentlich innehaltend, um eine widerspenstige dunkle Strähne aus der Stirn zu streichen oder zufrieden die klare weiße Schönheit des ersten Tages im neuen Jahr zu betrachten.

Mit einem liebevollen Lächeln wandte sich Kerry ab, um widerwillig die Kartoffelsuppe zu rühren. Nachdem sie den Schweinebraten kontrolliert hatte, ging sie zum Schrank und hob den Deckel einer großen Schüssel mit Kohlgemüse an. Sie atmete den Duft tief ein und spürte, wie ihr Magen vor Hunger zu knurren begann.

Das Essen heute sollte einen besonderen Anlaß haben. Obwohl Jess es zunächst nicht wollte, hatte er schließlich Mollys Bitte zugestimmt, Edmund Teague und Tom Jackson zum Neujahrsessen einzuladen. Kerry sann wieder über das Gespräch zwischen Molly und Jess nach, das sie mitgehört hatte, während sie auf dem Eckregal in der Diele Staub wischte.

„Molly, du weißt, daß es nicht meine Art ist, aus irgendwelchen Anlässen Kadetten zum Essen einzuladen. Wenn ich das täte, müßtest du bald alle jungen Männer der Akademie versorgen. Es gäbe auch nicht einen – wie du sehr wohl weißt –, der nicht jede Gelegenheit nutzen würde, das Kantinenessen gegen deine Küche einzutauschen."

„Das mag wohl stimmen, Jess, aber bei diesem jungen Mann ist es noch etwas anderes, meine ich. Er hat versucht, sich mit unserer Kerry anzufreunden, auch wenn sie sich dabei ein wenig in Schwierigkeiten gebracht haben. Und er ist allein – allein während der Feiertage, Jess." Kerry konnte sich richtig vorstellen, wie Molly voller Mitleid mit dem armen Edmund den Kopf schüttelte.

„Was wäre daran schlimm, ihn zum Essen einzuladen? Wir könnten ja auch Tom Jackson dazu bitten. Wir hätten ihn schon längst einmal einladen sollen als Anerkennung dafür, was er für unsere Kerry getan hat, doch durch meine Grippe habe ich es einfach vergessen. Ich denke, es wäre gut für das Mädchen, die jungen Männer bei uns zu Gast zu haben. In letzter Zeit ist sie nur mit uns zusammengewesen, und sie sollte doch auch Gelegenheit haben, junge Leute ihres Alters zu treffen, meinst du nicht?"

Kerry hörte, wie Jess sich räusperte und etwas murmelte. Er klang ziemlich gereizt, dachte sie. Nach kurzem Schweigen begann er erneut zu sprechen, diesmal etwas freundlicher. „Nun, ich glaube, morgen abend wäre es schon möglich. Du verstehst doch, weshalb ich den jungen Teague von Kerry ferngehalten habe, Molly, oder? Ich konnte ihren dummen Streich nicht einfach stillschweigend hinnehmen."

Mollys Stimme klang belustigt, als sie erwiderte: „O natürlich nicht, Jess. Ihr Unfug durfte gewiß nicht ungestraft bleiben. Trotzdem bin ich der Meinung, daß der Junge ein gutes Herz hat, und außerdem sieht er wirklich gut aus, nicht wahr? Ich muß zugeben, daß ich gehofft habe, zwischen den beiden würde sich eine Zuneigung entwickeln. Wäre das nicht großartig – sowohl für dich als auch für die beiden? Du hättest die Gewißheit, daß gut für das Mädchen gesorgt ist, ohne daß alle Verantwortung auf dir liegt. Der Junge erscheint mir sehr zuverlässig, meinst du nicht auch?"

„Ich weiß nicht, ob ich einen jungen Mann, der mitten in der Nacht Küchengeräte aus dem Haus schleppt, als zuverlässig bezeichnen kann, Molly", erwiderte er mißmutig.

Kerry ärgerte sich über Mollys Andeutung, daß es für alle zum Nutzen wäre, sie Edmund Teague anzuvertrauen, doch Jess' Bemerkung brachte sie noch mehr in Rage. Als er in diesem Moment die Diele betrat, schaute sie schnell auf die kleine Figur in ihrer Hand und tat so, als sähe sie die verärgerte Miene, die sein Gesicht verdunkelte, überhaupt nicht.

„Kerry, Molly und ich haben uns gefragt, ob du gern Edmund Teague zum Neujahrsessen einladen möchtest", sagte er kurz angebunden.

Sie warf ihm einen übertrieben unschuldigen Blick zu und erwiderte: „Das ist gewiß eure Entscheidung und nicht meine. Was du und Molly auch immer beschließen, mir ist es absolut recht."

Argwöhnisch kniff er die Augen zusammen, in ihrem Gesicht forschend. „Also gut, wir werden ihn einladen, und auch Tom Jackson." Er zögerte einen Moment, dann wandte er sich um und ging davon. Dabei bemerkte er nicht, wie Molly sie beide von der Küchentür aus prüfend betrachtete.

Jetzt, als Jess mit einem Arm voll Holzscheite die Küche betrat, fragte sich Kerry, wie er heute nachmittag wohl gelaunt sein würde. Er lächelte ihr zu, während er das Holz in die Kiste neben dem Ofen schichtete; dann hängte er seine Jacke auf den Haken in der Diele.

„Hmm ... das riecht wunderbar. Ist es euer gemeinsames Werk, oder läßt dich Molly allein für die Kadetten deine Kunst unter Beweis stellen?"

„Molly und du würden mir nie gestatten, ein Festessen allein zu kochen, solange Molly noch umherlaufen kann!"

Er kam zu ihr an den Herd, warf einen Blick in den Topf mit der Kartoffelsuppe und krempelte die Ärmel seines rehbraunen Hemdes hoch. „Ich nehme an, du freust dich, heute nachmittag Teague nach so langer Zeit wiederzusehen?" Er betrachtete sie nachdenklich, und ihre Antwort schien ihn sehr zu interessieren.

„Ich glaube, ja. Aber ich verstehe, warum du so handeln mußtest, wie du es getan hast." Sie gab noch etwas Pfeffer an die Suppe, dann reichte sie ihm einen Löffel voll zum Kosten.

„Oh, du verstehst es jetzt? Und du akzeptierst es auch?" Sie wußte nicht, wie sie den bissigen Unterton in seiner Stimme deuten sollte, und wartete, bis er gekostet hatte. Danach nickte er zustimmend.

„Natürlich, du hast das getan, was du für das Beste hieltest. Und ich bin sicher, daß Edmund es ebenso verstanden hat", fügte sie hinzu, während sie entschlossen seine Hand vom Topf wegschob, als er sich noch einen Löffel voll nehmen wollte.

„Ich freue mich, daß ihr beide soviel ... *Verständnis* für mein Handeln aufbringt."

Kerry warf ihm einen leicht verärgerten Blick zu, dann bückte sie sich, um nach dem Kuchen im Ofen zu schauen. „Kannst du mir bitte den Topflappen reichen, Jess?"

„Magst du ihn sehr?" fragte er beiläufig, als er ihr den Topflappen reichte.

„Ja, natürlich mag ich ihn. Er ist schließlich mein Freund, nicht wahr?" Und viel leiser fügte sie hinzu: „Und auch mein einziger Freund."

Verärgert die Arme über der Brust verschränkend, fragte er: „Und was ist mit Molly und mir?"

Sein verdrießlicher Ton überraschte sie. „Molly und du, ihr seid eigentlich keine Freunde", stammelte sie. „Ihr seid mehr ..."

Fragend zog er die Augenbrauen hoch und wartete.

„Ich meine, ihr seid mehr wie – meine Familie, glaube ich. Meine Gefühle für dich – und Molly sind natürlich ..."

„Ja?" drängte er.

„Ganz anders."

„Ach so", murmelte er. „Ganz anders." Unerwartet wandte er sich um und ging aus der Küche, und Kerry blieb über sein seltsames Verhalten verwundert zurück.

* * *

Das Neujahrsessen wurde ein fröhliches Fest. Wie er es stets zu tun pflegte, bestand Jess auch diesmal darauf, daß Molly mit ihnen aß. Kerry hatte einige Zeit gebraucht, um sich an den Gedanken zu gewöhnen, daß ein vornehmer Herr seinem Diener erlaubte, mit ihm gemeinsam zu essen – und daß der Diener das auch ungeniert tat. Natürlich behandelte Jess Molly nicht wie einen Diener. Sie hatte eher die Rolle einer älteren Schwester, wenn nicht der Mutter, übernommen. Doch Kerry wußte, daß dies in ihrer alten Heimat nicht möglich gewesen wäre.

Edmund hatte seinen besten Tag und sorgte mit seinem ausgeprägten Sinn für Humor dafür, daß sich alle, einschließlich Jess, vor Lachen bogen. Selbst Tom, der stets so ernst war, erlaubte sich den Luxus, ein paarmal zu lächeln, obgleich er stets im unklaren darüber zu sein schien, wo er sein Lächeln anbringen sollte.

Kerry fühlte sich diesem jungen Mann gegenüber, der meist so nüchtern und unglücklich erschien, befangen. Ihrem von Natur aus sonnigen Gemüt fiel es schwer, Zugang zu seiner eher düsteren Art zu finden. Trotzdem mochte und achtete sie ihn. Tatsächlich spürte sie eine unausgesprochene Ähnlichkeit zwischen ihr und Jackson. Er hatte als kleines Kind seine Eltern verloren und war bei Verwandten auf dem Land aufgewachsen; er hatte keine angesehene Familie aufzuweisen.

Während ihre Beziehung zu Jackson eher oberflächlich war, schien Jess ausgezeichnet mit dem jungen Kadetten zurechtzukommen, wobei er sehr gut verstand, weshalb dieser so befangen war und ihm das nötige Selbstvertrauen fehlte. Toms ungesellige Art schien Jess nichts auszumachen. Kerry stellte fest, daß Jess eine Gabe besaß, zu Menschen, die anders waren, leicht Kontakt zu finden – weder das Alter, noch der Bildungsstand oder der soziale Status schienen für ihn eine Barriere darzustellen, wenn er mit jemandem ins Gespräch kommen wollte.

„So – Tom – wie finden Sie das Leben an der Akademie, nachdem Sie mittlerweile einige Monate Gelegenheit hatten, sich daran zu gewöhnen? Fühlen Sie sich inzwischen zu Hause?" fragte Jess freundlich.

„Sehr sogar, Sir. Wenn ich nur den Anforderungen gerecht werden kann, will ich mich glücklich preisen."

„Das Ausbildungsprogramm ist sehr anspruchsvoll, ich weiß. Die meisten jungen Männer brauchen etwas Zeit, um sich daran zu gewöhnen. Haben Sie spezielle Probleme in bestimmten Fächern?"

„Nun, ich habe Probleme mit Französisch – und mit englischer Grammatik. Um ehrlich zu sein, muß ich mich in allen Fächern anstrengen, aber ich lerne gern."

Jess warf ihm einen Blick zu, in dem sich Bewunderung und Mitgefühl mischten. „Wenn ich Ihnen irgendwie helfen kann, Tom, dann sagen Sie es mir. Es würde mich freuen."

Dann wandte er sich Teague zu, ihn einen Augenblick lang musternd. „Und Sie, Teague – wie fühlt man sich wenige Monate vor dem Abschluß?"

„Etwas unruhig, Mr. Dalton. Hier ist jetzt mein Zuhause. Gewiß freue ich mich darauf, in meinem Leben weiter voranzukommen, doch ich werde die Akademie vermissen."

„Ach, übrigens, bleibt es dabei, daß Sie morgen für den Rektor den Fluß hinunterfahren, um Papiere abzuholen?"

„Ja, Sir, ich nehme den Nachmittagsdampfer."

„Könnten Sie einige Dinge für mich mit abholen, während Sie in der Stadt sind? Manuskriptpapier und einige Bücher, die ich bestellt habe?"

„Gewiß, Sir, das tue ich gern."

Molly legte noch eine Scheibe des köstlichen Schweinebratens auf Edmunds Teller. „Werden Sie Ihre berufliche Laufbahn in der Armee fortsetzen, Mr. Teague?"

„Ja, das habe ich vor. Es war schon immer mein Traum – Offizier zu werden."

„Das ist ein ehrenwertes Ziel; doch wie steht es mit einer Frau und einer Familie? Gewiß wäre ein solches Leben nicht gerade leicht."

Kerry blickte zu Jess und merkte, daß er großes Interesse an Edmunds Anwort zu haben schien.

„Bestimmt haben Sie recht, aber es kann auch ein sehr lohnendes Leben sein. Ich hoffe, eine junge Frau zu finden, die stark genug ist, dieses Opfer auf sich zu nehmen."

„Ja, Stärke ist eine wichtige Eigenschaft bei dem Partner, mit dem man sein Leben teilen möchte", pflichtete Molly ihm bei. „Und haben Sie schon die Dame Ihres Herzens gefunden?"

Ihre Augen blitzten schelmisch, worauf Edmund mit einer kleinen Spöttelei seinerseits reagierte: „Bis jetzt weiß ich nur eines genau: Die Frau meiner Wahl muß sehr viel Ähnlichkeit mit Ihnen haben."

„Aber! Nun genug damit." Verstört wehrte sie sein Lächeln ab und erhob sich schnell, um den Tisch abzuräumen.

Kerry stand ebenfalls auf, um zu helfen, doch Molly gestattete es nicht. „Nein, du wirst jetzt mit Mr. Teague ins Wohnzimmer gehen. Ihr habt euch lange Zeit nicht gesehen, so gibt es gewiß viel zu erzählen. Den Kaffee für Mr. Jackson und Jess werde ich im Arbeitszimmer servieren. Vielleicht möchtest du Tom einiges von deinem Material über die Sklaverei zeigen, Jess?" schlug sie mit einem unmißverständlichen Blick vor.

Dachte Kerry es nur, oder klang Molly tatsächlich ein wenig verschlagen? Jess warf seiner Haushälterin einen vorwurfsvollen Blick zu, als er seine Zustimmung murmelte und Tom in sein Arbeitszimmer führte. Danach scheuchte Molly die beiden jungen Leute aus dem Speisezimmer hinaus ins Wohnzimmer.

Kerry warf Edmund einen unsicheren Blick zu und lächelte schwach, während sie ihm gegenüber Platz nahm. „Wie ist es dir also ergangen?"

„Ach, ganz gut", erwiderte er und räusperte sich unbehaglich, bevor er weitersprach. Steif und kerzengerade saß er in dem Sessel, so daß sein Rücken und seine Oberschenkel ein exaktes L bildeten. Diese militärische Haltung reichte jedoch nicht bis an seine Augen, in denen wie gewöhnlich der Schalk blitzte. „Hattest du großen Ärger? Du weißt schon, wegen der Küchengeräte?"

„O nein, es war nicht zu schlimm. Jess – der Kaplan – ist ein gerechter Mann, wenn auch zuweilen etwas streng." Sie spielte an einer widerspenstigen Locke, die ihr in die Stirn fiel. „Nun, war es nicht nett von Molly, mich vom Aufräumen der Küche zu befreien, damit wir uns ein wenig unterhalten können?"

„Weißt du, Molly spielt Heiratsvermittler", sagte er bedeutungsvoll grinsend.

„Wie meinst du das?"

Er zuckte leicht mit den Achseln. „Es ist doch offensichtlich. Sie ist zu dem Schluß gekommen, wir beide wären ein schönes Paar."

Kerry war aufrichtig empört. „Das kann doch nicht dein Ernst sein!"

„Und ob es mein Ernst ist", neckte er sie. „Nun, du kannst Molly keine Schuld geben. Sie weiß nicht, daß sie ohnehin keinen Einfluß mehr darauf nehmen kann."

„Und was soll das wieder heißen?"

Sein Lächeln verschwand, als er merkte, wie verstört sie war. „Molly hat vielleicht noch nicht bemerkt, was ich längst erkannt habe", erklärte er behutsam, „daß du dein Herz schon verschenkt hast. Mir gegenüber brauchst du nichts vorzutäuschen, Kerry. Ich weiß, was du für ihn fühlst – und ich verstehe dich. Wir können darüber sprechen, wenn du möchtest."

„Ich – ich habe nicht die geringste Ahnung, wovon du sprichst, Edmund Teague", stammelte sie verlegen und völlig verwirrt.

„Kerry, wir sind doch *Freunde*", begann er noch einmal. „Ich habe gesehen, wie du ihn – Mr. Dalton, anschaust. Das ist doch in Ordnung, oder? Außerdem habe ich bemerkt, daß er dir gegenüber ebenfalls nicht gleichgültig ist."

„Was für eine Im-Imper ..."

„Impertinenz? Ich unterstelle doch überhaupt nichts Schlimmes, sondern äußere nur offenkundige Tatsachen." Er entspannte seine militärische Haltung und legte einen Arm auf die Sessellehne. „Du schaust den Mann an, als gäbe es sonst keinen anderen Menschen auf dieser Welt. Und er sieht dich an, als müsse er an seinem eigenen Herzen ersticken. Sam Grant hat es übrigens genauso beobachtet."

Sie wußte, daß sie über seine Offenheit beleidigt sein sollte, doch interessierte sie sich viel zu sehr für seine Bemerkung darüber, wie Jess sie anschaute, obwohl sie Gleichgültigkeit vortäuschte. „Das ist der größte Blödsinn, den ich jemals gehört habe, und wenn du nur Unsinn erzählen möchtest, gehe ich und helfe Molly doch noch." Sie raffte die Falten ihres grün-weißen Seidenrockes zusammen und erhob sich von ihrem Stuhl. Seine Stimme hielt sie jedoch zurück.

„Warum regst du dich so auf? Ich sehe nichts Schlimmes in den Gefühlen, die ihr füreinander hegt. Der Mann ist zwar etwas älter als du – doch was macht das schon? Meine Schwester hat einen Mann geheiratet, der fünfzehn Jahre älter ist als sie, und die beiden führen eine wunderbare Ehe." Er lehnte sich in seinem Stuhl zurück, erfreut, ihre Aufmerksamkeit zurückerobert zu haben.

„Du ... du meinst wirklich, daß der Altersunterschied keine Rolle spielt?" Sie setzte sich wieder, und in ihr regte sich ein Funken Hoffnung.

„Warum sollte er", erwiderte er, verwundert den Kopf schüttelnd. „Das einzig Wichtige ist doch das, was ihr füreinander empfindet, nicht wahr?"

„Nun ... nicht ganz, ich meine ... o doch, schon. Nehmen wir einmal an, ich liebte Jess, nur einmal angenommen. Ich sage nicht, daß ich es wirklich tue, hörst du! Doch wenn ich ihn liebte, dann wäre immer noch das Problem der Unterschiede zwischen uns, nicht wahr?"

„Unterschiede?" Er schaute sie fragend an. „Welche Unterschiede; außer der Tatsache, daß er ein Mann und du eine Frau bist – was meines Wissens eine grundlegende Voraussetzung für eine gute Ehe ist!"

„Ach, Edmund, laß doch die Witze! Die Unterschiede sind doch offenkundig – oder sollten es zumindest sein – sogar für dich. Außer daß er zweiunddreißig Jahre alt ist – was mich nicht im geringsten stört, ihm jedoch Kummer zu bereiten scheint –, ist er ein wohlhabender berühmter Mann aus einer äußerst angesehenen Familie." Sie stieß einen tiefen Seufzer aus und wartete auf seine Reaktion.

„Kerry – du glaubst doch nicht im Ernst, daß irgend etwas davon entscheidend wäre, wenn ihr euch wirklich liebt, oder?"

Sie seufzte und wünschte sich halb, seiner Meinung nachzugeben, doch war sie nicht bereit, das zu riskieren. „Er kommt aus einer anderen Welt", sagte sie leise.

„Aber du gehörst jetzt zu seiner Welt", argumentierte der Kadett.

Traurig schüttelte sie den Kopf. „Nein, das stimmt nicht, ich werde niemals dazugehören. In diese Welt muß man geboren sein, glaube ich."

Einen Augenblick forschte er ernst in ihrem Gesicht, bevor er aufstand und zu ihr ging, um sich auf der Fußbank vor ihrem Sessel niederzulassen. „Kerry, das stimmt nicht. Was du sagst ... klingt so, als meintest du, erst bestimmte Normen erfüllen zu müssen, bevor dich jemand lieben kann. Das stimmt einfach nicht."

Darauf bedacht, ihr das richtig begreiflich zu machen, lehnte er sich nach vorn. „Man liebt jemanden, weil – nun, wenn ich zum Beispiel dich lieben würde, dann deshalb, weil du Kerry bist. Bestimmt würde es keinem Mann schwerfallen, ein so reizendes Mädchen wie dich zu lieben ..."

* * *

So fand sie Jess, als er das Wohnzimmer betrat: Edmund, zu Kerrys Füßen sitzend, nur darauf bedacht, ihre Aufmerksamkeit zu fesseln, und Kerry, nach vorn gebeugt, hörte stirnrunzelnd zu.

Die Augen des Kaplans sprühten Feuer, als er den Kadetten mit einem drohenden Blick zum Schweigen brachte. „Mr. Teague –"

Edmund sprang auf und stieß beinahe die Fußbank um. „Sir –"

Die Warnung in Jess' scharfen, schneidenden Worten war unmißverständlich. „Sie wissen, daß Miss O'Neill noch minderjährig ist?"

Der Kadett starrte ihn fassungslos an.

Jess' Blick wurde noch finsterer, als er mit seiner vernichtenden Zurechtweisung fortfuhr: „Obgleich ich nur einen Teil einer gewiß höchst interessanten Unterhaltung mitgehört habe, muß ich Ihnen sagen, Sir, daß Sie wiederum deutlich gegen die Regeln verstoßen haben. Korrigieren Sie mich, wenn Sie anderer Meinung sind, doch ich habe das Gefühl, daß eine Unterredung über ... Liebe ... mit meinem Mündel mehr als unangebracht ist. Vielleicht ist es besser, den Abend jetzt zu beschließen."

Wütend über sein herrisches Verhalten und durch das offensichtliche Mißverständnis beschämt, rannte Kerry aus dem Zimmer und stieß beinahe mit Molly zusammen, als sie zur Küche lief. Als ihr die besorgte Haushälterin folgen wollte, wies sie Jess, der zielstrebig durch die Diele geschritten kam, zurück.

In der Küche stellte er Kerry, die steif am Tisch stand, die Hände fest in ihre Hüften gestemmt.

„Du wirst hier warten", forderte er betont kühl. „Wenn die Männer gegangen sind, müssen wir miteinander reden."

„Nein!"

Er kniff die Augen zusammen. „Kerry –" Er sprach jetzt leiser, doch war sein nur mit Mühe beherrschter Zorn noch allzu offenkundig. „Ich sagte, ich möchte mit dir sprechen."

„Aber ich möchte nicht mit dir sprechen!" Als sie sah, wie sie ihn mit ihrem Trotz erschreckte, spürte Kerry einen Augenblick lang Schadenfreude in sich aufsteigen.

„Würdest du bitte aufhören, dich wie ein Kind zu benehmen?" grollte er einen Augenblick später.

„Warum sollte ich? Das bin ich ja schließlich. Zumindest behandelst du mich so." Sie schaute auf die schwere, mit Obst gefüllte Zinnschüssel, die in der Mitte des Tisches stand.

Zunächst nahm er ihre Feststellung schweigend hin, bevor er schließlich, in einem viel ruhigeren Ton, sagte: „Ich begleite Teague und Jackson zur Tür, dann setzen wir uns hin und reden über alles."

Sie wurde beinahe schwach. Obgleich er so – militärisch – aussah, als er dastand, die starken Arme über der Brust verschränkt und das strenge Kinn mehr als sonst nach vorn geschoben, meinte Kerry noch etwas anderes in seinem Gesicht wahrzunehmen. So seltsam, wie es auch in diesem Augenblick erscheinen mochte, glaubte sie einen Augenblick lang die gleiche Zärtlichkeit in seinen Augen zu entdekken, die sie zu Weihnachten gesehen hatte, als er ihr die silberne Flöte schenkte. Sie war jedoch zu erschüttert und viel zu zornig, um darauf zu reagieren.

„Falls es nicht zuviel verlangt ist, Jess“, erklärte sie frostig, „möchte ich gern in Ruhe gelassen werden. Ich habe nichts Unrechtes getan, ungeachtet dessen, was du denkst.“ Sie kehrte ihm den Rücken zu, zu wütend, um zu merken, wie sie sich benahm.

Er seufzte erschöpft, als wüßte er, daß die Situation bereits mehr als verfahren war. „Du hast nicht das Recht, einem jungen Mann zu gestatten, über irgendwelche romantischen Gefühle zu sprechen, wenn du mit ihm allein bist.“

Sie wirbelte herum und sah ihm ins Gesicht: „Ach so! Aber es ist völlig in Ordnung, mit einem *älteren* Mann über romantische Gefühle zu sprechen, ja?“

Er sah aus, als hätte sie ihn geschlagen. Seine Augen funkelten, doch schnell verdunkelte sich sein Blick, und er stand, ohne ein Wort zu sagen, regungslos da. Als er schließlich zu sprechen begann, waren seine Worte kaum mehr als ein heiseres Kratzen: „Ich glaube, das habe ich verdient.“

Sofort bereute Kerry ihre zornigen Worte und versuchte, sie wieder wettzumachen. „Jess – es war nicht so mit Edmund, wie du gedacht hast.“

Sein Gesicht war so starr wie eine Maske aus Stein, und so beeilte sie sich noch mehr, ihm alles zu erklären. „Du hast nur das Ende der Unterhaltung gehört. Ganz gleich, wie es in deinen Ohren geklungen haben mag, Jess, wir haben über nichts Ungehöriges gesprochen, ehrlich nicht.“

„Ich habe gehört, wie er davon sprach, daß er dich liebt –“

„Nein, das hast du nicht!“ fauchte sie.

„Worüber habt ihr dann gesprochen?“ forderte er sie heraus.

„Ich – das sage ich dir nicht“, stammelte sie. Um die Wahrheit zu sagen, hätte sie ihm offenbaren müssen, daß ihre Gefühle für ihn Gegenstand ihrer Unterhaltung waren. Und das war undenkbar.

Er nickte. „Ich verstehe.“ Die Eifersucht, die an ihm nagte, gestattete es ihm nicht, es dabei zu belassen. „Es war richtig unschuldig, nicht wahr?“

Ihr Kinn schoß nach oben, und er sah, wie Funken in ihren Augen sprühten, als sie entschlossen ihren Rock zusammenraffte und aus dem Zimmer rannte, ehe er sie aufhalten konnte.

* * *

Am späteren Abend schritt Jess seit mehr als einer Stunde im kalten Dunkel seines Schlafzimmers auf und ab, bevor er schließlich vor seinem Bett niederkniete. Den Kopf erschöpft in seine Hände versenkt, schüttete er Gott sein Herz aus ...

Mein Herr und mein Gott, ich kann nicht mehr länger lügen vor mir selbst und vor dir. Was ich für Kerry empfinde, geht weit über die berechtigte Sorge eines Vormunds für sein Mündel hinaus. Es hat nichts mehr mit Pflicht und Verantwortung zu tun. Ich habe sie lieber als mein eigenes Leben, und sie ist mir wertvoller als irgend etwas anderes auf dieser Welt. Noch nie habe ich auf diese Weise für einen anderen Menschen empfunden. Ich liebe sie ... nicht als ein junges Mädchen, das mir anvertraut ist, sondern als Frau. Ob es recht oder unrecht ist, ich kann meine Gefühle für sie nicht länger verleugnen. Bitte – bitte, Herr, zeig du mir, was ich tun soll. Erlaube mir, sie offen und frei zu lieben, oder gib mir irgendwie die Kraft, von dieser Liebe abzusehen. Es tut so weh, so unendlich weh, wenn ich versuche, sie nicht lieben zu wollen. Und was am schlimmsten ist, ich verletze auch sie genauso wie mich. Oh Vater, ich würde lieber sterben, als ihr weh zu tun, du weißt es ... hilf mir, bitte, bitte hilf mir ...

15

Während Jess auf seinen Knien lag und betete, kniete Kerry vor der Kiste mit den Sachen ihres Vaters. Jess hatte sie in der Weihnachtszeit mit von New York City gebracht, doch Kerry war während der Feiertage so beschäftigt, daß sie den Inhalt noch nicht näher untersucht hatte. So beschloß sie, dies jetzt nachzuholen in der Hoffnung, durch die Erinnerungen, die beim Auspacken der Sachen wachgerufen würden, ihre Gedanken von allem anderen ablenken zu können.

Oh, Vater, wenn du wüßtest, was du mir alles eingebrockt hast, dachte sie wehmütig und strich liebevoll über den Deckel der ramponierten Holzkiste. *Hier bin ich nun, einem Mann verbunden, der die ganze Welt und noch mehr für mich bedeutet – und der doch unerreichbarer ist als die Sterne am Himmel.*

Sie konnte Jess' Zorn und Ungerechtigkeit nicht richtig begreifen. Manchmal glaubte sie beinahe, daß er eifersüchtig war. Doch war es nur deshalb, weil sie das glauben wollte? Trotzdem, die Zuneigung, mit der er ihr in letzter Zeit begegnet war, wenigstens bis heute, ließ sich nicht verleugnen. Ja, der Mann konnte sie zuweilen um den Verstand bringen. Sie beschloß, nicht noch mehr Schlaf für sein unangenehmes Verhalten zu opfern. *Ich habe genug schlaflose Nächte verbracht deinetwegen und um deiner ... Störrigkeit willen, Jess Dalton. Heute abend werde ich keinen Gedanken an dich verschwenden, und damit basta!*

Ihre Lippen fest aufeinandergepreßt, öffnete sie langsam den Deckel der Kiste, die alles enthielt, was von ihrer Vergangenheit übriggeblieben war. Trauer und Einsamkeit brachen wieder auf, als sie begann, die verschiedenen Dinge, die sich in der Kiste befanden, zu sichten. Ganz oben lagen Conors Arbeitshandschuhe, vom vielen Tragen jämmerlich dünn, und seine Mütze, die er stets keck über das Ohr gesetzt hatte. Mit einem traurigen Lächeln ließ sie ihre Finger über das vertraute graue Hemd gleiten. Als sie seine einzige gute Weste in den Händen hielt, die er nur zu Beerdigungen und Hochzeiten getragen hatte, wurde ihr so schwer ums Herz, daß sie mit aller Kraft versuchen mußte, die heißen Tränen zurückzuhalten, die in ihren Augen brannten.

Mrs. Glendon hatte die wenigen Kostbarkeiten, die ihr Vater sein eigen genannt hatte, sorgfältig unter einigen Schichten Kleidung verpackt. Kerry blätterte in seiner Bibel und dachte daran, wie er jeden

Abend darin gelesen – und ihr oftmals laut vorgelesen hatte. Dann fiel ihr Blick auf einen Dankesbrief, der ihm sehr viel bedeutet hatte, von einer Gruppe von Hafenarbeitern abgefaßt, denen er in einer wichtigen Auseinandersetzung half. Da waren auch noch die zwei kostbaren Briefe von ihrer Mutter, geschrieben in den Wochen, bevor sie und Conor heirateten. Conor hatte ihr früher bereits gestattet, sie zu lesen, doch jetzt las sie die Briefe noch einmal, dankbar für dieses kleine Zeichen der Verbundenheit mit ihrer Mutter, die sie niemals gekannt hatte.

Als sie auf einige Briefe von Andrew Dalton, Jess' Vater, stieß, öffnete sie einen, der wenige Wochen vor dem Tod ihres Vaters geschrieben worden war. Gespannt auf die Korrespondenz zwischen den beiden Männern, die in ihrem Leben eine so wichtige Rolle gespielt hatten, überflog sie eilig die ersten Zeilen.

Dann krampfte sich ihr Magen zusammen, und ihr Herz begann schmerzhaft gegen ihre Brust zu schlagen.

... Ich möchte dir versichern, daß ich verstehe, warum du so gehandelt hast, Conor. Trotzdem wurde das Geld aus der Gewerkschaftskasse entwendet, und das läßt sich nicht unter den Teppich kehren. Obgleich ich dein Handeln nicht billigen kann, will ich jedoch alles, was in meiner Macht steht, tun, um dir zu helfen. Ich fürchte jedoch, daß du recht hast in der Annahme, daß deine Verhaftung unmittelbar bevorsteht. Wenn die Anwälte der Gewerkschaft ihre Untersuchungen abgeschlossen haben, werden sie keine Zeit verlieren ...

Was konnte das nur sein? Welche Untersuchungen ... warum Verhaftung? Sie las weiter, und ihr wurde jeden Augenblick elender zumute.

Ich weiß, du hast gehofft, das alles von deiner Tochter fernhalten zu können, doch nun kannst du es nicht mehr aufschieben, ihr alles zu sagen. Wenn du zu lange wartest, wird der Schock für sie noch viel, viel größer sein – du mußt ihr die Wahrheit sagen, Conor, und zwar jetzt. Natürlich wird es für sie schmerzlich sein, doch nachdem ich ihre Liebe zu dir mit eigenen Augen gesehen habe, bin ich fest davon überzeugt, daß nichts – und sei es noch so tragisch – diese Liebe zerstören kann ...

Des weiteren versichere ich dir noch einmal: Für den Fall, daß mir irgend etwas zustoßen sollte, würde mein Sohn Jess, in jeder Weise über die Vormundschaftsübereinkunft sowie über die Situation in bezug auf den Diebstahl informiert, gern bereit sein, die Verantwortung für Kerry zu übernehmen, solange es nötig ist. Jess ist ein feiner junger Mann, und ich hoffe, daß es dich etwas beruhigt, zu wissen, daß ent-

weder ich oder er für deine geliebte Tochter sorgen, falls das jemals notwendig sein sollte, was Gott verhüten möge ...

Auch wenn Gefängnishaft eine ernstzunehmende Möglichkeit darstellt, darfst du nicht verzweifeln. Es gibt noch viele Wege, um dieses Schicksal zu verhindern. Sei gewiß, daß ich keine Chance ungenutzt lassen werde. Wir wollen näher darüber sprechen, wenn wir uns das nächste Mal sehen – ich habe vor, schon in wenigen Wochen wieder in Buffalo zu sein, dann besprechen wir alles. Bis dahin, mein Freund, versuche unbesorgt zu sein – aber sprich mit Kerry ...

Geld aus der Gewerkschaftskasse entwendet ... Verhaftung ... Gefängnis? Sie sah von dem Brief auf, gequält und voller Angst. Die Trauer, die sie noch vor wenigen Minuten empfunden hatte, war verflogen und wurde von Entsetzen, Verzweiflung und wildem Zorn abgelöst.

Ihr geliebter Vater – ein Dieb? Der Mann, der für sie ihr Leben lang ein Held war, der Mann, der sie bereits als kleines Mädchen für das geringste Flunkern bestraft hatte, der ihr während ihrer Kindheit immer, immer wieder eingeschärft hatte, daß Ehrlichkeit der einzige Weg sei – dieser Mann hatte gestohlen und war nur durch seinen plötzlichen Tod seiner Verhaftung entgangen? Und sie hatte es nicht gewußt, hätte es nie für möglich gehalten!

Doch Jess wußte es. Natürlich wußte er es. Sein Vater hatte ihm wegen der Vormundschaft gewiß die ganze Wahrheit gesagt, als er wußte, daß er sterben würde. Der Schmerz, der sie quälte, wurde zu einer vernichtenden Demütigung. Wenn sie nur daran dachte, wie sie die Ehrbarkeit ihrer Familie gerühmt und Conor O'Neills Redlichkeit herausgestellt hatte, indem sie Jess gegenüber wiederholte Male die Worte ihres Vaters zitiert hatte, die er ihr immer wieder eingeschärft hatte: „Nicht Armut beugt den Kopf eines Menschen, Mädchen, sondern die Unlauterkeit. Solange ein Mensch ehrlich lebt, lebt er ehrbar."

Sie spürte, wie sich ihr Magen umdrehte. Wie erbärmlich mußte sie Jess erschienen sein, da er längst wußte, daß auf dem Namen O'Neill keine Ehre lag. *Oh, Vater, wie konntest du das tun? Wie konntest du nur ... und mich noch dazu ohne jegliche Ahnung zurücklassen!*

Mit dem Handrücken wischte sie sich wütend die Tränen ab, die ihr über die Wangen liefen. Die furchtbare Gewißheit dessen, was sie soeben gelesen hatte, griff wie eine kalte Hand nach ihrem Herzen, und ihr Gesicht wurde bleich vor Scham. Kein Wunder, daß Jess so zornig auf sie und Edmund war, als sie das Geschirr aus der Küche wegtragen wollten. *Vermutlich fürchtete er, sie könnte die Neigung ihres Vaters, zu stehlen, geerbt haben.*

Was soll ich jetzt bloß tun? Hier kann ich natürlich nicht länger bleiben. O, lieber Herr, ich kann nicht einmal den Gedanken ertragen, ihm noch einmal begegnen zu müssen, da ich nun weiß, was er von Vater ... und mir denken muß. Und natürlich werde ich auch keinen Cent mehr von ihm für meinen Unterhalt annehmen. Er hat das alles getan, weil er es seinem Vater versprochen hat und weil er ein feiner, anständiger Mann ist. Doch damit muß Schluß sein – hier und jetzt.

Sie merkte, daß sie West Point so schnell wie möglich verlassen wollte. Es war ohnehin schon schwierig genug, soviel für Jess zu empfinden und ständig erleben zu müssen, wie er darauf bedacht war, keinerlei Vertrautheit zwischen ihnen entstehen zu lassen. Doch nun war es unmöglich geworden. Diese furchtbare Sache ließ ihre ganzen Hoffnungen, daß Jess sie doch lieben könnte, zu Spott werden. Vielleicht hatte er sie durch sein Schweigen bewahren wollen, doch seine Freundlichkeit ließ ihre Schmach nur noch größer werden.

Völlig ausgelaugt wippte sie auf ihren Knien vor und zurück, mit den Armen fest ihre Brust umklammernd, als könne sie damit verhindern, daß das bleischwere Unheil, das auf ihrem Herzen lag, nach außen drang. Als sie sich schließlich erhob, war es schon sehr spät, und im Haus war alles still. Steif ging sie zur Zimmertür, öffnete sie und trat in den Flur hinaus. Überwältigt von dem Drang, dieses Haus verlassen zu müssen, ging sie nach unten. Vielleicht würden ihre Gedanken bei einem Spaziergang um das Haus in der kalten Nachtluft klar genug werden, um entscheiden zu können, was sie tun sollte.

In der Annahme, daß Jess und Molly längst zu Bett gegangen waren, nahm sie ihr Cape aus dem Schrank und ging dann in die Küche, um ihre Stiefel zu holen, die sie heute nachmittag dort hatte stehenlassen. Überrascht hielt sie den Atem an und blieb an der Schwelle stehen. Jess saß am Tisch – den Kopf müde auf eine Hand gelehnt, wurde sein betrübtes Gesicht nur von einer Wachskerze erhellt.

* * *

Als er hörte, wie sie überrascht nach Atem rang, blickte er auf, zunächst verdutzt, doch dann erfaßte er die Lage sehr schnell. Kerry wandte sich abrupt um, doch er rief sie zurück. „Nein, Kerry – bleib."

Und viel sanfter fügte er hinzu: „Bitte bleib bei mir." Bevor sie weglaufen konnte, stand er neben ihr.

„Ich – ich wußte nicht, daß noch jemand wach ist. Ich kam nur herunter, um –"

Als ob er spürte, daß sie von ihm weglaufen wollte, hielt er behutsam ihren Unterarm fest. „Du konntest auch nicht schlafen?"

Als sie nicht antwortete, wollte er sie zu einem Stuhl am Küchentisch führen, doch sie widerstand ihm. „Kerry, bitte setz dich. Wir müssen miteinander reden. Es gibt etwas, das du wissen mußt, etwas, was ich dir erklären muß."

Will er es mir jetzt sagen? Nach so langer Zeit? Aber warum? Daß ich mich schämen und somit besser benehmen soll? Warum gerade jetzt?

„Es – es ist schon spät, Jess. Ich glaube, ich bin ziemlich müde. Können wir nicht warten bis morgen?"

„Ich habe schon viel zu lange gewartet", erwiderte er still. Seine Hand hielt ihren Arm umklammert, als er ihr in die Augen schaute. „Du hast eine Erklärung verdient, Kerry, warum ich mich zuweilen ... so benehme, wie ich es getan habe, besonders Edmund Teague gegenüber."

„Ich habe dir doch gesagt, daß ich es verstehe", sagte sie schnell, bevor ihre Stimme zu versagen drohte.

„Du konntest es nicht verstehen", erwiderte er. „Nicht richtig, weil ich dir gegenüber nie völlig ehrlich war. Kerry, Liebes ... bitte, hör mich an." Sein Gesicht war ihr ganz nahe, als er mit einem Finger sanft ihr Kinn anhob, damit sie zu ihm aufschauen sollte. „Ich habe dir so viel zu sagen. Vielleicht gefällt es dir nicht, was du hören wirst – vielleicht trennt es dich sogar von mir. Aber ich muß diese Gelegenheit nutzen."

Sie von ihm trennen? Nichts hätte sie von ihm trennen können, niemals, dachte sie elend, *außer dieser Schande, die an diesem Abend über sie gekommen war.* Vergebens versuchte sie, seinem zärtlich suchenden Blick auszuweichen, doch er schloß ihr Kinn fest zwischen seine Hände, so daß sie ihn ansehen mußte.

Seine Stimme klang reuevoll und erschöpft, als er zu sprechen begann: „Ich war so ungerecht zu dir wegen Edmund. Ich weiß, du konntest nicht begreifen, warum – und oft verstand ich es selbst nicht. Doch, weißt du, es gibt einen Grund, weshalb ich so – besitzergreifend bin. Ich hatte Angst, es dir zu sagen. Ich wußte nicht, ob ich ein Recht dazu hätte. Aber jetzt weiß ich, daß ich es tun muß."

Das Herz tat ihr weh, als sie sah, wie furchtbar müde und traurig er zu sein schien. „Bitte, Jess, nicht jetzt, ich –“ Sie versuchte, sich seinem Griff zu entwinden, doch er hielt sie fest.

„Kerry – hör mich an. Ich muß es sagen – ich kann es nicht länger für mich behalten. Ich verstehe es, wenn du dann von mir weggehst, doch bitte, hör mich wenigstens an.“

„Nein! Ich will dich nicht anhören.“ Nun war es völlig um ihre Fassung geschehen, und sie versuchte, sich von ihm zu befreien.

Er hielt sie noch immer, doch nicht mehr so fest, und Kerry wußte, daß sie den Schmerz, den sie in seinen Augen sah, niemals vergessen würde. „Es tut mir leid“, sagte er leise, mit tief bewegter Stimme. „O Kerry ... es tut mir so leid. Ich habe dich geängstigt – das war niemals meine Absicht. Ich dachte ... vielleicht hättest du bemerkt, oder zumindest geahnt, nachdem –“ Er schüttelte den Kopf. „Wenn ich gewußt hätte, daß ich dich so verwirre, hätte ich niemals –“

Sie warf ihm einen letzten, gequälten Blick zu, bevor sie sich ruckartig befreite und aus dem Zimmer rannte, geblendet von den Tränen, die in ihren Augen schwammen. *Vielleicht bin ich so kindisch, wie er meint,* dachte sie bitter, während sie die Treppe hinauf in die Sicherheit ihres Schlafzimmers floh, *aber ich kann die Schmach nicht ertragen, das aus seinem Mund hören zu müssen.* Sie ließ die Tür laut ins Schloß fallen und rang, gegen die Tür gelehnt, schwer nach Atem.

* * *

Du mußtest es darauf ankommen lassen, nicht wahr? dachte Jess, während er aus dem Fenster in die dunkle Nacht starrte, die die Verlassenheit und Kälte seines Herzens widerzuspiegeln schien. *Du mußtest dich ihr aufdrängen und versuchen, ihr alles zu erklären, weil du etwas Frieden finden wolltest ... nun, welchen Frieden hast du jetzt? Du hast sie geängstigt, sie von dir gestoßen ... und das ist auch kein Wunder ... sie ist achtzehn Jahre alt und in eine Situation gezwungen, die sie nie gewollt hat – verunsichert, abhängig von einem großen, schwerfälligen, furchtbar langweiligen Mann, der weder seine Finger von ihr lassen noch seine Zunge hüten kann. Was hast du erwartet? Du hast alles – alles zerstört ... nie wieder wirst du diesen Blick in ihren Augen sehen, den du so liebst, Mann ... den Blick, der dich über dich selbst hinauswachsen ließ. Das, was du eben gesehen hast, war Angst, oder noch schlimmer, Abscheu. Du Narr, du rücksichtsloser, blinder Narr ...*

Mit einem gequälten Lächeln voller Selbstverachtung dachte er an die Worte, die Molly vor nicht mehr als einer Stunde zu ihm gesagt hatte, als sie ihn, in furchtbarer Pein, allein in der Küche vorgefunden hatte. Mit einigen gezielten, besorgten Fragen hatte sie den Wall durchbrochen, den er um sich errichtet hatte. Nachdem er ihr seine Liebe zu Kerry eingestanden – und auch die Schuld, die ihn seit Wochen aufgrund seiner Gefühle quälte, hatte Molly folgende Bemerkung gewagt: „Ich denke, daß es vielleicht sogar gut ist, wenn du das Mädchen liebst, Jess. Bist du nicht sehr um sie und um ihr Wohlergehen besorgt? Wie könntest du besser für ihr Wohl und ihre Zukunft sorgen, als sie zu deiner Frau zu machen? Ja, und ein paar Jahre Unterschied sind bestimmt kein Problem."

Zuerst hatte er sie nur benommen angestarrt, doch als sich der verlockende Gedanke Bahn brach, daß ihre Worte eine gewisse Logik enthielten, hatte er mit schwacher, zitternder Stimme gefragt: „Doch ... was ist, wenn sie mich nicht *will?*"

„Dann wird sie es dir sagen", antwortete Molly mit zermürbender Offenheit. „Aber Jess, Junge", hatte sie viel sanfter hinzugefügt, „was, wenn sie dich *doch* will? Solltest du das nicht herausfinden können?"

Nun, Molly, dachte er bitter, das Gesicht voller Hoffnungslosigkeit wie versteinert, *es scheint, als hätte ich meine Antwort bekommen.*

16

Als Kerry am nächsten Morgen nach unten ging, stellte sie zu ihrer Erleichterung fest, daß Jess bereits das Haus verlassen hatte; sie wußte, daß ihr Entschluß, fortzugehen, ins Wanken geräte, wenn sie ihn noch einmal sähe. Heute würde Edmund nach New York City fahren, und heute, so hatte sie während der vergangenen Nacht beschlossen, würde sie West Point für immer verlassen, wenn sie Edmund irgendwie überzeugen konnte, ihr zu helfen.

Zuerst mußte sie natürlich eine Möglichkeit finden, mit dem jungen Kadetten zu sprechen. Ihr Herz klopfte noch aufgeregter, als sie merkte, daß es keine andere Möglichkeit gab, als sich an Molly vorbeizuschleichen und am Kai auf Edmund zu warten.

Bis zum frühen Nachmittag versuchte Kerry wie immer, ihre Arbeiten im Haus zu verrichten und sich dabei ganz normal mit Molly zu unterhalten, die darauf bestand, daß Kerry kränklich aussähe. Da Kerry wußte, daß ihre einzige Krankheit das Leid war, das ihr Herz quälte, ging sie der Haushälterin soviel wie möglich aus dem Weg.

Als sie schließlich zu packen begann, verstaute sie in ihrer abgetragenen Reisetasche in aller Eile nur die Kleidung und wenige persönliche Dinge, die sie mit nach West Point gebracht hatte. Bewußt ließ sie all die schönen Kleider, die Jess für sie gekauft hatte, zurück. Sie warf einen schmerzerfüllten Blick auf ihre geliebten Lederstiefel und mußte daran denken, wie Jess' Augen vor Freude strahlten, als er sie ihr geschenkt hatte. Sie schluckte hart, bevor sie die Stiefel – außer Sichtweite – in den Schrank stellte.

Die ganze Zeit quälte sie unerbittlich der Gedanke an ihre neue Flöte. Natürlich wußte sie, was zu tun war, aber sie wartete so lange wie möglich, bevor sie das Instrument ein letztes Mal aufnahm. Einen Augenblick schloß sie die Augen, um ihre Tränen zurückzudrängen. Eine traurige Hoffnungslosigkeit zeichnete ihr Gesicht, als sie noch einmal über die wunderschön gearbeitete Flöte strich, bevor sie sie behutsam auf dem Fenstersims ablegte und sich abwandte. Sie fühlte, das Instrument konnte sie zurücklassen, doch die Erinnerung an Jess' Gesicht an jenem Weihnachtsabend, so voll Liebe und Zärtlichkeit – so hatte sie zumindest gedacht –, würde sie für immer in sich tragen.

Schließlich war sie fertig und versteckte die Reisetasche hinter der Tür; dann ging sie leise nach unten, um herauszufinden, wo Molly sich aufhielt. Bei dem Gedanken an die strenge, aber gutherzige Haushälterin, die sie während der vergangenen Monate so bereitwillig – und so gut – bemuttert hatte, spürte Kerry einen Schmerz in sich aufsteigen. Sie würde Molly vermissen – beinahe genausosehr wie Jess.

Am Treppenabsatz angelangt, hörte sie Molly vorn im Wohnzimmer leise vor sich hinsingen. Sie wußte, daß jetzt die Gelegenheit war, ungesehen durch die Küchentür zu verschwinden. So nahm Kerry schnell ihren Umhang aus dem Schrank in der Diele, bevor sie hastig nach oben eilte. Sie warf sich den Umhang über, nahm ihre Reisetasche, dann schlich sie auf Zehenspitzen so leise wie möglich die Treppe hinunter und verließ das Haus.

Am Ende des Gartens wandte sie sich noch einmal zurück, um einen letzten Blick auf das Haus zu werfen, das während der vergangenen Monate – größtenteils glücklichen Monate – ihr Zuhause war. Zutiefst betrübt eilte sie durch das Gelände, die Schultern gegen den Wind gestemmt. Der steile, schneebedeckte Pfad, der zum Kai hinabführte, wurde zu einer besonderen Herausforderung; mehrere Male rutschte sie aus, bis sie völlig ihr Gleichgewicht verlor, taumelte und sich mit den Knien im Schnee abfing.

Als sie den Kai schließlich erreichte, biß sie sich auf die Lippen, um das frustierte und gequälte Seufzen, das in ihrer Kehle aufstieg, zu ersticken. Sie ließ sich auf ihrer Reisetasche nieder und wartete auf Edmund, die neugierigen Blicke des Offiziers ignorierend, der auf den Dampfer zu warten schien, der gerade angelegt hatte.

Etwa eine halbe Stunde später sah sie, wie Edmund zum Kai geeilt kam. Als er nahe genug war, um sie zu erkennen, rief er entsetzt: „Kerry! Was ist passiert? Was um alles in der Welt machst du hier?“

„Pst! Ich muß mit dir reden, Edmund – schnell.“ Sie ergriff seinen Arm und begann ihn mit leiser, heiserer Stimme zu bedrängen: „Du mußt mich mitnehmen – ich muß mit dir fahren. Ich werde es dir erklären, wenn wir an Bord sind, Edmund – bitte hilf mir.“

„Kerry, bist du von Sinnen? Weißt du, was mit uns beiden geschieht, wenn ich dich mit auf das Schiff nehme? Was ist los? Was ist passiert?“

„Edmund, du hast mir gesagt, ich kann mich auf dich verlassen, wenn ich je Hilfe brauche“, fauchte Kerry, wobei sie versuchte, so leise wie möglich zu sprechen. „Nun, ich brauche jetzt Hilfe. Ich habe mich auch einmal für dich in die Nesseln gesetzt, oder? Diesmal mußt du mir helfen – wirst du mir helfen oder nicht?“ prustete sie ihm ins Gesicht, während ihre Augen voller Ungeduld funkelten.

Der verwirrte Kadett warf einen schnellen, unbehaglichen Blick in die Gegend, dann beugte er sich herab und flüsterte verzweifelt:

„Wenn sie uns erwischen, bin ich entlassen. Warum willst du überhaupt weg? Weiß Mr. Dalton, wo du bist?"

„Nein!" schnaubte sie und klemmte ihre Tasche unter den Arm. „Gut, Mr. Teague, ich fahre nach New York – mit oder ohne Ihre Hilfe – so lassen Sie mich bitte vorbei."

Als sie versuchte, um ihn herumzulaufen, faßte Edmund sie am Arm und zog sie an seine Seite zurück. „Gut – gut. Wenn es so wichtig für dich ist, dann komm. Es wäre jedoch ungemein gut, du hättest einen echt triftigen Grund."

Glücklicherweise waren sie die einzigen Passagiere, die zustiegen, und so gingen sie unbemerkt an Bord; nicht einmal der Lotse nahm Notiz von ihnen, weil er in eine hitzige Diskussion mit dem Offizier vertieft war.

„Der Fluß führt Eis", bemerkte Kerry und umklammerte die Reling fester, als der Dampfer vom Kai ablegte. „Wir werden doch keine Schwierigkeiten haben, bis nach New York zu kommen, oder?"

„Nein, der Fluß ist noch nicht gefroren – doch wenn das Wetter so bleibt, wird er bis nächste Woche zugefroren sein." Dann wandte er sich Kerry zu und forderte sie auf: „Nun, Kerry, ich denke, du erklärst mir jetzt, was los ist."

Seinem forschenden Blick ausweichend, schaute sie in eine andere Richtung. „Ich – ich habe etwas entdeckt, das es mir unmöglich macht, weiterhin in West Point zu bleiben. Ich will in die Stadt und mir eine Arbeit suchen. Von nun an werde ich auf eigenen Füßen stehen."

„Du bist verrückt!" explodierte er und faßte sie am Ellenbogen, damit sie ihn anschauen mußte. „Was sollte so schlimm sein, daß du Mr. Dalton und Molly einfach davonlaufen müßtest! Wenn ich gewußt hätte, daß du solche verrückten Ideen im Kopf hast, hätte ich –" Er hielt plötzlich inne, und sie wand sich unbehaglich unter dem forschenden Blick seiner dunklen Augen.

Doch als er wieder zu sprechen begann, klang seine Stimme schelmisch, als hoffte er, den ganzen Streich in den Wind schlagen zu können. „Nun, hast du jemanden umgebracht?"

„Hör auf, Edmund, mir ist nicht zum Lachen zumute." Zornig über die Tränen, die ihren Blick trübten, entwand sie sich seinem Griff. „Auch wenn ich es dir erklärte, würdest du es nicht verstehen. Alles, worum ich dich bitte, ist, mir zu helfen, einen Ort zu finden, wo ich bleiben kann, bis ich irgendwo eine Stelle gefunden habe."

„Was für eine Stelle? Was willst du machen?" Er lehnte sich zurück gegen die Reling, nahm die Mütze vom Kopf und fuhr sich nervös durchs Haar. „Kerry, du bist viel zu jung, um allein in New York leben zu können. Du hast keine Ahnung, wie es dort für – nun, für Einwanderer aussieht. Besonders für ein junges hübsches, irisches Mädchen ist es viel zu unsicher."

„Tu doch nicht so! Ich bin sehr wohl in der Lage, auf mich aufzupassen." Ihr Kinn schnellte nach oben, und ihre Augen funkelten empört. „Ich kann als Dienstmädchen arbeiten, gewiß kann ich das. Dann verdiene ich meinen Lebensunterhalt selbst und bin von *niemandem* mehr abhängig."

Hilflos den Kopf schüttelnd, stöhnte Edmund: „Das kann nicht wahr sein. Da stehe ich nur noch einige Monate – *Monate* – vor dem Abschluß der Akademie, und nun lasse ich für dich die vergangenen drei Jahre beinahe den Fluß hinunterschwimmen."

Ihr Gesichtsausdruck veränderte sich, als ihr zum erstenmal bewußt wurde, in welche Lage sie ihren Freund gebracht hatte. „Oh, Edmund! Es tut mir so leid! Ich möchte dich nicht in Schwierigkeiten bringen. Ja, ich habe an niemanden außer an mich gedacht."

„Ach ... es wird schon gut werden, denke ich", murmelte er, und sein Stirnrunzeln verschwand. „Wahrscheinlich wird niemand etwas davon erfahren." Seine Stimme wurde noch schwächer, als er hinzufügte. „Bis Mr. Dalton es herausfindet."

„Jess wird sich nicht zu sehr sorgen, darüber brauchst du dir keine Gedanken zu machen", murmelte sie bitter.

„Ha!" lachte er spöttisch. „Du *mußt* tatsächlich den Verstand verloren haben, wenn du *das* glaubst!"

„Ich möchte nicht mehr darüber sprechen. Es ist nun vergessen und vorbei." Entschlossen schob sie ihr Kinn nach vorn und wandte ihr Gesicht zu dem emporspritzenden Wasser.

Edmunds Blick war sowohl mißbilligend als auch fragend. „Du könntest mir wenigstens sagen, weshalb du wegläufst."

Er hatte natürlich recht, soviel war sie ihm schuldig. Und so begann sie, ihm die ganze Geschichte zu erzählen, mit fester Stimme, ihre Tränen unterdrückend. Als sie geendet hatte, sah sie furchtbar resigniert und müde aus, alles Licht in ihren Augen war erstorben, ihr Gesicht bleich geworden.

Edmund sah sie eine ganze Zeit besorgt an, bevor er versuchte, sie zur Vernunft zu bringen. „Kerry – ich muß dir das sagen – bitte, sei nicht gleich zornig. Du hast einfach noch nicht klar über alles nachgedacht. Du hättest erst einmal abwarten und mit dem Kaplan – oder wenigstens mit Molly – reden sollen."

Zu erschöpft, um wütend zu werden, starrte sie ihn einfach nur an, als er fortfuhr.

„Was immer dein Vater auch getan haben mag, er muß einen guten Grund dafür gehabt haben. Aus dem zu schließen, was du mir über deinen Vater erzählt hast, hat er es nicht aus purer Habgier getan. Vielleicht könnte Mr. Dalton, wenn du mit ihm sprichst, dir sogar erklären, warum –"

„*Nein!* Begreifst du denn nicht? Mein Vater war ein *Dieb!*"

„Gut. Und wenn er schon einer war, warum solltest du für seine Schuld bezahlen? Möchtest du nicht in West Point bleiben?"

„Oh, Edmund", sagte sie und seufzte erschöpft, „es geht nicht darum, was ich möchte oder nicht möchte. Ich bin ganz einfach ein Problem, das mein Vater einem gutherzigen Mann auferlegt hat, der zu anständig war, um die Bitte abzuschlagen. Er wiederum hat mich an seinen Sohn weitergereicht; ich muß Jess von dieser Last befreien, die ich für ihn bin, und meinen eigenen Weg gehen. Das ist alles, was es dazu zu sagen gibt. Bitte, ich möchte jetzt nicht weiter darüber sprechen."

* * *

Es war schon fast dunkel, als sie New York City erreichten. Edmund nahm unter einen Arm die Reisetasche und zog mit der anderen Hand Kerry fest neben sich her.

„Ich habe einen Cousin, der in East Side, dem Ostteil von Manhattan, in einem Hotel für Dauergäste arbeitet; ich denke, er kann uns helfen. Vielleicht kann er dir auch Arbeit besorgen, wenn du wirklich bei deiner Meinung bleiben möchtest."

„Ich muß", sagte sie ruhig. „Doch ich sehe jetzt ein, ich hätte dich nicht mit hineinziehen dürfen. Es kann schlimm für dich werden, nicht wahr? Es tut mir schrecklich leid – wirklich, Edmund." Sie sah ihn besorgt an, dann kniff sie die Augen zu, um sich vor dem eisigen Schnee, der ihr ins Gesicht wehte, zu schützen.

Eine ganze Reihe von Emotionen lösten sich auf dem gutmütigen Gesicht des jungen Mannes, während er Kerry ansah. „Vergiß diesen Teil der Geschichte. Es wird sich finden. Wir sind Freunde, und du hättest mir genauso geholfen, das weiß ich. Komm jetzt, wir müssen uns beeilen. Es ist furchtbar kalt heute abend."

So eilten sie durch enge Straßen, eng aneinandergedrängt, um sich gegenseitig zu wärmen. „Hör zu, Kerry, du darfst nicht zuviel von diesem Hotel erwarten. Es ist kein Schmuckstück – einfach eine Art Pension. Doch es ist sauber und die Gegend annehmbar. Kenneth, mein Cousin, ist ein anständiger Junge; ihm kannst du vertrauen."

Die Tragweite dessen, was sie sich vorgenommen hatte, begann ihr gerade erst zu dämmern. „Es wird mir bestimmt gefallen, Edmund, mach dir keine Sorgen." Ihre Stimme klang schwach, und in Gedanken war sie weit weg. Sie war müde, ihr war kalt und elend zumute, und das würde sich auch nicht ändern. Sie sah einer trostlosen Nacht, einer trostlosen Zukunft entgegen.

Ich werde Jess nie wiedersehen, dachte sie, und die Trauer, die sie dabei empfand, war so groß, daß sie glaubte, davon erdrückt zu werden. *Ich werde heute abend nicht in sein Arbeitszimmer gehen und seine volle, wohltönende Stimme hören wie früher, als er diese wunderbaren Bücher erklärte ... Ich werde nie wieder mit ihm vor dem Kamin sitzen, nie wieder seine rauhe Jacke oder die Sanftheit seines Barts an meiner Wange spüren ... ich werde ihn nie wieder sehen ...*

Ärgerlich darüber, daß sie sich dem Selbstmitleid hingab, konzentrierte Kerry ihre Aufmerksamkeit wieder voll auf die Umgebung. Trotz des eisigen Windes und Schnees, eilten viele Menschen durch die Straßen. Auf dem ganzen Weg hörte Kerry immer wieder das vertraute Gälisch sowie eine Reihe andere unbekannte Sprachen. Es war eine buntgemischte Schar verschiedenster Nationalitäten und Rassen: Sie sah schwarze, rote und gelbe Gesichter. Einige Leute waren in Lumpen gekleidet, während andere elegant gekleidet einhergingen.

Kerry fühlte sich von dem Lärm und den hochaufragenden Gebäuden, die sie umgaben, beunruhigt. Sie war bisher nur einmal in New York, an dem Tag, als sie den Dampfer nach West Point bestieg, und so erschien ihr alles neu und fremd. Unbehaglich fragte sie sich, wieviel neue Erfahrungen sie noch machen müsse, bevor sie endlich Frieden für sich fände.

Eine grobe Stimme riß sie abrupt aus ihren Gedanken. „Ein schönes kleines irisches Mädchen hast du da für dich gefunden, nicht wahr, du kleiner Soldat? Du wirst doch so freundlich sein, und sie mit mir teilen, ja?"

Unwillkürlich klammerte sich Kerry an Edmund fest, die Augen vor Schreck und Entsetzen weit aufgerissen. Der Mann, der ihnen den Weg versperrte, war groß und hatte ein rotes geschwollenes Gesicht und Augen, unter denen sie sich bedroht fühlte.

Edmund starrte dem Schläger direkt in seine kleinen runden Augen. Seine Stimme klang schroff und bestimmt, als er befahl: „Gehen Sie aus dem Weg, Mister, ehe Ihnen etwas passiert."

Ihr Peiniger tat einen Schritt auf den viel kleineren Kadetten zu, doch Edmund war standfest und flink wie eine Katze. Er stieß dem Mann seine Hand ins Gesicht; die Finger gegen seine Augen gedrückt, zwang er ihn nach hinten gegen eine Ziegelwand, bevor er ihn mit einem kräftigen Schlag in den Magen zu Boden warf.

Blitzschnell, ehe der Mann wieder zu sich kam, packte er Kerry und rannte, sie mit sich ziehend, davon. „Komm – nichts wie weg von hier!"

Einige Häuserblocks von der Stelle entfernt, wo der Mann sie belästigt hatte, hielt Edmund inne und schaute besorgt zu Kerry: „Ist alles in Ordnung?"

Von der schrecklichen Szene und dem Gedanken an das, was hätte passieren können, erschüttert, klang Kerrys Stimme unsicher, als sie erwiderte: „Ja ... mir geht es gut. Gehen wir weiter."

Eine Ewigkeit schien vergangen zu sein, bevor sie Edmund sagen hörte: „Da sind wir." Er führte sie schnell über die Straße zu einem eigenartig geformten Gebäude, das Kerry wie ein großes Stück Kuchen vorkam. Doch in den Fenstern brannte Licht, und das bedeutete Sicherheit, zumindest im Augenblick.

Sie eilten die Stufen hinauf und klopften sich den Schnee von den Füßen, bevor sie das kleine, schlicht eingerichtete Foyer des Hotels betraten. Der Angestellte an der Rezeption, ein kräftiger Mann mit dünnem braunem Haar und freundlichen Augen, schaute auf. „Oh, Edmund! Was machst du hier an einem solchen Abend?" Sein Blick wanderte mit einer unausgesprochenen Frage zu Kerry.

„Kenneth, wie geht es dir?" Er nahm Kerry am Arm und führte sie näher an die Rezeption. „Kenneth, das ist eine gute Freundin von mir, Miss Kerry O'Neill. Sie braucht für einige Tage ein Zimmer. Außerdem sucht sie Arbeit hier in der Stadt. Meinst du, du könntest ihr helfen?"

Edmunds Cousin antwortete nicht sofort, doch sein Lächeln erhellte weiterhin sein Gesicht. „Wenn es Ihnen nichts ausmacht, mit einem ganz einfachen Zimmer vorliebzunehmen, Miss O'Neill, hätten wir schon etwas frei. Was eine Arbeit betrifft, haben Sie dabei an eine bestimmte Stelle gedacht?"

„Ein einfaches Zimmer ist alles, was ich möchte, Sir, und ich bin dankbar für jede Arbeit, die ich finden werde. Ich kann kochen und saubermachen. Ich arbeite gern, außerdem kann ich auch gut lesen und schreiben."

„Kerry – Miss O'Neill – kommt von Buffalo, Kenneth. Sie weiß noch nicht genau, wie lange sie das Zimmer brauchen wird. Habe ich bei dir Kredit, bis ich etwas von zu Hause borgen kann?"

Kerry begann, Einspruch zu erheben. Dann stellte sie plötzlich verzweifelt fest, daß sie kein Geld besaß – keinen Cent. Es blieb ihr nichts anderes übrig, als Edmund zu gestatten, ihr wiederum zu helfen.

„Das geht in Ordnung, Edmund", beruhigte ihn sein Cousin. „Vielleicht haben wir eine Stelle für Sie direkt hier im Hotel, Miss O'Neill", sagte er zu Kerry gewandt, „wenn Sie gut kochen können. Ich glaube, eine der Küchenhilfen geht nächste Woche weg."

„Ja, ich kann gut kochen, Sir. Ich hatte eine gute Lehrerin – niemand versteht mehr vom Kochen als Molly Larkin."

Kenneth gab ihnen die Schlüssel, einen für Kerry und einen für Edmund, dessen Zimmer sich in der zweiten Etage direkt gegenüber von Kerrys befand. Als sie ihr Zimmer betrat und die Kerzen auf den Wandleuchtern entzündete, sah sich Kerry mit einem flauen Gefühl im Magen um.

Das Zimmer war erdrückend klein, vollgestopft mit einem Bett, einem Schrank, einer Frisierkommode, einer kleinen, abgenutzten Couch, einem Stuhl und einem abgetretenen Teppich. Nichts Schönes, Schmückendes war zu finden, das einem Zimmer eine warme, persönliche Note verlieh, wie bei ihrem Zimmer zu Hause.

Zu Hause! Sie hatte kein Zuhause mehr – weder in Buffalo noch in West Point. Dieses kleine, bedrückende Zimmer würde nun ihr Zuhause sein. *Und so ist es nun,* gestand sie sich entschlossen ein. Und ich werde das Beste daraus machen. Zumindest habe ich ein Dach über dem Kopf und bin vor Kälte geschützt.

Schnell fügte sie im stillen ein Gebet hinzu. *Verzeih, Herr, wenn ich mich in letzter Zeit häufig zu beschweren scheine. Dabei hast du mir schon mehr geschenkt, als die meisten Menschen meines Volkes je im Leben zu sehen bekommen. Ich sollte dir danken, anstatt mich selbst zu bemitleiden.*

Ihre Schultern straffend, wandte sie sich zu Edmund. „Nun, das ist sehr hübsch. Und ich werde dir bestimmt alles zurückzahlen, sobald ich arbeiten kann – das verspreche ich dir."

Großzügig mit den Achseln zuckend, lächelte er sie an. „Darum brauchst du dir keine Sorgen zu machen, Kerry. Jetzt gehen wir am besten wieder nach unten und sehen, ob wir etwas zu essen bekommen. Ich bin am Verhungern, du nicht auch? Auspacken kannst du später."

„Wann wirst du weggehen?" fragte sie, plötzlich von dem Gedanken geängstigt, völlig allein zu sein.

„Ich muß übermorgen wieder in West Point sein."

„O ja ... natürlich. Edmund, wird man dich wirklich entlassen? Jess weiß bestimmt, daß wir zusammen weggegangen sind und du mir geholfen hast, nicht wahr?"

Er zwang sich zu einem verzerrten Lächeln, das den bekümmerten Blick ablöste, den sie den ganzen Abend bei ihm gesehen hatte. „Vielleicht habe ich Glück, und das Entlassungskommando hat gerade Urlaub."

„Oh, Edmund!" Kummervolle Tränen quollen aus ihren Augen. „Verzeih mir."

„Wirst du jetzt *aufhören?* Es wird sich klären. Komm jetzt – oder du hast außer all den anderen Problemen noch einen toten Mann in deinem Zimmer. Ich überlebe nicht mehr lange, ohne etwas zu essen."

* * *

Es war eine Nacht, die Kerry nie vergessen würde, die längste Nacht, die sie jemals erlebt hatte – eine Nacht, die ihr keinen Schlaf brachte und kein Vergessen, wo sie sich befand und wo sie herkam.

In dem Zimmer war es kalt, und noch kälter war es in ihrem Herzen. Unter den dünnen Decken, die die Gäste bekamen, zusammengerollt, suchte sie die Wärme, die nicht existierte. *Du brauchst dich nicht länger nach Wärme auszustrecken, Kerry O'Neill,* nagte eine innere Stimme an ihr. *Lange, lange Zeit wirst du nirgends Wärme finden ... ohne Jess' Lächeln.*

Jedesmal, wenn sie die Augen schloß, sah sie sein Gesicht – dieses liebe, starke Gesicht, das sie mehr liebte als ihr Leben – und immer wenn sie in einen leichten Schlummer fallen wollte, sah sie seine tiefblauen Augen, die auf sie gerichtet waren, und sofort war sie voller Entsetzen und Schuldbewußtsein wieder hellwach.

Sie versuchte, ihre Ohren vor den seltsamen Geräuschen der Stadt zu verschließen, und fragte sich in der Dunkelheit der Nacht, was die Zukunft ihr bringen würde. Sie versuchte zu beten, doch selbst dieser Trost schien ihr versagt zu sein. Die einzigen Worte, die sie finden konnte, waren erbärmliches Selbstmitleid. Sie fürchtete, Gott mit ihrem Jammern nur zu erzürnen.

Als das erste Morgenlicht in ihr Zimmer drang, wiederholte sie benommen die Worte eines alten, irischen Wiegenliedes, das ihr Bruder Liam sie gelehrt hatte, als sie noch klein waren:

„Einer ist neben mir, einer ist über mir, einer ist mir nahe, um mich zu behüten, um mich zu lieben ..."

Oh, Vater, bitte ... gib, daß Jess mich nicht haßt ...

17

Während Edmund am nächsten Tag seine Botengänge für den Rektor erledigte, wurde Kerry von Mutlosigkeit heimgesucht, wie noch nie zuvor in ihrem Leben. Die Pein, Jess und Molly vermissen zu müssen, verstärkte ihr Schuldgefühl und verschärfte ihre Sorge um Edmund. Vielleicht hätte sie noch einen Tag abwarten und West Point allein verlassen sollen, doch wäre sie allein in New York völlig verloren gewesen und hätte nicht gewußt, was sie tun sollte. Trotzdem, sie hatte unverzeihlich selbstsüchtig gehandelt ...

Wenn sie an Jess' Zorn dachte, wurde ihre Niedergeschlagenheit noch größer. Er würde nie begreifen, weshalb sie das getan hatte, sondern wäre einfach noch mehr davon überzeugt, daß sie ein undankbares, rebellisches Kind war. Aber was machte es jetzt schon noch aus, was Jess dachte? Sie würde ihn ohnehin nicht mehr wiedersehen.

Sie suchte Trost in der Bibel ihres Vaters, die sie im letzten Augenblick noch in ihre Reisetasche gesteckt hatte. Flüsternd, mit bebenden Lippen las sie die Worte aus dem 57. Psalm:

Sei mir gnädig, Gott, sei mir gnädig! Denn auf dich traut meine Seele, und unter dem Schatten deiner Flügel habe ich Zuflucht, bis das Unglück vorübergehe.

Als Edmund schließlich zurückkam, war das Zimmer bereits in das trübe Licht der hereinbrechenden Abenddämmerung gehüllt. Kerry freute sich so, daß sie stolperte und beinahe hinfiel, als sie Edmund die Tür öffnete.

„O Edmund, ich habe mir soviel Sorgen um dich gemacht! Hast du alles bekommen, was der Rektor haben will?"

Der Kadett nahm seine Mütze ab, während er das Zimmer betrat, legte einige Pakete auf der Couch ab und begann, sich aus seinem Mantel zu schälen.

„Ja, es ist alles erledigt. Was hast du den ganzen Tag allein gemacht? Hast du schon etwas von Kenneth gehört wegen einer Stelle für dich?"

„Nein – meinst du, wir sollten noch einmal mit ihm sprechen?" Ihre Stirn legte sich besorgt in Falten.

„Das ist vermutlich kein schlechter Gedanke, falls er es vergessen hat", entgegnete er, während er sich das Haar aus der Stirn bürstete. „Kerry, du hast doch heute bestimmt noch nichts gegessen, nicht wahr?" Schnell warf er ihr einen besorgten Blick zu.

„Ach, das macht nichts. Ich glaube, ich hätte ohnehin nichts essen können", erwiderte sie angespannt.

„Kerry – bist du noch immer entschlossen, bei deiner Entscheidung zu bleiben?" fragte er unruhig. „Es ist noch nicht zu spät, zurückzugehen. Ich kann mit dir zu Mr. Dalton gehen und dir helfen, alles zu erklären –"

„Nein, Edmund, ich kann nicht mehr zurückkehren. Was getan ist, ist getan – bitte, laß uns nicht mehr darüber sprechen. Ich muß nach vorn schauen und nicht zurück."

„Nun gut, trotzdem denke ich, daß du unrecht hast", murmelte er verzweifelt. „Ich glaube, du bedeutest Mr. Dalton so viel –"

Sein Einwand wurde von einem Klopfen an der Tür unterbrochen. „Das wird vermutlich Kenneth sein." Bevor er den Türknopf herumdrehte, warf Edmund ihr Streichhölzer zu. „Zünde die Kerzen, ja? Es ist dunkel hier."

Doch die Dunkelheit des spartanisch eingerichteten Zimmers war nichts gegen den Zorn, der das Gesicht des Mannes verdunkelte, der im Flur stand.

„Mr. Dalton! S-sir!"

* * *

Kerry stand mit dem Rücken zur Tür, in der Hand ein angezündetes Streichholz; sie streckte sich gerade aus, um eine Kerze zu entzünden. Wie versteinert hielt sie inne, bis die Flamme sich an ihren Fingern emporzuzüngeln begann. Mit zitterndem Atem das Streichholz auspustend, blieb sie stehen, wo sie war, die Wand anstarrend, die Hände zusammenpressend. Ihr Herz schlug wild gegen ihren Brustkorb, und sie spürte ein aufregendes Gefühl, eine Mischung aus Furcht und Hoffnung, in ihrem Inneren aufsteigen.

„Kerry!" Seine Stimme stieß ihren Namen hervor wie einen Schuß.

Langsam zwang sie sich, sich umzudrehen und ihn anzuschauen, wobei sie deutlich spürte, wie ihre Hände feucht wurden. Ihr Mund war wie ausgetrocknet. Sie richtete ihre Augen auf die große, starre Gestalt in der Tür. Er sah wahrlich aus wie ein Prophet aus dem Alten Testament, der jeden Augenblick seinem Zorn freien Lauf lassen wollte. Sie heftete ihren Blick bewußt auf seine Stiefel, als er eintrat und nach nur wenigen Schritten schweigend stehenblieb. Kerry hörte das ungleichmäßige Rasseln seines Atems und wußte nicht, ob sie es der kalten Abendluft oder der Hitze seines Zorns zuschreiben sollte.

Schließlich hielt sie es nicht mehr aus und schaute zu ihm auf. Was sie nun sah, löste ein Alarmsignal in ihr aus. Er stand mit zusammengebissenen Zähnen da, das Kinn wie erstarrt nach vorn gerichtet. Doch seine Augen waren das Schlimmste. Der Zorn, der aus ihnen sprach, vermischt mit einem anderen Gefühl, das sie nicht zu definieren vermochte, machte jegliche Hoffnung in ihr zunichte, vernünftig mit ihm reden zu können.

Edmund unternahm einen ehrenhaften Versuch, die Aufmerksamkeit des Kaplans von Kerry abzulenken. „Mr. Dalton, Sir, bitte lassen Sie mich erklären –"

Ohne ihn auch nur eines Blickes zu würdigen, entgegnete er in einem scharfen, schneidenden Ton: „Gehen Sie bitte raus!"

„Laß das, Jess!" schrie Kerry. „Es ist nicht seine –"

Kerry ignorierend, drehte Jess sich zu dem Kadetten um und wiederholte seinen Befehl in einem bissigen, strafenden Ton: „Entfernen Sie sich! Gehen Sie nach unten und warten Sie dort auf mich!"

„Nein!" Jess drehte sich erstaunt herum, als er die überraschende Entschlossenheit in Kerrys Stimme vernahm. „Du darfst ihn nicht so behandeln, Jess. Er hat nichts Schlimmes getan, nur das, worum ich ihn gebeten habe – das ist die Wahrheit. Seine einzige Schuld besteht darin, mir geholfen zu haben!"

„Dir geholfen?" erwiderte er ungläubig. „Wobei hat er dir geholfen? Daß ich vor Sorge wahnsinnig werde und Molly vor Kummer wieder ins Bett mußte? Daß du Schmach und Schande über dich selbst und den Namen der Akademie gebracht hast? Was in aller Welt habt ihr beide euch nur gedacht?"

Plötzlich und unerwartet schien die Härte aus seinen Zügen zu weichen, um dem Ausdruck von Verwirrung und Verzweiflung zu weichen. Todunglücklich und schuldbewußt begegnete Kerry seinem schmerzerfüllten Blick.

„Warum habt ihr das getan? Warum seid ihr davongelaufen wie – Verbrecher?" In seiner Stimme, die nun viel leiser geworden war, klangen Trauer und Verwirrung, und Kerry spürte schmerzliche Reue, als sie sah, wie er mit zittriger Hand durch sein Haar fuhr.

„Wenn ihr beide euch liebt, wenn ihr zusammensein wollt, hättet ihr nicht zu mir kommen und es mir sagen können? Ihr – ihr hättet nach dem Abschluß der Ausbildung heiraten können", sagte er leise, den

Blick abgewandt. „Wie konntet ihr – mir – und Molly – und euch selbst das nur antun?"

Das Schweigen, das nun im Zimmer herrschte, legte sich wie eine schwere Nebelwolke auf Kerry, und ihr Puls hämmerte wild. Einen Augenblick lang wurden ihre grünen Augen von Verwirrung umhüllt, dann riß sie sie weit auf, erstaunt und ungläubig, als sie die Bedeutung seiner Worte zu erfassen begann.

„Wir uns *lieben*? Edmund ... und ich? Was denkst du nur –?"

„Sir, Sie täuschen sich tatsächlich", warf Edmund schnell ein. „Es ist wirklich nicht so – wir sind nicht ineinander verliebt. Wir –"

Jess richtete seinen verletzten, fragenden Blick zuerst auf den Kadetten, dann auf Kerry. In einem Ton, der seine Qualen preisgab, knurrte er: „Was macht ihr dann ... zusammen ... hier?"

„Oh Jess!" rief Kerry schockiert und gedemütigt aus. „Edmund hat mir geholfen, wegzugehen, wirklich. Es ist etwas anderes, als du denkst! Wir sind Freunde – wir sind nicht –"

„Mr. Dalton?" Edmund sprach mit leiser, aber fester Stimme. „Sir, ich glaube, Sie müssen allein mit Kerry sprechen. Bitte, Sir – ich werde unten warten." Ohne Jess Zeit für eine Antwort zu geben, nahm Edmund seinen Mantel und verließ das Zimmer.

* * *

Lange Zeit standen sie da und starrten sich an, keiner von ihnen bereit, die Spannung zu durchbrechen. Schließlich gab er ihrem aufrichtigen und tapferen, wenn auch zurückhaltenden Blick nach und begann langsam seinen Mantel aufzuknöpfen, um ihn dann erschöpft von den Schultern zu streifen.

„Nun gut ... wenn du irgend etwas erklären möchtest, ich bin bereit zu hören."

„Wie hast du uns gefunden?" fragte sie zögernd.

Aus seinen Worten sprach keinerlei Regung. „Ein Offizier hat euch gesehen, als ihr gemeinsam an Bord des Dampfers gegangen seid. Nachdem er Teague beschrieben hatte, brauchte ich nur in seinen Akten nachzusehen, um herauszufinden, wohin er dich in New York gebracht haben könnte."

Als sie nichts hinzufügte, brach er das Schweigen mit einem spitzen: „Ich warte, Kerry."

„Ich – ich dachte einfach, daß es an der Zeit wäre, dich von deiner ... Verantwortung für mich zu befreien. Ich habe Edmund gezwungen, mich mit auf den Dampfer zu nehmen."

Er seufzte tief und unterbrach sie. „Versuch es noch einmal."

„W-was meinst du?"

Er kam näher und setzte sie nicht grob, aber bestimmt auf die Couch. „Edmund Teague ist einen Kopf größer und sehr viel stärker als du. Du kannst ihn zu nichts gezwungen haben. Jetzt sagst du mir die *Wahrheit.* Warum bist du weggelaufen?" Als er abwartend vor ihr stand, wurde sie schon allein durch seine Größe eingeschüchtert, von dem drohenden Unterton in seiner Stimme ganz zu schweigen.

Sie schaute zu ihm auf, ihre Augen funkelten trotzig, und eine neue Woge des Zorns begann über sie hereinzubrechen. Schließlich war es seine Schuld, daß ihr die Wahrheit vorenthalten geblieben war. „Nun gut; ich habe das über meinen Vater herausgefunden – was er getan hat."

Er schaute sie verständnislos an. „Dein Vater? Wovon redest du?"

„Von dem Geld!" rief sie ungehalten. „Von dem Geld, das er – das er aus der Gewerkschaftskasse gestohlen hat. Ich habe die Sachen in der Kiste durchgesehen und dabei einen Brief gefunden, den Andrew Dalton an ihn geschrieben hat."

Sie sprang auf und sagte verzweifelt: „Oh, Jess – warum hast du es mir nicht gesagt? Warum hast du mich weiter in dem Glauben gelassen, daß er so war, wie ich immer gedacht habe?"

„Warte." Er streckte eine Hand aus, um ihren Wortschwall zu unterbrechen. „Von welchem Brief sprichst du? Was stand in dem Brief?"

Über sein Verhalten verwundert, zögerte sie. Versuchte er immer noch, sie im dunkeln zu lassen? „Dein Vater hat an meinen Vater über das geschrieben, was er getan hat und ihm versichert, daß er ihm helfen wolle, soweit es in seiner Macht lag; er sagte meinen Vater auch, daß er verstehe, warum er das Geld ... gestohlen ... hat, obgleich er es nicht entschuldigen könne."

Stirnrunzelnd streckte Jess eine Hand aus und berührte ihre Schulter. „War das alles? Stand nicht noch mehr in dem Brief?"

„Nur, daß – daß du die Verantwortung für mich übernehmen würdest, falls ihm, deinem Vater, etwas zustoßen sollte. Warum?"

Echt verwirrt forschte er in ihren Augen. „Dieser Brief – wann wurde er geschrieben?"

„Wenige Wochen vor dem Tod meines Vaters." *Warum sollte das wichtig sein?*

„Und deshalb bist du fortgegangen?“ Er kam noch ein Stück näher, seine Hand immer noch auf ihrer Schulter. „Wegen dieses Briefes?“

„Nein, nicht nur deswegen, nein. Aber ich konnte einfach nicht mehr bei dir bleiben, nachdem ich erfahren habe, daß mein Vater ein – Dieb war. Verstehst du das nicht?“ Sie preßte ihre Hände fest zusammen und senkte ihren Kopf, unfähig, seinen durchdringenden Blick noch länger zu ertragen.

„Aber warum?“

Sie sah ihn scharf an und verstand nicht, was er wollte. „Was meinst du?“

„Warum solltest du wegen einer Tat, die dein Vater begangen hat, fortgehen müssen?“ Seine Stimme war viel, viel leiser geworden, klang aber immer noch hartnäckig.

„Nun, weil – weil das alles war, was ich hatte, um – würdig zu sein ... Verstehst du das nicht?“

„Nein“, sagte er leise, „das verstehe ich leider nicht.“ Er setzte sich auf die Couch und zog sie neben sich. „Sag mir, wie du das meinst, Kerry. Erkläre mir genau, was du meinst.“

Doch sie wußte nicht, wie. „Ich – nun, solange ich noch die – die Ehre meiner Familie hatte, dachte ich, daß es dir vielleicht nicht soviel ausmachen würde, daß ich keine Dame bin – wie deine Miss Emily“, erklärte sie, ihre Worte waren kaum mehr als ein Flüstern.

„Emily?“ Vor Überraschung sprach er höher als gewöhnlich. „Was hat Emily damit zu tun? Woher weißt du von ihr?“

Zu spät merkte Kerry, daß sie bereits zuviel gesagt hatte und sich nun ganz offenbaren mußte. Nervös biß sie auf ihre Unterlippe: „Ich – ich kann dir nicht mehr sagen.“

„Du mußt es mir sagen“, beharrte er. „Was ist mit Emily?“ Sein Blick bohrte sich in den ihren.

Sie hob eine Hand, als wollte sie sich vor seinem Blick schützen, dann sprach sie schließlich weiter. „Molly hat mir von ihr erzählt – was für eine feine Dame sie war – und wie du sie geliebt hast ... und von dem Unfall, und daß du sie lange Zeit vermißt hast ...“ Verlegen ließ sie ihre Worte verhallen.

„Doch was hat das alles mit deinem Vater zu tun – und mit deinem Weggehen?“ Er streckte seine Hände aus und schloß ihr Kinn in seine große Hand, so daß sie zu ihm aufschauen mußte.

„Sag es mir, Kerry.“

„O bitte, Jess, ich möchte nichts mehr sagen.“

Er umfaßte ihre schmalen Schultern und gestattete ihr nicht, ihren

Blick von ihm abzuwenden. Er sah, wie elend und erniedrigt sie sich fühlte, und haßte sich dafür, das alles aufgedeckt zu haben – doch er sehnte sich verzweifelt danach, alles zu hören. Er mußte die Wahrheit hören, die ganze Wahrheit.

* * *

Überrascht hielt Kerry den Atem an, als sie sah, daß der Zorn aus seinen Augen verschwunden war. An seine Stelle war etwas getreten, das beinahe aussah wie ein Hoffnungsschimmer – und eine Frage.

Schließlich sah sie ein, daß es unvermeidlich war, ihm ihre Gefühle einzugestehen; sie warf ihm einen flehenden Blick zu. „Ich wollte ... gut genug sein, für dich, verstehst du? Ich wußte, daß ich nie wohlhabend sein würde oder etwas an meiner gesellschaftlichen Stellung ändern könnte, aber ich dachte, wenn du mir hilfst, eine gewisse Bildung nachzuholen, und wenn ich aus einer ehrbaren, wenn auch noch so armen Familie stamme ... wäre es vielleicht genug ..."

„Genug – wofür, Kerry?" drängte er mit leiser Stimme.

Die Qual in ihren Augen wurde noch tiefer, als sie flüsterte: „Genug, daß du mich lieben kannst."

Seine Hände umklammerten beinahe schmerzhaft ihre Schultern, und sein Herz begann wie wild gegen seine Brust zu hämmern. „Genug, um dich zu lieben?" wiederholte er heiser flüsternd, während in seinem Kopf alle möglichen und unmöglichen hoffnungsvollen Gedanken durcheinanderjagten.

Sie nickte traurig. „Es tut mir leid, Jess. Ich weiß, du wolltest nie, daß ich für dich ... so fühle, wie ich es getan habe, aber ich konnte nichts machen, dieses Gefühl war einfach da. Und manchmal hoffte ich ... das heißt –" Sie errötete und versuchte, ihr brennendes Gesicht in ihren Händen zu vergraben, damit er ihre Scham nicht sah.

Doch er ließ es nicht zu, daß sie ihr Gesicht von ihm abwandte. Sanft hob er ihr Kinn und forschte in ihrem Gesicht. „Was hast du gefühlt?"

Das Funkeln in seinen Augen und der bedeutungsvolle Unterton in seiner Stimme schnürten ihr beinahe die Kehle zu. „Wie meinst du das?"

„Von welchem Gefühl sprichst du, Kerry? Was hast du für mich gefühlt?"

„Du weißt es doch", flüsterte sie beschämt und kam sich unendlich dumm vor.

Doch Jess lächelte ... lächelte und schüttelte langsam den Kopf. „Sag es mir", forderte er sie auf.

„O Jess, ich ... habe dich geliebt ... bestimmt hast du gewußt, wie ich dich geliebt habe ..." Sie wandte ihren Kopf zur Seite, von neuem beschämt über die Tränen, die über ihre Wangen liefen.

„Du hast mich geliebt, Kerry?" fragte er sanft, und seine Stimme schien aus einer anderen Welt zu kommen. „Und jetzt?"

„Jetzt?"

„Was fühlst du jetzt für mich?" Sein Gesicht war so nahe, daß sie ihm direkt in die Augen schauen mußte.

„Ich – es hat sich nichts daran geändert."

Sein Lächeln erstrahlte wie die Sonne, die aufgeht in voller Pracht. „O Kerry ... Liebste ... mein kleiner Liebling ... " Er nahm sie fest in seine Arme und begann, ihr die Tränen wegzuküssen.

Sie kuschelte sich enger an sein rauhes Jackett. Es war so gut, wieder seine Stimme zu hören und sich durch seine Nähe und Stärke in einer Freude zu sonnen, die sie für immer verloren geglaubt hatte.

Er schaute ihr tief in die Augen, und sie spürte, wie sein Körper bebte. „Aber warum bist du dann, ... warum bist du weggelaufen, als ich versucht habe, dir zu sagen, was ich für dich fühle?"

Sie vermochte nicht zu denken. „Was meinst du?"

„In der Küche, als ich versuchte, mit dir zu reden."

Aus ihrer Verwirrung wurde Erstaunen. „Du meinst, du wolltest mir sagen ... was du für mich fühlst? Ich dachte, du wolltest mir von meinem Vater erzählen, und ich konnte es einfach nicht ertragen, unter deinem Blick der Schande ins Auge zu sehen –"

„O Kerry", stöhnte er leise und schüttelte betrübt den Kopf. „Ich dachte, ich hätte dich abgestoßen. Oh, mein Liebling, ich habe dir soviel zu sagen –"

Verwundert und voller Zärtlichkeit schaute er sie an, dann fragte er erleichtert: „Du bist tatsächlich weggegangen, weil du mich liebst? Und weil du gedacht hast, ich würde dich nicht – könnte dich nicht wiederlieben?"

Als sie nickte, fuhr er fort: „Du dachtest ... du wärst nicht gut genug, nur weil du anders bist als Emily?"

„Ja", antwortete sie mit erstickter Stimme, verwundert, daß er das so schwer zu verstehen schien. „Ich hatte zu hoffen begonnen, nachdem – nachdem wir uns geküßt hatten, daß du mich vielleicht lieben könntest. Als ich jedoch die Sache mit meinem Vater entdeckt habe, wurde mir bewußt, daß ich niemals die Frau sein könnte, die du dir wünschst."

„O mein Liebling, mein geliebtes Mädchen." Er brachte sie zum Schweigen, indem er seine Finger sanft auf ihren Mund legte. „Und ich habe geglaubt, du würdest in jedem Blick von mir sehen, wie sich mein Herz in meinen Augen widerspiegelt ..."

Kerry sah ihn an, *wirklich* an, und forschte in seinem zärtlichen Blick. „Was willst du mir sagen?"

Sie sah an seinem Hals, wie sein Puls wild zu schlagen begonnen hatte, und sie hörte auch ihr eigenes Herz laut pochen, als er ihre Hände nahm und sie ganz festhielt, bevor er zu sprechen begann: „Ich will dir sagen, daß ich dich liebe, Kerry. Ich glaube, ich habe dich vom ersten Tag an geliebt, als ich dich aus dem Dampfer aussteigen sah. Ich habe dich geliebt, als ich die kupfernen Locken aus deiner Kapuze hervorquellen sah und deine wunderschönen grünen Augen meine Vormundschaft für dich in Frage stellten."

Kerry hörte, wie seine Stimme bebte, sah das zärtliche Lächeln seiner Augen und wünschte sich, sie könnte die Zeit einfach anhalten, damit dieser Augenblick nie vorüberginge.

Liebevoll steckte er eine gelockte Strähne, die inzwischen tränennaß geworden war, hinter ihr Ohr, bevor sein Mund zärtlich ihre Stirn berührte. „Ich habe meine Gefühle tausendmal und mehr verleugnet in dem Glauben, sie damit aus der Welt schaffen zu können – wegen deines – und meines Alters. Je mehr ich jedoch meine Gefühle für dich zu ignorieren versuchte, um so stärker wurden sie. Oh, Kerry, ich liebe dich – so wie ich noch nie einen anderen Menschen geliebt habe und auch niemals lieben werde."

„Aber – Emily?"

Er lächelte traurig. „Emily war all das, was Molly dir über sie erzählt hat – eine reizende, liebe Frau." Lange Zeit hielt er inne. „Sie war für mich wie eine geliebte Schwester. Ich habe sie geliebt, Kerry, und sie war mir sehr teuer. Wir waren verlobt. Unser beider Familien gingen jahrelang davon aus, daß wir heiraten würden. Wir sind zusammen aufgewachsen – beinahe wie in einer Familie. Gewiß hätten wir eines Tages geheiratet und wären vielleicht sogar glücklich geworden." Er lehnte sich behaglich an ihre Schulter, mit seinen Fingern sanft durch ihr Haar streifend, als er fortfuhr:

„Ich wußte jedoch, daß ich für sie nicht das gefühlt habe, was ein Mann für eine Frau fühlen muß, die er heiraten will. Noch lange Zeit nach dem Unfall fühlte ich mich so furchtbar schuldig, daß ich nicht in der Lage gewesen war, sie so zu lieben, wie sie mich geliebt zu haben schien."

Sie spürte, wie er tief durchatmete. „Du siehst also, Liebling, daß es, obgleich sie wirklich eine feine Dame war, nicht genug für mich war, sie so zu lieben ... wie ich dich liebe.“

Kerry schaute zu ihm auf. „Wirklich, Jess? Du liebst mich wirklich? Als Frau und nicht als kleine Schwester?“

„Mehr als mein Leben“, hauchte er voller Leidenschaft. „Doch warte“, unterbrach er sie, als sie wieder zu sprechen begann, „ich habe dir noch mehr zu erzählen von deinem Vater.“

„O Jess“, widersprach sie schnell, „ich glaube nicht, daß ich noch mehr wissen möchte, als ich bereits weiß ...“

„Nein, nein, nein, Liebling – du verstehst mich falsch. In dem Brief stand nicht die ganze Geschichte. Weißt du, dein Vater hat dieses Geld nicht gestohlen, sondern war vielmehr im Begriff, die Schuld für einen anderen Mann, der den Diebstahl begangen hatte, auf sich zu nehmen.“

„*Was?*“

„Ja, das stimmt.“ Er nickte und streichelte mit einer Hand über ihre Wange, über ihr Erstaunen lächelnd. „Der Mann, der das Geld in Wirklichkeit aus der Kasse gestohlen hatte, hatte vier kleine Kinder und eine kranke Frau. Er stahl das Geld aus purer Verzweiflung, weil er nicht wußte, was er sonst tun sollte. Seine Kinder hatten Hunger, seine Frau lag im Sterben. Als dein Vater davon erfuhr, Kerry, bestand er darauf, die Schuld auf sich zu nehmen. Er wußte, daß der andere Mann, falls er inhaftiert würde, das Gefängnis wahrscheinlich nicht mehr lebend verlassen und seine Familie verhungern würde.“

Er nahm ihr Gesicht in seine Hände und fuhr fort. „Deshalb hat Conor alle Dinge in bezug auf die Vormundschaft für dich so sorgfältig geregelt, damit er die Gewißheit hatte, daß, ganz gleich, wie lange er ins Gefängnis mußte, jemand für dich sorgen würde, dem er vertraute ... mein Vater. Doch dann starb dein Vater, noch bevor der Prozeß eröffnet werden konnte.“

Langsam begannen die Stricke der Schande, die Kerrys Herz in den letzten Stunden gefesselt hatten, zu zerreißen, und sie atmete tief und frei, das erste Mal – so wollte es ihr scheinen – seit einer ganzen Ewigkeit.

„Ist das alles wahr, Jess?“

„Es ist alles wahr, Liebes. Du siehst also, daß dein Vater nicht nur ein ehrbarer, sondern auch ein selbstloser, edelgesinnter Mann war, an dem Gott besonderen Gefallen gehabt haben muß.“

„Wie meinst du das?“

„Erinnerst du dich, was unser Herr gesagt hat? ‚*Niemand hat größere Liebe als die, daß er sein Leben läßt für seine Freunde.*' Jesus hat hier von solchen Menschen gesprochen, wie dein Vater war, Kerry – ein wirklich guter Mensch, ein wahrhaft ehrbarer Mann."

Tränen der Dankbarkeit glänzten in ihren Augen. „So habe ich dir wenigstens noch die Ehre meiner Familie zu bringen, Jess."

„O Kerry", flüsterte er zärtlich, „du brauchst mir nichts zu bringen, Liebste, als nur dich selbst." Behutsam hielt er sie in seinen Armen, als er zärtlich, aber bestimmt, fortfuhr: „Ich möchte ganz sicher sein, daß du dies Eine wirklich begreifst: Ich liebe dich von ganzem Herzen, Kerry, weil du du bist. Nicht weil du irgend etwas getan hast oder irgend etwas besitzt – sondern einfach nur, weil du Kerry bist ... meine süße, reizende, wunderbare Kerry."

Er fuhr mit einem Finger über ihre Augenbraue und weiter über ihre Schläfe. „Versprich mir, daß du dies niemals vergißt: Wenn Gott dich ansieht – oder mich, oder irgendeines seiner Kinder, dann schaut er uns nicht mit kritischen, abschätzenden Augen an. Er sucht nicht nach unseren Fehlern und Schwächen. Er schaut nicht auf unser Geld, unseren Namen, unsere Bildung oder unsere Familie. Er schaut auf uns herab vom Kreuz ... und er sieht die, die seine Kinder sind, mit den Augen seiner Liebe. Und wenn ich dich anschaue, Kerry", flüsterte er, mit seinen Lippen ihre Wange berührend, „kann ich nichts anderes sehen als nur Liebe ..."

So verweilten sie einige glückselige Augenblicke, Kerry behaglich in seine Arme geschmiegt. Dann brach sie zögernd das Schweigen. „Jess? Sei mir bitte nicht böse, aber ich muß dich etwas fragen."

„Was, Liebes?" fragte er.

„Was willst du mit Edmund machen?"

Er stieß einen tiefen übertriebenen Seufzer aus und schaute sie, die Augenbrauen vielsagend nach oben gezogen, an. „Ich glaube, ich habe nur die Wahl, entweder den Zorn der Iren über mich zu bringen oder ihm ... wieder einmal aus der Klemme zu helfen."

Erleichtert nickte sie, und als sie lächelte, ließ ein Grübchen ihr Gesicht noch reizender erscheinen. Dann legte sie ihre Wange an seine Schulter und seufzte tief vor Freude, während sie versuchte, das wunderbare Geschehen zu erfassen. Als sie spürte, wie sein Kinn auf ihrem Kopf ruhte, hob sie, nach einem Kuß verlangend, ihr Gesicht zu ihm auf, einem Kuß, der wie ein Versprechen war ... ein Versprechen für alles Schöne und Liebe und Wunderbare im Leben.

„Ich muß dich etwas fragen, Liebling – doch ehe du mir antwortest, mußt du noch etwas wissen", flüsterte er in ihr Haar.

„Was, Jess?"

„Es besteht die Möglichkeit, daß ich die Akademie verlasse."

Sie hielt den Atem an. „Aber – warum?"

„Du hast mich einmal gefragt, weshalb ich in West Point geblieben bin, erinnerst du dich?" Als sie nickte, fuhr er fort. „Ich habe mir in letzter Zeit sehr viele Gedanken gemacht und viele Fragen gestellt. Ich glaube, daß mir möglicherweise eine Veränderung bevorsteht. Während der letzten Wochen hatte ich stark den Eindruck, daß Gott versucht, mir etwas zu zeigen und mich in eine andere Richtung zu lenken. Mehr und mehr spüre ich die Notwendigkeit, dort zu dienen, wo ich wahrscheinlich mehr politischen Einfluß ausüben kann und mich vielleicht direkter mit den Problemen der Sklaverei, der Emigranten, der Fabrikarbeiter und so weiter befassen kann, du kennst ja die Dinge, die mir am Herzen liegen und die mir Not machen, Kerry. Es könnte möglich sein, daß ich nach Washington gehe. Ich weiß es jetzt noch nicht genau – aber ich denke über diese Möglichkeit nach."

Er drückte fest ihre Hände und sagte eindringlich: „Kerry, Liebling, ich weiß noch nicht, was ich tun werde. Noch habe ich Verantwortung in West Point. Es kann noch ein Jahr – oder noch mehr vergehen, bevor ich umziehe. Ich spüre jedoch, daß eine Veränderung bevorsteht. Und ich dachte, das solltest du wissen, bevor ich dich frage ... ob du meine Frau werden möchtest."

„Oh, Jess! Bist du dir auch ganz sicher? Ich meine, ein Mann wie du – so ein feiner und berühmter Mann –" Sein warnendes Stirnrunzeln ließ sie verstummen. Sie schluckte, bevor sie ein letztes Mal nach Bestätigung suchte. „Bist du ganz sicher? Auch wenn du nach Washington gehst?"

Er lächelte sie an; die Augen voller Liebe, erklärte er mit einem irischen Akzent, auf den selbst Molly stolz gewesen wäre: „Ein berühmter Mann wie ich, Kerry, braucht eine feine Frau an seiner Seite, besonders, wenn er sich auf dem Weg nach Washington befindet."

Sie fest in seine Arme schließend, streifte er mit seinen Lippen eine widerspenstige Locke von ihrer Wange, bevor er flüsterte: „Willst du diese Frau sein, Kerry ... meine Liebste, meine Ehefrau?"

Sie lächelte an seiner bärtigen Wange, dann wich sie nur soweit zurück, um in seinen Augen nach etwas forschen zu können. Sie fand es und erklärte mit ihrer entzückenden Stimme: „Ich will für immer deine Frau sein, mein Jess, für immer."

Epilog

Kerry nahm die Flöte von ihren Lippen und schaute von ihrem Zimmer aus dem Fenster; dabei verbarg sie sich hinter den Vorhängen, so daß Jess, der unten im Garten auf und ab lief, sie nicht in ihrem Mieder und Petticoat sehen konnte. Sie lächelte schelmisch, während sie zusah, wie er auf dem verschneiten Weg hin- und hermarschierte. Er hatte die Hände auf dem Rücken fest zu Fäusten geballt, die er ständig unruhig öffnete und wieder schloß. Von Zeit zu Zeit wischte er sich eingebildete Fusseln von den Schultern seines schwarzen Fracks, um dann automatisch seinen weißen Stehkragen zu richten.

In den strahlenden grünen Augen, die ihn beobachteten, spiegelte sich eine Mischung aus Liebe und Belustigung wider. *Was macht er nur da draußen in der Kälte? Ist er so nervös, daß er vergessen hat, daß es mitten im Winter ist?* Auch wenn Molly ihr die morgendlichen Ängste des angehenden Bräutigams nicht schon im voraus genau beschrieben hätte, Kerry hätte es sofort an seinem Benehmen ablesen können.

Als er sich plötzlich umwandte und zu ihrem Fenster hochsah, verkroch sie sich noch tiefer in den Vorhängen. Wäre es ihm peinlich, wenn er wüßte, wie lieb und komisch zugleich er ihr heute morgen erschien?

„Das ist doch wohl kaum zu glauben!“ Mollys empörte Stimme riß Kerry aus ihren Betrachtungen. „Ein Stunde vor deiner Hochzeit stehst du in deinen Unterkleidern hier und spielst Flöte. Hast du den Verstand verloren, Kerry O’Neill?“

Kerry versuchte vergebens, ein belustigtes Lachen zu unterdrücken, was die Haushälterin noch mehr erregte. Molly nahm ihr die Flöte aus der Hand, dann verschränkte sie ungeduldig die Arme auf ihrer Brust. Mit ihrem zornigsten Blick begann sie in den schillerndsten Farben zu schildern, was passieren würde, falls eine gewisse junge Braut nicht sofort mit ihrem Unsinn aufhörte und ihr Hochzeitskleid anzog.

„Aber Molly, schau ihn dir doch einmal an, wie er da unten auf und ab marschiert.“

Schnell warf Molly einen verstohlenen Blick aus dem Fenster und unterdrückte das Lächeln, das um ihre Mundwinkel zu spielen begann.

„Ja, ihr seid ein feines Paar. Ihr habt heute beide den Verstand verloren. Ich werde einem Zusammenbruch nahe sein, wenn das ganze

Theater vorüber ist. Jetzt komm von dem Fenster weg, Mädchen, und zieh dein Hochzeitskleid an – sofort!"

„Ach, Molly, ich habe noch Zeit. Sei mir doch nicht böse. Ich werde gewiß nicht zu meiner eigenen Hochzeit zu spät kommen."

„Nun, ich will es nicht hoffen!" schnaubte Molly. „Nicht nach all der Aufregung und Sorge, die wir hatten." Mit einem vielsagenden Blick wandte sich Molly um und nahm das Hochzeitskleid vom Bett.

„Du siehst großartig aus heute morgen", lobte Kerry die mütterliche Freundin aufrichtig, „beinahe wie eine Königin."

„Ach, nun ist es aber genug! In das Kleid mit dir, mein Fräulein, damit wir dein Haar hochstecken können."

„Nein!" sagte Kerry bestimmt. „Jess mag mein Haar nicht hochgesteckt. Ich werde es einfach offen tragen, wie immer." Trotzig warf sie ihren Kopf zurück.

„Ach! *‚Jess mag mein Haar nicht hochgesteckt'*", ahmte Molly sie nach. „Dann steck es von mir aus unter ein Tuch! Halt still, damit ich die Knöpfe zuknöpfen kann. Sam Grant wird jeden Augenblick hier erscheinen, um Jess in die Kapelle zu begleiten. Wenn ich ihm nicht sagen soll, daß ihr beide verrückt geworden seid und die Hochzeit deshalb ausfallen muß, tust du jetzt lieber, was ich dir sage."

Jess war absolut überzeugt, daß sein Herz jeden Augenblick stillstehen würde, als er sah, wie Kerry an Edmund Teagues Arm den Gang entlang kam. Er nahm kaum etwas anderes wahr als den Traum in elfenbeinfarbener Seide und Spitze, der aus dem hinteren Teil der Kapelle auf ihn zukam. Der majestätische Klang der Orgel schwächte sich in dem Maße ab, wie das Pochen seines Herzens anschwoll. Sam Grant, der still neben ihm stand, berührte kurz und beruhigend seinen Arm. Eine Anzahl lächelnder Kadettengesichter drang flüchtig in sein Bewußtsein, um gleich darauf wieder vor seinen Augen zu verschwimmen, und er stellte sich die absurde Frage, ob schon einmal ein Mann vor dem Traualtar seine Sprache verloren hätte. Gewiß war er auf dem besten Weg dorthin.

Ich werde ersticken, wenn ich meinen Mund öffne ... ich bekomme keine Luft mehr ... kann nicht einmal mehr schlucken. O Vater, ist sie nicht reizend? Ist sie nicht einfach bezaubernd? Und dabei glaubt sie noch, sie sei keine feine Dame ... In meinen Augen ist sie schöner und kostbarer als jede andere Frau auf dieser Welt. Danke, Vater, daß du mir erlaubst, sie zu lieben; danke, daß sie mir gehören darf ... Ich verspreche dir, Herr, sie von ganzem Herzen und von ganzer Seele zu lieben und zu ehren ... Danke, lieber Herr, ich danke dir!

* * *

Kerry war sich sicher, daß sie stolpern würde, bevor sie das Ende des langen – des endlos langen – Gangs erreichte, obgleich Edmund sie – glücklicherweise – fest an seinem Arm hielt.

O Vater, hilf mir bitte, zu Jess zu gelangen, ohne zu stolpern und ihn zu blamieren. Er hat sich alles schon so viel kosten lassen, der arme Mann ... sich eine Braut zu nehmen, die keine Aussteuer mitbringt ... eine Braut, die sich nicht einmal ihr Hochzeitskleid kaufen konnte. Doch mein Jess hat mir gesagt, es wäre töricht, sich darum Sorgen zu machen.

Ach Vater, sieh ihn dir an! Sieht er nicht großartig aus? So stolz und auch ein wenig ängstlich, glaube ich. O ja, das dort muß sein Freund, Pfarrer Henry Ward Beecher, sein, der uns trauen wird. In seinen Augen glaube ich ein Lächeln zu erkennen. Er muß ein freundlicher Mann sein, so wie mein Jess. Molly sieht so stolz aus, wie sie dort sitzt ... oh – das kann nicht sein – sie weint, ja, Molly weint! So wie gewiß auch meine eigene Mutter weinen würde, wenn sie diesen Tag mit mir erleben könnte ...

Wie soll ich dir jemals für alles danken, Herr? Du hast mich weit über alles hinaus gesegnet, was ich mir je hätte erträumen dürfen ... doch ich verspreche dir das eine – und wir O'Neills halten unsere Versprechen, wie du weißt – ich verspreche dir, diesen Mann zu lieben und zu ehren, solange ich lebe ... ja, ein Leben lang und noch länger ...

Jess nahm ihren Arm. Sie spürte, wie er zitterte, sogar als er ihr unter dem reizenden Brautstrauß schnell die Hand drückte. Sie schaute zu ihm auf, ihre Augen durch den Schleier beinahe verhüllt. Sein Gesicht war gerötet, und auf seiner Stirn stand leichter Schweiß. Doch als sein Blick mit dem ihren verschmolz, lächelte er das liebste, zärtlichste Lächeln, das sie jemals auf seinem Gesicht gesehen hatte.

„Ihr Lieben, wir sind hier versammelt, um vor dem Angesicht Gottes und in der Gegenwart der Zeugen diesen Mann und diese Frau zu vermählen ..."

Sowohl Kerry als auch Jess waren überrascht, als sich auf die Frage des Pfarrers: *„Wer gibt diese Frau in die Hand dieses Mannes, um sie mit ihm zu vermählen?"* die gesamte Gemeinde der versammelten Kadetten erhob und im Chor erwiderte: „Wir!"

„... Ich, Jess Andrew Dalton, nehme dich, Kerry Shannon O'Neill zu meiner geliebten Frau. Ich gelobe, dich zu lieben und zu ehren in gesunden wie in kranken Tagen, in Reichtum oder in Armut für dich zu sorgen, bis daß der Tod uns scheide ... Ich gelobe, meine irdischen Güter mit dir zu teilen, dich zu achten und dir treu zu sein, solange ich lebe."

„... Ich, Kerry Shannon O'Neill, nehme dich, Jess Andrew Dalton, zu meinem geliebten Mann. Ich will dich lieben und ehren in gesunden wie in kranken Tagen, in Reichtum oder in Armut für dich sorgen ... Ich gelobe, meine irdischen Güter mit dir zu teilen, dich zu achten und dir treu zu sein, solange ich lebe."

„... Möge Gott, der Vater, der Sohn und der Heilige Geist euch gnädig sein und euch segnen ... daß ihr in Liebe und Treue in diesem Leben bestehen möget, durch die Gnade unseres Herrn Jesus Christus, der bleibe bei euch bis in alle Ewigkeit ... Amen."

Nachdem Sam ihn kurz angestoßen hatte, hob Jess ihren Schleier und sah sie lange an mit einem festen Blick, der viele Versprechungen enthielt; mit Lippen, die zitterten, bis sie auf ihren ruhten, küßte er sie und flüsterte: „Mein Liebling, für alle Ewigkeit ..."

Nun schritten sie gemeinsam den Gang entlang und blieben stehen, um Molly zu umarmen und zu küssen. Dann, an scheinbar endlosen Reihen strahlender Kadetten vorbei, die in strammer Haltung dastanden, beschleunigten sie ihren Schritt.

Eine warme Wintersonne begrüßte die strahlenden Gesichter, als die Tür der Kapelle vor ihnen geöffnet wurde. Dicht aneinandergeschmiegt, verließen sie, verklärt in ihrem neuen Glück, unter einem Dach gekreuzter Schwerter und einem strahlend blauen Himmel die Kapelle.

Ein letztes Mal der Schar fröhlicher Gratulanten zuwinkend, gestattete die frischgebackene Mrs. Dalton ihrem Ehemann, ihr in den eleganten Wagen zu helfen, der von einem strahlenden Sam Grant gelenkt wurde. Der Bräutigam, so nahe wie möglich an die Seite seiner Braut gerückt, nahm sich Zeit für einen langen, innigen Kuß, bevor er sich nach vorn lehnte und dem uniformierten Fahrer seine Anweisungen gab.

Ein flüchtiges Bild ließ ein geheimnisvolles Lächeln auf das strahlende Gesicht von Kerry O'Neill Dalton treten, während der Wagen sich von der Kapelle entfernte: das Bild eines stolz lächelnden Iren, der ihnen an diesem glücklichen Tag zuwinkte und seine Mütze zum Gruß schwenkte.

Die »IRISH SAGA« von B. J. Hoff

Die »IRISH SAGA« ist eine Reihe von Erzählungen, die vom Kampf, den Entbehrungen und dem Schmerz, aber auch von der Glaubenskraft und den Siegen zweier Familien in der historisch dunkelsten Zeit Irlands handeln. Die »IRISH SAGA« ist ein Zeugnis der oft unfaßbaren Geschichte, die Gott mit einzelnen Menschen schreibt.

In dieser Reihe liegt bereits vor:

Und niemand hört mein Lied
Irish Saga – Band 1
Edition C, Nr. E 40
462 Seiten

Auch wenn mein Herz zerbricht
Irish Saga – Band 2
Edition C, Nr. E 41
400 Seiten

Im Land der tausend Träume
Irish Saga – Band 3
Edition C, Nr. E 42
416 Seiten

Doch vergeßt die Heimat nicht
Irish Saga – Band 4
Edition C, Nr. E 43
400 Seiten

FRANCKE
Verlag der Francke-Buchhandlung GmbH